U0117435

# 茶的精神

## 宋代茶诗新解

杨多杰 著

中華書局

**图书在版编目(CIP)数据**

茶的精神:宋代茶诗新解/杨多杰著. —北京:中华书局,2023.8

ISBN 978-7-101-16313-1

Ⅰ.茶… Ⅱ.杨… Ⅲ.①宋诗-诗歌欣赏②茶文化-中国 Ⅳ.①I207.227.44②TS971.21

中国国家版本馆 CIP 数据核字(2023)第 153427 号

---

| | |
|---|---|
| 书　　名 | 茶的精神:宋代茶诗新解 |
| 著　　者 | 杨多杰 |
| 责任编辑 | 林玉萍 |
| 责任印制 | 陈丽娜 |
| 出版发行 | 中华书局<br>(北京市丰台区太平桥西里 38 号　100073)<br>http://www.zhbc.com.cn<br>E-mail:zhbc@zhbc.com.cn |
| 印　　刷 | 三河市中晟雅豪印务有限公司 |
| 版　　次 | 2023 年 8 月第 1 版<br>2023 年 8 月第 1 次印刷 |
| 规　　格 | 开本/880×1230 毫米　1/32<br>印张 10⅝　插页 11　字数 200 千字 |
| 印　　数 | 1-5000 册 |
| 国际书号 | ISBN 978-7-101-16313-1 |
| 定　　价 | 69.00 元 |

---

# 目录

# 凡　例

**一、选取标准**

本书收录的宋代茶诗作品，选取标准依据以下两点：一要具备一定的茶学价值，二要具有一定的文学水平。

**二、版本甄选**

作品的选取。每首诗作尽可能从作者原集中甄选，遇到难以寻找原集的情况下，再从总集或选集中搜集。

**三、茶诗顺序**

诗作先后顺序排列，大致以作者诞生时间先后排列。

**四、注释说明**

本书重在赏析。鉴于读者已有一定水平，本书不对原作字句进行单独注释，凡有影响读者阅读理解的内容，在诗后的赏析文章中略作说明。

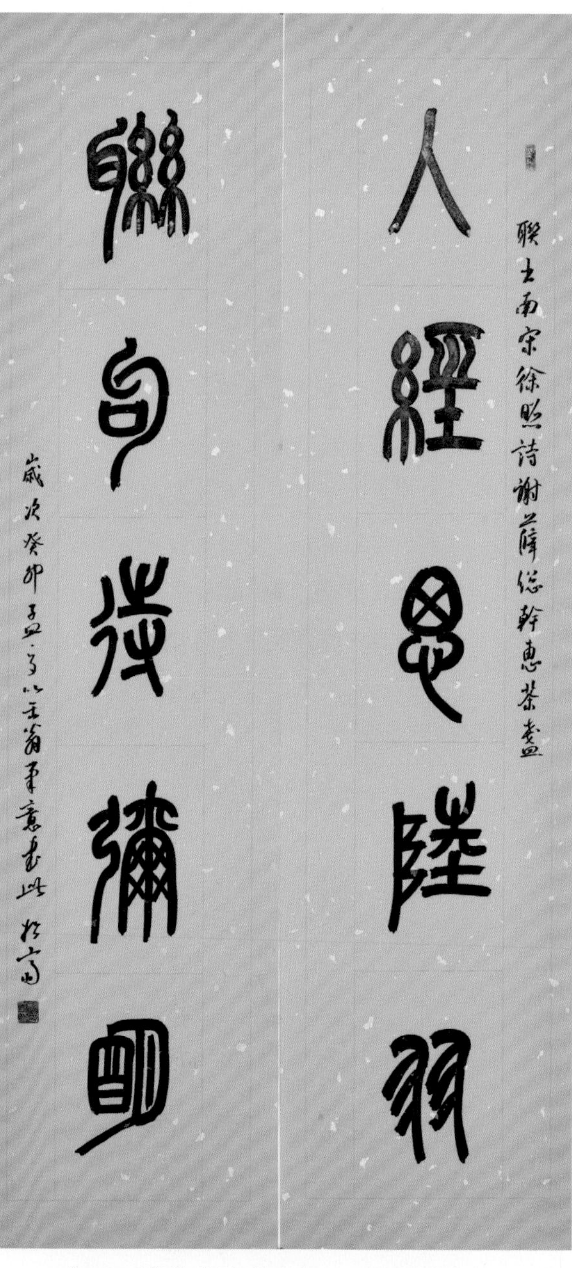

徐照《谢薛总幹惠茶盏》（耿国华书）

# 谢薛总幹惠茶盏

徐　照

色变天星照，姿贞蜀土成。
视形全觉巨，到手却如轻。
盛水蟾轮漾，浇茶雪片倾。
价令金帛贱，声击水冰清。
拂拭忘衣袖，留藏有竹簏。
入经思陆羽，联句待弥明。
贪动丹僧见，从来相府荣。
感情当爱物，随坐更随行。

# 自 序

2022年初，我将多年来关于唐代茶诗的课程讲义整理成《茶的味道：唐代茶诗新解》出版。在新书出版前夕，我请当代茶圣吴觉农之子、曾任中华人民共和国驻牙买加大使的吴甲选先生题一幅字，九十四岁高龄的吴老细心地从齐己《咏茶十二韵》一诗中，选了“甘传天下口”一句，挥毫泼墨，一气呵成。这幅题字后来成为书中的一大亮点。

记得那天临走时，老人再三嘱咐：要继续写。实话实说，我是一个生性散漫的人，要是没有老人家的督促，宋代茶诗的课程开设以及书稿的写作，可能还要拖延上几年。为了不辜负老人家的错爱，我的写作节奏不知不觉加快了许多。

《茶的精神：宋代茶诗新解》交稿时，我本也没有撰写自序的打算，但出版日期临近，却总是想起遽归道山的吴老，想起那日午后与吴老畅聊的时光，于是动笔写下几行文字，寄托我对吴老的思念。

前一本写唐代茶诗，这一本写宋代茶诗。那么唐宋两代茶诗有何不同之处呢？答：茶不同，诗也不同。

先说茶，唐人重视阳羡茶与蒙山茶，宋人首推建州茶和双井茶。不仅喜欢的名茶种类不同，两个朝代流行的品饮方式也大相径庭。唐代主要是煎茶法，宋代主流变为了点茶法。宋代煎茶法不再是时尚，而变为了一种复古的行为。正因煎茶有古风，所以颇受文人的偏爱。这一点我们从苏轼《试院煎茶》《汲江煎茶》、苏辙《和子瞻煎茶》等诗中都可以清楚地感知。《和子瞻煎茶》一诗，本书中有仔细拆解，这里就不展开说了。

唐宋两代，不仅茶汤的滋味不同，诗歌的风格也颇有差异。宋代的诗人，真是幸运，也真是不幸。说他们幸运，是因为在他们学习写诗时，前面已经有太多名家了，李白、杜甫、白居易、李商隐、杜牧、刘禹锡……，这些大诗人都是宋人学习的榜样。说他们不幸，也是因为这些前辈诗人的存在。正如蒋士铨《辨诗》中所写："唐宋皆伟人，各成一代诗。变出不得已，运会实迫之。格调苟沿袭，焉用雷同词？宋人生唐后，开辟真难为。"因为有唐代这些大诗人的存在，迫使宋代文人在写诗时必须求新求变，只有不同于前人，才能成就自己。这句话，既适用于写诗，也适用于做茶。《宋诗钞初集》序中说得好："宋人之诗，变化于唐，而出其所自得，皮毛落尽，精神独存。"宋人之诗，就是在前人的榜样与压力双向作用下的产物。

那么，宋诗到底有什么特色呢？严羽在《沧浪诗话》中总结出了三点，即“以文字为诗，以才学为诗，以议论为诗”。

什么是“以文字为诗”呢？就是指诗歌散文化。在宋代以前，诗与文泾渭分明。诗多作为感情的载体，文多作为思想的载体。诗多感性，文多理性。诗多偏于表现形象思维，文多偏于表现逻辑思维。这种分工，似乎天经地义，但宋代诗人打破了诗、文两者之间的壁垒，宋诗出现了散文化的趋势。这样一来，诗能表达记录的内容就大大拓展了。宋代大量的政治诗、咏史诗最能证明这一点。用诗歌的形式来说理，枯燥无味的说教，变成了脍炙人口的佳作。本书中所收录讲解的丁谓《北苑焙新茶》、梅尧臣《闻进士贩茶》、欧阳修《尝新茶呈圣俞》以及朱熹《九曲棹歌》等诗，都可看出宋诗散文化的明显痕迹。当富于叙述性、思辨性的散文写作手法应用到诗歌创作当中后，宋代茶诗的内容变得更丰富了，宋代茶诗的内涵变得更厚重了。宋代茶诗的内容不仅有收到礼物后的答谢，还有对古老工艺的记录、对饮茶流程的陈述，以及甘苦自知的人生感悟。

既然是“以文字为诗”，自然少不了精彩的议论，因此“以议论为诗”与“以文字为诗”，实际上是一体两面的问题，这里也不多谈了。

而“以才学为诗”，严羽是说宋诗具有典故众多的特点。宋诗中的典故很多，这主要是因为作诗之人多是博学之士。诗中存在众多典故，这是诗人们高层次文化修养的自然流露，不一定是故意卖弄。只是我们在读宋代茶诗时，要多下一些功夫。这一点也是我在写作这本书时用力较多的地方。将宋代茶诗中的典故拆解清楚，读这些茶学名篇就事半功倍了。

“以文字为诗”“以议论为诗”的特点，使得宋代茶诗可读性强；“以才学为诗”的特点，使得宋代茶诗有仔细导读的必要。这就是我写作这本《茶的精神：宋代茶诗新解》的目的。

对于整个宋代茶诗来说，本书选取的三十六首茶诗只是沧海一粟，但我尽量选取有代表性的诗篇，可让爱茶人尝鼎一脔。这就好比武夷岩茶有数百个花色，最好先从肉桂、水仙、大红袍、铁罗汉入手；又好比凤凰单丛有百余个品种，最好先从蜜兰香、鸭屎香、杏仁香、玉兰香喝起。读诗和品茶，都有相通之处。

在写作这本书时，没有按照常见的方法进行注释与出校，只是在每首茶诗后随手写下一点读后感。至于写作思路，基本上以作者简述、题目详解、正文赏析三个环节安排。除此之外，再无统一的规范，也无内容的限制，有话则长，无话则短。信笔所至，未免凌乱，还请读者诸君多多指正。

# 王禹偁《龙凤茶》

样标龙凤号题新，赐得还因作近臣。

烹处岂期商岭外，碾时空想建溪春。

香于九畹芳兰气，圆似三秋皓月轮。

爱惜不尝惟恐尽，除将供养白头亲。[1]

以前，物质还没有那么丰富。父母长辈有点好吃的，都会想着留给孩子。他们自己总是舍不得享受。

如今，我们这些爱茶之人遇到一杯好茶时，会想到与父母分享吗？

北宋初期的诗人王禹偁，在茶诗中就记载了一个佳茗奉亲的故事。时隔千年，读起来仍让人感动。

---

①王禹偁《王黄州小畜集》卷八。

## 一

王禹偁，字元之，济州巨野（今山东巨野）人。他生于后周显德元年（954），六岁时赶上了宋朝建立。王家本是庄户人家，兼营一处磨坊。因此，王禹偁的出身绝称不上显赫，可以说是比较贫寒的了。

像这样小门小户家的孩子，在唐代很难跻身学林与官场。换句话讲，唐代诗人的门第普遍较高。例如杜甫与杜牧，虽都未在仕途上取得很高的成就，但论起来，二人却都是京兆杜氏子弟，典型的名门之后。再如韦应物，曾祖父为武则天时代的宰相韦待价，因有祖上庇佑，他不需要通过科举，便顺利步入了仕途，十五岁就当上了三卫郎。

到了宋代，情况大不相同，很多高官的出身甚至都相当贫寒。例如辅佐太祖与太宗定天下的宰相赵普，据说原来是乡村的私塾先生。邵伯温《邵氏闻见录》卷第七记载，太宗、真宗时三度入相的吕蒙正，原是极为穷困的书生，他看到有人卖瓜，想吃却没钱买，凑巧有一个瓜掉在地上，他就捡起来大快朵颐。您琢磨琢磨，要不是穷到一定份上，哪至于这样失态呢？

贵族的没落，科举的推广，使得宋朝在一开始，官场与诗坛就呈现出完全不同于李唐的气象。作为小磨坊主的儿子，王禹偁是纯靠自己的实力而起家。宋太宗太平兴国八年（983），三十岁的王禹偁进士及第，授成武县主簿。宋太宗雍熙元年

(984)，徙知长洲县，就改大理评事。后应中书试，擢右拾遗、直史馆，赐绯。后又拜左司谏、知制诰。

从底层寒门的子弟，到天子身边的近臣，王禹偁通过知识改变了命运。但他那种出身农家的耿直性格，却没有因为做官而更改。《宋史》卷二九三中说他：

遇事敢言，喜臧否人物，以直躬行道为己任……其为文著书，多涉规讽，以是颇为流俗所不容，故屡见摈斥。

的确，王禹偁在京做官的几年，以遇事敢言而出名。他曾上《端拱箴》《御戎十策》《应诏言事疏》等文，提出了重农耕、节财用、任贤能、抑豪强、谨边防等许多有关政治改革的建议。遗憾的是，直言敢谏的王禹偁不仅没有受到重用，反而屡因触犯权贵而遭到贬斥。

自三十八岁起，王禹偁开始了贬官生活。他先后被发往商州、滁州、黄州等地任职，四十八岁卒于蕲州。王禹偁的一生，虽仕途坎坷，但在文坛上却颇有成就，为北宋初期文学大家，诗文成就斐然，历来评价颇高。林逋在《读王黄州诗集》中就有“放达有唐惟白传，纵横吾宋是黄州”[①]之誉。

① 《全宋诗》卷一〇七。

## 二

这首诗的题目中的龙凤茶是一款名茶。北宋熊蕃《宣和北苑贡茶录》中记载：

> 五代之季，建属南唐。岁率诸县民，采茶北苑，初造研膏，继造蜡面。既又制其佳者，号曰“京铤”。圣朝开宝末，下南唐。太平兴国初，特置龙凤模，遣使即北苑造团茶，以别庶饮，龙凤茶盖始于此。

北苑贡茶，始于研膏茶和蜡面茶。唐末徐夤《尚书惠蜡面茶》也讲到这段历史。宋太祖赵匡胤灭南唐后，开始用龙凤模具制造团茶，此为龙凤茶之滥觞。直至宋亡，沿袭不已。

饮用贵重的龙凤茶，似乎与王禹偁的饮食观念相左。纵观王禹偁的一生，饮食都相当的朴素，甚至刻意推崇粗茶淡饭。他在《蔬食示舍弟禹圭并嘉祐》一诗中，便有“无故不食珍，礼文明所记”的观点。这两句话，也成为他终身的饮食规训。又如他在《甘菊冷淘》一诗中，又有“经年厌粱肉，颇觉道气浑”“既无甘旨庆，焉用品味繁”的句子，仍是强调简单朴素的饮食观。

推崇简素饮食的王禹偁，为何突然咏诵起龙凤茶呢？

我们到正文中去寻找答案吧。

## 三

第一部分，“样标龙凤号题新，赐得还因作近臣”，讲的是好茶的来历。

如上文所述，龙凤茶是建州茶的上品。所谓“以别庶饮”，即是有钱买不到的意思。因此得到龙凤茶的途径只有一个，那便是靠皇家的赏赐。

唐中期以后，茶叶进入了赏赐物的行列，就像贡茶之风一样，赐茶在唐代也成为惯例。《蔡宽夫诗话》中写道，唐茶“惟湖州紫笋入贡，每岁以清明日贡到，先荐宗庙，然后分赐近臣”。宋代的赐茶要严格按照官位高低来进行。北宋黄鉴编著的《杨文公谈苑》中写道：

> 龙茶…赐执政、亲王、长主，余皇族、学士、将帅皆得凤茶，舍人、近臣赐京铤、的乳，馆阁白乳。

结合诗文可知，王禹偁手中的龙凤茶，肯定是其进士及第后出任皇帝“近臣”时所得。对于寒门出身的诗人来说，此茶无疑是极其珍贵之物，也具有非凡的意义。

第二部分，“烹处岂期商岭外，碾时空想建溪春”，讲的是饮茶的环境。

能得到龙凤茶的赏赐，可见王禹偁曾是皇帝看重欣赏的近臣。但他万万想不到，等到喝这款茶时，他已身在远离京城的商岭了。商岭，也称商山，在陕西商县东[1]。商岭，此处代指宋代的商州。由此可知，这首《龙凤茶》创作于诗人任职商州期间。

王禹偁被贬商州，是在宋太宗淳化二年（991）九月。当时的商州“深山穷谷，不通辙迹”，经济十分落后。王禹偁拖家带口去商州赴任的路上，投宿荒山野店，夜里还能听到老虎的吼声。他把商州比作牢狱都不如的地方，并愤慨地问道：“逐臣自可死，何必在远恶？”[2]

有人会问，王禹偁去商州毕竟是做官，总不会太受罪吧？其实不然。王禹偁的职务，是商州团练副使。宋代的团练副使，多由不得志的贬官充任，不得签书公事，俸禄微薄待遇很差。王家到达商州后，地方官竟然不给他们安排住所，以致王家连老带小都只能住在古寺中。诗人在《谪居感事》中，也有“坏舍床铺月，窗寒砚结澌”的描述。由此可知，王禹偁在商州生活之苦。

得茶之时还是近臣，饮茶之时已成贬官。面对龙凤茶，只能空想建溪春。贵重的名茶与寒酸的住所，形成了强烈的反差，凸显出诗人惆怅落寞的心情。与此同时，我们似乎也读出了王禹偁对贬官生涯的无奈，以及对朝廷时局的失望。当然，这些

---

①臧励龢等编《中国古今地名大辞典》，上海书店出版社，2015年，786页。

②王禹偁《王黄州小畜集》卷三。

都是弦外之音了。

第三部分，“香于九畹芳兰气，圆似三秋皓月轮”，是对龙凤茶细致的描述与赞美。

既香且美，兼顾了内涵与颜值，自然是一款好茶。再加上这是皇上赏赐之物，意义上又有特别之处，自然是不舍得品尝了，总觉得这么好的茶，喝了岂不是可惜了。

第四部分，“爱惜不尝惟恐尽，除将供养白头亲。”讲的是好茶的归处。

虽说茶就是要用来喝的，但龙凤茶确实太珍贵了，如果换作我，估计也得藏起来。要是换作您，会舍得喝吗？“除将”，即除非之意。唯独在一种情况下喝掉珍贵的龙凤茶，诗人也绝不心疼，那便是供奉双亲。

王禹偁贬官商州，是带着七十五岁的老父亲一起上任的。商州生活艰苦，但对于农家出身的诗人来说也算不得什么。但“在官无俸禄，奉亲乏甘鲜”①的窘困，却让他心中愧疚不安。在这样艰苦的情况下，王禹偁将自己珍藏的龙凤茶取出，借一盏茶汤，来缓解和补偿老父在商州所受之苦。古有老莱子斑衣奉亲，宋有王禹偁好茶侍父。一碗茶汤之间，蕴含着父子深情，承载着中华孝道。

宋代以茶奉亲的诗作还有不少，其中也不乏佳作。例如受

①王禹偁《王黄州小畜集》卷三。

王禹偁影响较深的梅尧臣，就写有一首题为《吴正仲遗新茶》的茶诗，其文如下：

十片建溪春，干云碾作尘。
天王初受贡，楚客已烹新。
漏泄关山吏，悲哀草土臣。
捧之何敢啜，聊跪北堂亲。

据《瀛奎律髓》记载："此诗圣俞五十二居母忧时作。"圣俞，是梅尧臣的表字。宋仁宗皇祐五年（1053）秋，梅尧臣的嫡母束氏卒于汴京。梅尧臣丁忧去职，扶柩回到老家宣城。居宣州期间，与屯田吴正仲交好，曾一起出游，饮酒品茗。这位吴正仲常送来新酝、早蟹、蛤蜊等物，这首茶诗，便是记咏他所赠新茗。

梅尧臣接到好友相赠的新茶，却无欣喜之意，反而触物思亲。他想到慈母业已辞世，无法享用建溪佳茗，不禁黯然神伤，于是诗人秉承"生则敬养，死则敬享"的心意，以新茶祭奠，聊表孝思，寄托对慈母的无尽缅怀。

子欲养而亲不待，是人生至痛。

从这点来看，王禹偁比梅尧臣幸福。

# 魏野《谢长安孙舍人寄惠蜀笺并茶二首》(其二)

谁将新茗寄柴扉，京兆孙家小紫微。
鼎是舒州烹始称，瓯除越国贮皆非。
卢仝诗里功堪比，陆羽经中法可依。
不敢频尝无别意，却嫌睡少梦君稀。①

公元960年，在开封北四十里处的陈桥驿，发生了一件大事。后周归德军节度、检校太尉赵匡胤，被部下披上黄袍簇拥回京，受后周皇帝禅让而登基。这件事，便是中国历史上著名的“陈桥兵变”。三百余年的赵宋天下，由此拉开了序幕。

比起一刀一枪的打拼，赵家的皇位得来颇为顺利。黄袍加身，新朝就算建立了。旧的王朝虽已推倒，新的文化却姗姗来

---

①魏野《东观集》卷三。

迟。宋代诗歌开始具有自己的特色，那是半个世纪以后的事情了。正如日本学者吉川幸次郎所说，在宋代第四位皇帝仁宗之前，不但诗歌与一般文学，就连整个文化，都还在过渡或孕育的过程当中[①]。

当然，这里所指的整个文化，自然也包含着茶诗与茶事。例如宋初魏野的茶诗中，便处处体现着那种新旧交替的痕迹。特殊的时代背景，使得他的茶诗填补了唐宋茶史之间的空白，值得爱茶之人细细品读。

## 一

魏野，字仲先，号草堂居士，陕州（今河南三门峡市）人。他生于公元960年，与大宋王朝是同龄人。但他一生未出仕为官，是宋初著名的隐逸之士。宋真宗大中祥符四年（1011），魏野被荐征召，却力辞不赴。天禧三年（1019）十二月，六十岁的魏野去世，朝廷追赠秘书省著作郎。

宋初隐士的生活，到底是什么样子的呢？我们不妨读一读魏野的《寻隐者不遇》一诗，其文如下：

寻真误入蓬莱岛，香风不动松花老。

---

①吉川幸次郎著、郑清茂译《宋诗概说》，台北联经出版社，2012年，51页。

采芝何处未归来，白云满地无人扫。[1]

此诗用烘托法，写寻访隐者而隐者采芝未归，但见所居之处，松花飘香，白云满地，恍如仙境。作者以明快的笔触，勾勒出一幅隐士超凡脱俗的生活画面。

魏野的一生，写有十四首与茶相关的诗歌，其中《书逸人俞太中屋壁》中“洗砚鱼吞墨，烹茶鹤避烟”一联，被公认为宋初的佳句。至于本文要解读的茶诗《谢长安孙舍人寄惠蜀笺并茶二首》(其二)，是明显具有宋初时代特征的茶诗佳作，值得仔细研读。

## 二

题目中的“长安孙舍人”，即孙仅。他于宋真宗景德四年闰五月迁右正言、知制诰，同年十一月知永兴军府。永兴军，治京兆府，也就是唐代的长安城。北宋初，中书舍人为所迁官，实不任职，复置知制诰或直舍人院，主行词命，与学士对掌内外制。“长安孙舍人”的称呼，就是由孙仅的职务而来的尊称。

显然，这是一首答谢题材的茶诗。题目的格式，与唐代白居易《谢李六郎中寄新蜀茶》一诗类似。中国文化中，习惯于

---

①厉鹗辑撰《宋诗纪事》卷十，上海古籍出版社，1983年，246页。

为世间万物赋予性格。正如唐代裴汶在《茶述》中所说，茗茶“其性精清，其味浩洁”。文人之间以茶为礼，既可体现出贵重，又不会落入俗套。

士大夫间互赠佳茗来增进友情的事情，唐代开元年间已不少见。随着官府和民间茶园、茶场纷纷兴建，茶叶产量大增。安史之乱后，茶在交谊用途上更加重要。宋代以后，茶与笔、纸、砚、墨一样，都成为文人之间增进友谊的媒介。

由题目可知，诗人魏野的朋友孙仅，这次送来的是不只有佳茗，还有笺纸。无独有偶，宋初另一位隐士林逋，也有题为《监郡吴殿丞惠以笔墨建茶各吟一绝谢之》的一组诗。由此可见，送给文人雅士的礼物，不见得只有茶，却最好要有茶。能与文房雅玩并列，也可见茗茶的文化地位之高。

孙仅赠送魏野的笺既然是蜀笺，那么茶八成也是蜀茶了。唐代文人白居易的诗中，就常常出现蜀茶的身影。例如《新昌新居书事四十韵因寄元郎中张博士》一诗中，有“蛮榼来方泻，蒙茶到始煎”两句，其中的“蒙茶”，即是四川的蒙山茶。《杨六尚书新授东川节度使代妻戏贺兄嫂二绝》一诗中，有“觅得黔娄为妹婿，可能空寄蜀茶来”两句，其中也提到了蜀茶。《春尽日》一诗中，有“醉对数丛红芍药，渴尝一碗绿昌明”两句，其中提到的“绿昌明”，也是蜀茶。至于《萧员外寄新蜀茶》与《谢李六郎中寄新蜀茶》，更是以蜀茶为题的茶诗了。

俗话说，一朝天子一朝臣。一代名茶，也对应着一代爱茶之人。宋代的茶诗中，就很难见到蜀茶的身影。除去大名鼎鼎的北苑贡茶，双井、日注等名茶也是茶诗中频繁歌咏的对象。蜀茶之所以在宋代不被追捧，主要还是由于饮茶方式的变化。四川茶更适宜煎煮，而宋代人却喜爱点茶。那么，魏野饮茶时到底是煎还是点呢?

## 三

第一部分,“谁将新茗寄柴扉，京兆孙家小紫微”，讲的是好茶的来历。

这首诗的开篇，与唐代卢仝《走笔谢孟谏议寄新茶》一诗相似，都是从接到远方的“快递”开始。魏诗中的“柴扉”，卢诗中的“柴门”，都凸显着诗人朴素的生活以及隐士的身份。即使远离喧嚣的城市，哪怕不是身居要职，却仍有人挂念关心，时不时地送来好茶。这样的感觉，想想都觉得温馨。

那么到底是谁寄来的茶呢?原来是“京兆孙家小紫微”。这里的“京兆”二字，与题目中的长安相对应。“紫微”，指皇帝之住所、官名或紫薇花。杜甫《阆中奉送二十四舅使自京赴任青城》:“如何碧鸡使，把诏紫微天。”“紫微”指的是皇帝住所；钱起《见上林春雁翔青云寄杨起居李员外》:“顾影怜青籞，传声入紫微。”所言“紫微”为星座；独孤及《奉和中书常舍人晚秋集贤院即事寄徐薛二侍御》中，有“汉家金马署，帝座紫微郎”两句，这里的“紫微郎”，即是中书舍人的别称。那为什么是“小紫微”呢？原来孙仅之兄孙何在宋真宗景德初为知制诰，孙仅于景德四年为知制诰，弟兄二人先后同做一个官职，故魏野称孙仅为“小紫微”。

第二部分，“鼎是舒州烹始称，瓯除越国贮皆非。卢仝诗里功堪比，陆羽经中法可依”，讲的是饮茶的器具和饮茶的方式。

鼎，本是古代器物，与茶无关。陆羽设计的茶器中，烧火的风炉作鼎形。《茶经·四之器》中写道：“风炉，以铜铁铸之，如古鼎形。”自此之后，唐代茶诗中的“鼎”就成了风炉的别称。例如皎然《饮茶歌诮崔石使君》，便有“越人遗我剡溪茗，采得金牙爨金鼎”两句。又如刘禹锡《西山兰若试茶歌》中，便有“骤雨松声入鼎来，白云满碗花徘徊”两句。可以说，鼎形风炉是唐代煎茶法的标配茶器。魏野在另一首茶诗《酬和知府李殿院见访之什往来不休因成四首》(其三）中，也有“旋烧陆羽烹茶鼎，忙换陶潜漉酒巾”一联。由此可见，魏野饮茶常用到风炉。

关于茶碗，魏野推崇的是越瓯，这是因循茶圣陆羽的茶学审美。《茶经·四之器》中写道：“碗，越州上，鼎州次，婺州次，岳州次，寿州、洪州次。”唐末陆龟蒙《奉和茶具十咏·茶瓯》一诗也是咏诵越窑茶盏，其中就有“岂如珪璧姿，又有烟岚色”两句。

陆羽之所以推崇越窑茶盏，是因为越窑釉青，茶汤注进去会发绿。青绿的茶汤，最符合唐人的审美，所以在茶器的选择上，陆羽主张取越窑而舍邢窑。唐末徐夤《贡余秘色茶盏》一诗，讲的是越窑中的精品秘色瓷茶盏，该诗中“功剜明月染春水，轻旋薄冰盛绿云”一联，描写的便是釉色与汤色之间的精彩互动。

煮茶用的是鼎形风炉，饮茶用的是越窑瓷瓯，饮的茶是蜀地佳茗。虽然魏野生活在宋初，但仍然保留着唐代的茶事审美。他依的是陆羽《茶经》之法，得的是卢仝茶诗之功。孙舍人的好茶，想必也让诗人两腋生出习习清风了。

第三部分，“不敢频尝无别意，却嫌睡少梦君稀”，讲的是诗人的情感。

卢仝在《走笔谢孟谏议寄新茶》一诗中，写的是连饮七碗茶汤。但是魏野却“不敢频尝”孙舍人寄来的茶，难道是茶不好喝？抑或是觉得不够贵重？怕读者多心，作者赶紧说自己绝无别意，只是另有原因。

原来魏野与好友孙舍人已经许久不见了，那时候交通不便，也不能打视频电话，所以哥俩只能是在梦里相见。喝茶提神，恐怕不容易入睡，一旦睡不着，怎么做梦呢？不做梦，又怎么和好友在梦中相聚呢？魏野爱茶，但更思念好友，因此面对好茶，也要忍住少饮。作者以“不敢频尝”这一动作描写，巧妙地表达出了对于好友的深切思念。

宋初的诗歌，向来不被后世重视，甚至多有贬低之词。例如对于杨亿为代表的西昆派诗人，有人就批评他们："生活视野的狭窄，使西昆诗人的创作题材脱离现实，优越的生活又使他们有条件也有闲暇欣赏花鸟虫鱼等，因而以这些东西为对象的咏物诗就成为互相唱和的一个重要部分。"[①]

魏野虽不属西昆派，但仍逃不掉"视野狭窄"[②]的评价。其实这首茶诗不管是遣词造句还是趣味巧思，可以说是一首优秀的诗作。批评魏野的诗歌，可能更多是对于他们这些人生活态度的否定。

自唐末到五代的乱世，军阀当道生灵涂炭，武人以暴力建立政权，自然只相信刀枪兵马，读书人不受重视，不得志。这种情况一直延续到了宋初。北宋建国之后，有魏野、林逋等一批远离政治的隐士，他们的生活态度，自然不是传统意义上的积极上进。他们确实没有解苍生于倒悬的勇气与能力，只是躲进山里过隐居避世的日子。但他们能洁身自好，自食其力，外人又凭什么去指责他们呢？

与魏野同时期的诗人潘阆，在五言律诗《叙吟》中说得最为透彻：

高吟见太平，不耻老无成。

---

①徐建华《宋代咏物诗概述》，《文史知识》1991年第2期，15页。

②吉川幸次郎著、郑清茂译《宋诗概说》，55页。

发任茎茎白，诗须字字清。

搜疑沧海竭，得恐鬼神惊。

此外非关念，人间万事轻。

不是每一个人，都必须要选择传统意义上的伟大。

懂得生活中的艺术，欣赏生活中的美好，体会生活中的点滴幸福……

这样的诗，又有什么不好呢？

不耻老而无成，人间万事皆轻。

这样的生活态度，也是一种勇敢与伟大。

# 丁谓《北苑焙新茶》

北苑龙茶者，甘鲜的是珍。
四方惟数此，万物更无新。
才吐微茫绿，初沾少许春。
散寻萦树遍，急采上山频。
宿叶寒犹在，芳芽冷未伸。
茅茨溪口焙，篮笼雨中民。
长疾勾萌并，开齐分两均。
带烟蒸雀舌，和露叠龙鳞。
作贡胜诸道，先尝只一人。
缄封瞻阙下，邮传渡江滨。
特旨留丹禁，殊恩赐近臣。
啜为灵药助，用与上樽亲。
头进英华尽，初烹气味醇。

细香胜却麝，浅色过于筠。
顾渚惭投木，宜都愧积薪。
年年号供御，天产壮瓯闽。①

## 二

丁谓，字谓之，后改字公言，苏州长洲人。他生于宋太祖乾德四年（966），宋太宗淳化三年（992）进士及第。宋真宗大中祥符五年（1012），迁尚书礼部侍郎，进户部，参知政事。天禧三年（1019），他以吏部尚书复参知政事。不久即为枢密使，迁平章事。乾兴元年（1022），丁谓被封为晋国公。宋仁宗即位后不久，他被降为太子少保，分司西京，后又获罪贬崖州司户参军，再徙雷州、道州。明道年间（1032—1033）以秘书监致仕。

丁谓在宦海生涯中，与茶结下不解之缘。宋太宗至道年间（995–997），丁谓出任福建路转运使，负责督造贡茶。可能由于任职相同，又都精于茶事，所以后人常把丁谓与蔡襄相提并论。苏轼"前丁后蔡相笼加"②的诗句，就是将丁、蔡二人相提并论。

苏轼在这句茶诗下，还有一段自注：

---

①《全宋诗》卷一〇一。

②孔凡礼点校《苏轼诗集》卷三十九，中华书局，1982年，2127页。

> 大小龙茶，始于丁晋公，成于蔡君谟。[1]

苏轼认为大小龙茶始于丁谓而成于蔡襄，其实东坡这话只说对了一半，小龙团确是蔡襄创制，龙凤茶却非丁谓首创。据北宋高承《事物纪原》卷九《龙茶》中记载：

> 《谈苑》曰："龙凤石乳茶，本朝太宗皇帝令造。江左乃有研膏茶供御，即龙茶之品也。"《北苑茶录》曰："太宗太平兴国二年（977）遣使造之，规取像类，以别庶饮也。"

所谓"规取像类"，就是用特别的棬模来压制贡茶茶饼，熊蕃于北宋末年所作《宣和北苑贡茶录》对此说得很明确：

> 太平兴国初，特置龙凤模，遣使即北苑造团茶，以别庶饮。

由于用了龙凤图案的模具，制出的团茶上就有了翔龙飞凤的花纹，大名鼎鼎的龙凤茶也因此而得名。这样"规取像类"从而"以别庶饮"的做法，肇始于宋太宗太平兴国年间。那时的丁谓只有十多岁，不太可能参与龙凤茶的创制。可见苏东坡

①孔凡礼点校《苏轼诗集》卷三十九，2127页。

“大小龙茶，始于丁晋公，成于蔡君谟”的说法不够准确。

但不可否认，丁谓对于北苑茶事确实极其精通。为什么这么说呢？因为他不仅督造贡茶颇有成效，还撰写过一部茶学专著《建阳茶录》。

## 二

先看题目“北苑焙新茶”。“焙”，指焙所，可理解为茶厂。北苑焙，即北苑的茶厂。所谓“北苑焙新茶”，就是北苑茶厂出产的新茶。丁谓的这首茶诗题目，并无太多可以拆解之处。好在题目后附有一篇序文，倒是可作为补充说明。序文如下：

> 天下产茶者将七十郡半。每岁入贡，皆以社前、火前为名，悉无其实。惟建州出茶有焙，焙有三十六，三十六中惟北苑发早而味尤佳。社前十五日即采其芽，日数千工，聚而造之，逼社即入贡。工甚大，造甚精，皆载于所撰《建阳茶录》，仍作诗以大其事。①

序文开篇即陈述了北宋贡茶的情况。据王存《元丰九域志》及《宋史·地理志》等书记载，宋代贡茶之地有江南东路的南

① 《全宋诗》卷一〇一。

康军、广德军，荆湖南路的潭州，荆湖北路的江陵府，福建路的建宁府、南剑州等地。这与丁谓所言“天下产茶者将七十郡半”的情况相吻合。

“社前”，即春社之前，日期大致在春分节气左右。“火前”，即寒食禁火之前，日期与清明节气相近。北宋各地的贡茶，都说自己是社前或火前之茶，但按丁谓的观点，都是有名无实。在丁谓眼中，天下贡茶以建州三十六焙为佳。三十六焙中，又以北苑为尊。北苑茶好在哪里？丁谓答：“发早而味尤佳。”既能早萌芽，风味又极佳，北苑自然成了贡茶的首选之地。

北苑贡茶，于社前十五日便正式开采。春社日，一般为立春之后第五个戊日，即春分节气前后；自春分再往前十五日，即惊蛰节气前后。由此可知，北苑贡茶的采制时间远早于如今的明前茶。

丁谓是有心之人，将亲身经历的北苑贡茶采造经过详加记述，撰成一部《建阳茶录》。蔡襄《茶录》中评述道：“丁谓《茶图》，独论采造之本，至于烹试，曾未有闻。”晁公武《郡斋读书志》中记载：“谓咸平中为闽漕，监督州吏，创造规模，精致严谨。录其团焙之数，图绘器具及叙采制入贡法式。”由此可知，丁谓的茶书主要记叙了建州贡茶的采制，且图文并茂。

只可惜《建阳茶录》早已散佚，并未流传至今，今人不能窥其全貌。但万幸的是，丁谓当年觉得光写一部茶书不够，仍“作诗以大其事”。如今的爱茶人，便得以从这首《北苑焙新茶》

中去领略宋朝初期的贡茶风貌。

## 三

第一部分，“北苑龙茶者，甘鲜的是珍。四方惟数此，万物更无新”，讲的是北苑贡茶的独特。

正如序文中所说，建州有众多茶焙。这么多茶厂中，惟数北苑茶最为优质。《铁围山丛谈》卷六“建溪龙茶”条目中记载：

> 建溪龙茶，始江南李氏，号“北苑龙焙”者，在一山之中间，其周遭则诸叶地也。居是山，号“正焙”，一出是山之外，则曰“外焙”。“正焙”“外焙”，色香必迥殊，此亦山秀地灵所钟之，有异色已。

由此可见，宋代建州茶已分有正焙与外焙。北苑茶为尊，视为正焙。他处之茶，视为外焙。现如今武夷岩茶分为正岩、半岩与外山，桐木关红茶亦分正山与外山，这些概念恐都是从北苑“正焙”“外焙”沿袭而来。

第二部分，“才吐微茫绿，初沾少许春。散寻萦树遍，急采上山频。宿叶寒犹在，芳芽冷未伸。茅茨溪口焙，篮笼雨中民”，讲的是采茶的艰辛。

丁谓主政福建时，北苑贡茶开采于春社日前十五日，时间上与惊蛰节气相近。欧阳修《尝新茶呈圣俞》中说："年穷腊尽春欲动，蛰雷未起驱龙蛇。夜闻击鼓满山谷，千人助叫声喊呀。"由此可见，宋代北苑贡茶的采制时间，要先于清明三十天左右，不可谓之不早。

刚刚立春十五天，茶树只是"初沾少许春"而已。零星萌发的一点嫩芽，采摘起来实在不易，频频上山，绕树遍寻，初春天冷，芳芽未伸，可凡是粗老一点的叶子，又绝不可混入茶青当中。正如范仲淹《和章岷从事斗茶歌》中"终朝采掇未盈襜，唯求精粹不敢贪"两句所说的那样，北苑贡茶的采摘极其不易。

历史上，丁谓的口碑一直不太好。他在修陵封禅等事上迎合上意，落了个阿谀奉承的名声，他督造北苑贡茶，也算是谄媚邀宠的罪状之一。但在《北苑焙新茶》一诗中，丁谓在描述茶农的辛苦上却颇费笔墨。"篮笼雨中民"的劳动场景，让读者不由得为之动容。从序言中可知，丁谓想"作诗以大其事"。"大"，作动词，可理解为广而告之。那么他要广而告之的是什么呢？恐怕既有北苑贡茶的珍贵，也有百姓制茶的艰辛。

第三部分，"长疾勾萌并，开齐分两均。带烟蒸雀舌，和露叠龙鳞"，讲的是贡茶的制作。

"长疾勾萌并，开齐分两均"两句，是在形容茶芽的生长。由于天气刚刚回暖，茶芽逐步萌发，不会马上变成老叶子，也只有这时，茶工采制起来才能从容不迫。如果气温猛升，茶树疯长，茶工首尾难顾，就难免出现"萝卜快了不洗泥"的情况。

“带烟蒸雀舌”一句，指的是宋代制茶中的蒸青。蒸青需要一口大锅，锅里倒入半锅清水，锅上架甑，甑上盖笼。宋朝的茶甑酷似陶盆，只是在盆底密密麻麻凿出许多小圆孔。茶农把茶叶摊放到甑里，盖上用竹子和苇叶编织的茶笼。大火烧开，蒸汽四溢，嗤嗤上窜，蒸熟为止。

“和露叠龙鳞”一句，指的是宋代制茶中的压榨。鲜叶蒸熟了，便可以开始压榨，具体又可细分为压黄、捣黄与揉黄三个步骤。首先是压黄，即用竹片和细布把蒸青过后的茶叶包起来，放到木制的榨槽里。先往榨杆上吊一块石头，然后在重力和杠杆力的作用下慢慢挤压，直到把多余的水分和苦涩的茶汁压榨出去为止。接着是捣黄，即把压榨过的茶叶放在陶钵里，用一根木杵反复舂捣。一边舂捣，一边研磨，一边用泉水漂洗，如此这般很多遍，力求把茶叶里的苦涩成分清理干净。最后是揉黄，即从捣黄的陶钵里抓起一团茶泥，拍打得结结实实，用热水冲一冲，再将其揉匀，揉得油光可鉴，放入模具，压制成型。压榨的过程中，需要反复将茶叶堆叠在一起，也就是诗中所讲的“叠龙鳞”了。

第四部分，“作贡胜诸道，先尝只一人。缄封瞻阙下，邮传渡江滨。特旨留丹禁，殊恩赐近臣。啜为灵药助，用与上樽亲”，讲的是贡茶的尊享。

“阙下”，即宫阙之下。“丹禁”，即帝王居住的禁城。赶工制成的北苑贡茶，缄封运输，直抵皇城，呈送圣上，先尝甘美。

当然，皇帝只要占先，却不一定独享。北苑贡茶，也常分赐近臣。与丁谓时代相近的王禹偁在《龙凤茶》一诗中便有“样标龙凤号题新，赐得还因作近臣”的句子，由此可见，分得北苑龙凤茶，算是天子近臣的福利。北苑贡茶，天子必须先尝，近臣才得分享。尊贵至此，自然可助灵药，也必配以上樽。

第五部分，“头进英华尽，初烹气味醇。细香胜却麝，浅色过于筠”，讲的是贡茶的色香味。

第六部分，“顾渚惭投木，宜都愧积薪。年年号供御，天产壮瓯闽”，讲的是贡茶的影响。

顾渚与宜都，都是唐代的贡茶区。该处所产的紫笋茶，最为茶圣陆羽推崇，成为唐代赫赫有名的贡茶。入宋以后，江南茶区没落，东南茶区大兴，宋人都替陆羽未饮过建茶而感到遗憾。丁谓在《茶》中写道：

> 真上堪修贡，甘泉代饮醇。
> 刘琨求愈疾，陆纳用延宾。
> 顾渚传芳久，滟湖擅价新。
> 唐贤经谱内，未识建溪春。[1]

正所谓：一朝天子一朝臣，每个朝代也有属于自己的贡茶。

---

①《全宋诗》，卷一〇二。

自宋代建茶兴起之后，当年江南贡茶园里的茶树就只能劈掉烧火了，唯有当年陆羽未识的北苑茶才有资格年年供奉御前。

丁谓这首茶诗中展现的北苑贡茶，采摘不可谓之不严，制作不可谓之不繁。现如今建瓯有人恢复传统制法，据说一亩地的茶芽，才能做出一饼龙凤茶。想必宋代的贡茶，只会更加费工费料。

当然，这里要说明一点：恢复北苑贡茶，可视为一种行为艺术。生产北苑贡茶，却已经没有实际意义。北苑贡茶，需要被传承的不是制茶技术。北苑贡茶，需要被记住的应是制茶精神。

我们应当不忘，宋人"散寻萦树遍"的不厌其烦。

我们应当不忘，宋人"急采上山频"的不畏春寒。

我们应当不忘，宋人"带烟蒸雀舌"的小心翼翼。

我们应当不忘，宋人"和露捣龙鳞"的精益求精。

团茶也好，散茶也罢；绿茶也好，乌龙也罢；只要传承了北苑的这份匠心，定会制作出属于当今时代的精品。

# 林逋《监郡吴殿丞惠以笔墨建茶各吟一绝谢之·茶》

石碾轻飞瑟瑟尘，乳花烹出建溪春。
世间绝品人难识，闲对茶经忆古人。[①]

## 一

每年入冬后，我都会请师傅绘制一批梅花纹的盖碗与品茗杯。这批茶器分成两种，一种画鹅黄的腊梅，另一种画粉红的寒梅，同学们都很喜欢。在茶器上绘制梅花的灵感，来源于南宋杜耒的茶诗《寒夜》，诗中写道：

寒夜客来茶当酒，竹炉汤沸火初红。

① 《全宋诗》卷一〇八。

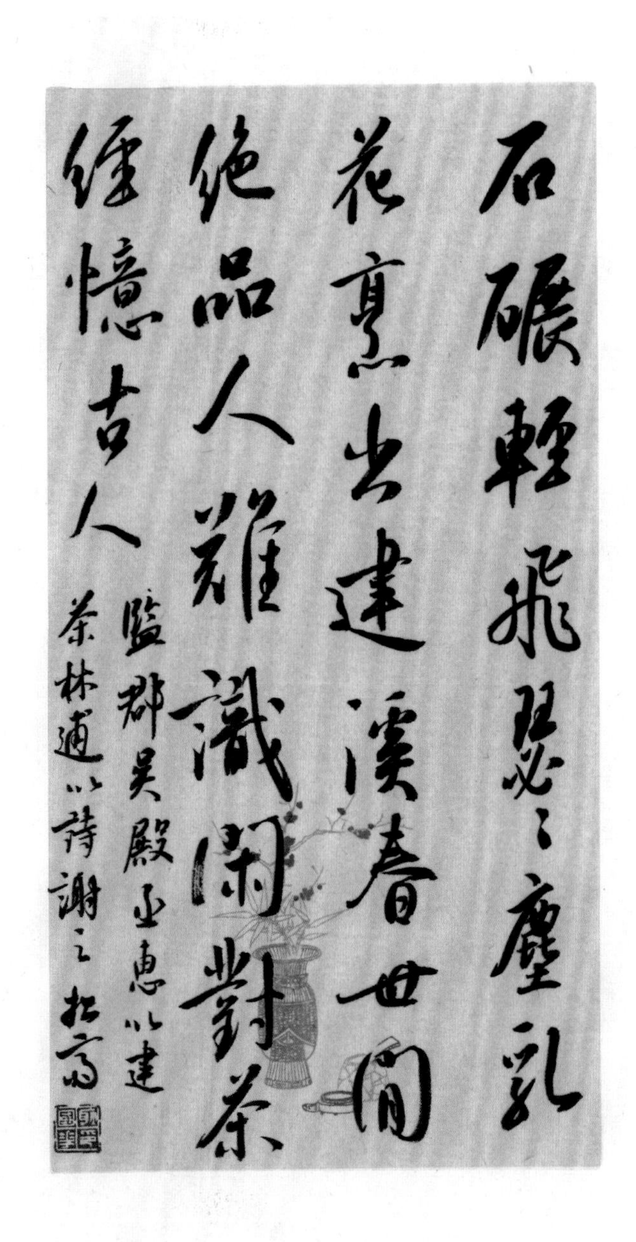

石碾輕飛瑟〻塵乳
花烹出建溪春世間
絕品人難識閑對茶
經憶古人
監郡吳殿丞惠以建
茶林逋以詩謝之


林逋《监郡吴殿丞惠以笔墨建茶各吟一绝谢之·茶》（耿国华书）

## 监郡吴殿丞惠以笔墨建茶各吟一绝谢之·茶

林　逋

石碾轻飞瑟瑟尘，乳花烹出建溪春。

世间绝品人难识，闲对茶经忆古人。

寻常一样窗前月，才有梅花便不同。

今天生活在城市里的人，在窗前看到梅花怕是不容易了。那就用这梅花纹的茶器，为茶汤增几分颜色吧。

说起咏梅的诗，名气最大的，要数北宋林逋的《山园小梅》七律二首。下面抄录其第一首，与诸位爱茶人共赏：

众芳摇落独暄妍，占尽风情向小园。
疏影横斜水清浅，暗香浮动月黄昏。
霜禽欲下先偷眼，粉蝶如知合断魂。
幸有微吟可相狎，不须檀板共金尊。

“疏影”“暗香”一联，被认为是咏梅的千古绝唱。欧阳修说：“评诗者谓前世咏梅者多矣，未有此句也。”[①] 司马光称其“曲尽梅之体态”[②]。苏轼称此联“决非桃李诗也”[③]，而是写出了梅花的个性。至于姜夔咏梅自度曲特以《暗香》《疏影》命名，更成为此后词人咏梅常用的词牌。

林逋之所以写梅传神，是因为他爱梅成癖。癖字，带个病

①欧阳修《归田录》，中华书局，1981年，23页。

②李文泽、霞绍晖校点《司马光集》，四川大学出版社，2010年，1791页。

③胡仔纂集、廖德明校点《苕溪渔隐丛话（前集）》，人民文学出版社，1962年，220页。

字头，但并不一定是贬义，也可理解为病态美。

林逋，字君复，钱塘（今浙江杭州）人。早岁漫游江淮间，后归隐杭州孤山，养梅饲鹤，终身不娶，成语“梅妻鹤子”，说的就是这位隐士。宋真宗对隐士林逋礼遇有加，曾赐粟帛。宋仁宗在其死后赐谥和靖先生。林逋的诗歌，多写隐逸生活及自然风光，读起来如白毫银针的茶汤般淡雅闲远。

“梅妻鹤子”的典故，是千古美谈，但仔细想想，似乎还缺点什么。没错，缺朋友。一个人的生活中，爱情、亲情、友情缺一不可。林逋先生是隐士高贤，寄情于自然之物，而非世俗生活。林逋以梅为妻，爱情算有了；以鹤为子，亲情也有了；那么，他以什么为友呢？

茶，就是陪伴他的好友之一。《全宋诗》收录林逋诗四卷，其中涉及茶事的诗有二十四首。例如《夏日寺居和酬叶次公》中，有“社信题茶角，楼衣笐酒痕”[①]两句，说的是夏季饮茶。又如《林间石》中，有“苔生晚片应知静，云动秋根合见闲。瘦鹤独随行药后，高僧相对试茶间”[②]，字里行间，勾勒出一幅秋季饮茶的画面。再如《雪》三首之二中，有“晓沫平随茶箸薄，冻痕全共药锄深”[③]两句，讲的是冬季饮茶。至于林逋春季饮茶的诗更多，这里便不多举例了。总而言之，和靖先生一年四季都有茶为伴。

① 《全宋诗》卷一〇五。

② 《全宋诗》卷一〇六。

③ 《全宋诗》卷一〇六。

## 二

在林逋的茶诗中，流传最广的是《监郡吴殿丞惠以笔墨建茶各吟一绝谢之·茶》。诸位看着这个题目，可能觉得眼生。其实我若是吟诵出来，您一定会觉得耳熟了："石碾轻飞瑟瑟尘，乳花烹出建溪春。世间绝品人难识，闲对茶经忆古人。"我当年在喜马拉雅APP上开设《跟着古诗学品茶》课程时，就是拿这首七绝当开讲前的定场诗。

这首茶诗，一共二十八个字，题目却有十八个字，所以大家聊这首诗时，一般都不说诗名，可能是觉得太冗长吧。但是研读茶诗，题目却是很好的切入点，往往会给我们很多信息。所以这首茶诗，咱们还是从题目聊起。

"殿丞"，为殿中省属官。吴殿丞，是尊称。这位吴大人非常懂林逋，所以他送来的礼物既不是金银珠宝，也不是绫罗绸缎，而是文雅的笔、墨和建茶。其实朋友之间的礼尚往来，更应看作是一种好物分享。我觉得好用的笔，给你也买一支；你喝着不错的茶，给我也来一份。只送对的，不送贵的，这才是真朋友。

林逋本是浙江钱塘人，早年游历江淮，后隐居杭州孤山。可以说，他的一生都在茶区之间度过，一定喝了不少好茶。但林逋写茶的诗中，提到具体茶名的只有一次，便是吴殿丞送的建茶。这种茶，到底有什么妙处？咱们在正文中寻找答案吧。

## 三

开头两句，“石碾轻飞瑟瑟尘，乳花烹出建溪春”，写的是碾茶与点茶。石碾下，乳花中，展现的是建溪春的魅力。这里的“建溪春”，指的就是题目中说的“建茶”。最早推崇这种茶的人，是五代十国时期的南唐李氏。宋代蔡絛《铁围山丛谈》中写道：“建溪龙茶，始江南李氏，号北苑龙焙。”

其实唐代的贡茶是陆羽推崇的阳羡茶。卢仝《走笔谢孟谏议寄新茶》中，就有“天子未尝阳羡茶，百草不敢先开花”的诗句。阳羡茶先由茶圣品题，再请皇帝代言，所以最为唐代文人珍视。当时的建茶尚未崭露头角，所以几乎不见于唐代茶诗当中。

但到了五代十国时期，情况就有了变化。首先，王审知建立闽国，对于本土的建茶大为推崇。唐末徐夤《尚书惠蜡面茶》一诗，歌咏的已是闽地的建茶了。保大三年（945），南唐俘虏了闽主王延政，得到了建安之地。《南唐书》卷二中记载：“命建州制的乳茶，号曰京铤，蜡茶之贡始，罢贡阳羡茶。”所以在宋朝建立之前，建茶已经取代了阳羡茶的贡茶地位。宋代的文人，对于建茶更是倍加赞赏。

然而，这样美妙的建溪春，却不是谁都懂得欣赏。爱茶人眼中的“石碾轻飞”，可能在旁人看来是制造噪音。爱茶人眼中的“乳花”满碗，可能在旁人看来是泡沫一片。有些人嘴上喊着非建茶不饮，但只是看重建茶的名贵而已。在隐士林逋看来，达官显贵多是附庸风雅之辈。

我就遇到过这么一位大哥，人家非母树大红袍不喝。其实这位老兄连母树大红袍、无性繁殖大红袍与拼配大红袍都分不清楚。他只是听人说中国名茶以大红袍为尊，大红袍又以母树大红袍为贵，所以就算一掷千金也在所不惜。有一次我问他：您最爱喝的乌龙茶是哪一种？他回答说是我国台湾的冻顶乌龙。我不禁追问一句：那大红袍呢？大哥淡淡一笑：大红袍是我最爱的红茶。您瞧瞧，合着大红袍是什么茶类他还没分清楚呢，这就说只喝母树大红袍了。“世间绝品人难识”，看起来这事儿古今同理。

诗人喝着宋代的名茶，怎么突然想起唐代的茶圣呢？原来宋人在诗歌中常常爱与古人唱反调，茶诗当中也屡见翻案之作。宋代的茶事活动发生了巨大的变革，点茶法取代了煎茶法的主流地位，北苑茶的名气压倒了阳羡茶，所以宋人在品啜之余，特别爱以建茶未入《茶经》品第之林而大发议论。

例如北宋蔡襄《和杜相公谢寄茶》一诗，就是典型的翻案之作。其文如下：

破春龙焙走新茶，尽是西溪近社芽。

才拆缄封思退傅，为留甘旨减藏家。

鲜明香色凝云液，清彻神情敌露华。

却笑虚名陆鸿渐，曾无贤相作诗夸。

此诗前面的六句，对北苑茶猛夸一顿，结尾笔锋一转，戏谑地说“却笑虚名陆鸿渐，曾无贤相作诗夸”，您瞧瞧，就因为没喝过北苑茶，没有被宰相作诗夸奖，陆羽就被戏称为浪得虚名之辈。

宋代文人普遍认为，北苑的好茶一直都在，只是前人不能慧眼识珠罢了。例如北宋黄儒《品茶要录》一书中，开篇便写道：

说者尝怪陆羽《茶经》不第建安之品。盖前此茶事未甚兴，灵芽真笋，往往委翳消腐，而人不知惜。

其实唐代的福建经济落后生产力低下，就算当时北苑真的有极佳的茶青，估计做出来的成品茶质量也远远不及湖州、常州等地；加之福建距离长安太远，茶叶运输成本过高，所以不管怎么考量，北苑茶在唐代都火不了。茶圣陆羽当然不可能替北苑茶代言。

中国名茶的兴衰流变，是一件复杂的事情。一款名茶能够流行起来，与地理位置、制作工艺乃至于当时人们的审美取向、饮食结构密切关联。只有占尽天时地利与人和，一款茶才可能扬名天下。蔡襄因《茶经》不载建溪茶而“却笑虚名陆鸿渐”，就显得有点矫情了。

而林逋的这首茶诗中，没有透露出对于陆羽的丝毫嘲讽。诗中的“忆”字，用得既巧妙又有温度。一方面，使读者感到了林逋与陆羽之间，现实中有距离，但精神上又有联系；另一方面，古诗中“忆”字多用于亲情友情，例如唐代王维名篇《九月九日忆山东兄弟》写的就是手足之情，又如唐代王昌龄《送魏二》一诗：

> 醉别江楼橘柚香，江风引雨入舟凉。
> 忆君遥在潇湘上，愁听清猿梦里长。

王昌龄以一个“忆”字，将读者带入虚拟的场景中，借此表现朋友行旅途中的孤独。与此同时，表现出了自己对朋友的挂念与留恋。林逋与陆羽虽相隔数百年，林逋却视陆羽为知己好友，看着桌上的《茶经》，林逋不由得睹物思人。

林逋思忆陆羽，是因为喝到了好茶。饮茶这件事，既可独乐乐，也能众乐乐。如今我们得到一份好茶，不也总会想着与家人朋友分享吗？前两句诗文，尽写茶事之妙，但茶汤再美，也只是空斋独赏。作者把茶汤写得越美，越反衬出自己知音难觅的孤独感。

陆羽的时代建茶还没有崭露头角，所以林逋所饮的“建溪春”，茶圣自然是没喝过。林逋心中暗叹：老陆啊老陆，我读过你的《茶经》，写得太好了！你真是个懂茶之人呀！这么好的北苑茶，你要是能喝上一口该多好！可惜你人不在了，不然真想与你分享啊……

林逋以流畅的语言，传达出了真挚的感情，写出了天下爱茶人心中所想却又未能恰当加以表达的话。这首茶诗，成为脍炙人口的名篇，绝非偶然。

自古至今，中国名茶一定是越来越好喝了，所以在喝茶这件事上，大可不必有九斤老太的感叹（“一代不如一代”）。如今的爱茶人，喝过的好茶远比茶圣陆羽要多。遇到一款高山老树单丛，抑或是十年自存白茶，您会不会像林逋一样想起陆羽呢？

如果有朝一日真能穿越，与陆羽见上一面，您最想请茶圣喝什么茶呢？我的计划是，先请他老人家吃一顿北京烤鸭。因为想请他喝的茶太多，我怕他老人家醉茶。

## 杨亿《陆羽井》

陆羽不到此，标名慕昔贤。
金瓶垂素绠，石甃湛寒泉。
百汲甘宁竭，千金志不迁。
真茶泛云液，一歠可延年。[①]

陆羽在《茶经》中，曾有“山水上，江水次，井水下”的论述。由此可知，茶圣喜泉水而轻井水。但是北宋年间，大名鼎鼎的建溪茶区却有一口陆羽井，当时的西昆派诗人杨亿撰写了这首题为《陆羽井》的茶诗。

这口井，与陆羽有何关联？这口井，到底妙在何处？

---

①杨亿《武夷新集》卷四。

## 一

杨亿，字大年，建州浦城（今属福建）人。他生于宋太祖开宝七年（974），雍熙初，十一岁的杨亿被宋太宗召试，授秘书省正字。也就是说，在如今的孩子还没小学毕业的年纪，杨亿已经受到皇帝青睐，被授予官职了。宋太宗淳化三年（992），十九岁的杨亿奉命试翰林，赐进士第，迁光禄寺丞，真可谓少年得志。

不得不说，杨亿确实有才。他诗学李商隐，与刘筠、钱惟演等十七人相唱和，并将这些作品编为《西昆酬唱集》。后人就把他们这些人的诗风、文风称为“西昆体”。他在馆阁历时甚久，见闻极广，参与《太宗实录》及《册府元龟》的修撰，用力甚多。后来他的晚辈同乡黄鉴，把杨亿平日所谈的奇闻异说收集在一起，辑成了一部《杨文公谈苑》。该书中“建州蜡茶”条目的内容，对于了解宋初的茶史颇有价值。由此可以推论，杨亿是一位懂茶之人，他的茶诗自然也值得一读。

但在拆解茶诗之前，我们还要多聊几句杨亿的性格。少年成名，一帆风顺，有时候也不见得是好事。杨亿才华横溢，不免有恃才傲物的毛病。他曾为翰林学士、知制诰，官至工部侍郎等，一直是天子身边的近臣。“伴君如伴虎”，可杨亿却不管那一套。有一次，宋真宗批评杨亿代拟的诏书用字不当，结果他就辞官以示不满。宋真宗哭笑不得，给了他“不通商量，真有气性”[1]八字评语。说好听点，杨亿这叫有个性；说难听点，他就是情商低。

杨亿这种性格，放在今天的职场也行不通，总和领导、长辈顶嘴，动不动就闹辞职，那怎么能得到重用呢？杨亿所处的是官场而非职场，面对是皇帝而非老板，因此，他内心的痛苦就更强烈了。这样的情绪，常流露于他的诗歌之中，例如《书怀寄刘五》(其一)：

风波名路壮心残，三径荒凉未得还。
病起东阳衣带缓，愁多骑省鬓毛斑。
五年书命尘西阁，千古移文愧北山。
独忆琼林苦霜霰，清樽岁晏强酡颜。

刘五，即刘筠，时与诗人同为知制诰。这首诗，可看作杨亿向朋友吐露心声之作。开篇“风波名路壮心残，三径荒凉未得还”两句，可看作全诗的核心，既表达出杨亿在官场中的失意，也流露出他归隐田园的愿望。写这首《书怀寄刘五》时，杨亿不过三十二岁，但文中却感慨多病，如届暮年，可见他在官场过得并不开心。

过得不开心，就要找一些精神上的寄托。诗中“三径荒凉”

①欧阳修《归田录》卷一。

一句，是从陶渊明《归去来兮辞》中“三径就荒”中变化而来，陶渊明东篱采菊的归隐生活是让杨亿羡慕的。杨亿看到“陆羽井”时，他的心弦就受到了触动。

## 二

在宋代文人眼中，陆羽与陶渊明是可以相提并论的先贤。例如比杨亿稍早的宋初隐士魏野，在《酬和知府李殿院见访之什往来不休因成四首》(其三）中就有“旋烧陆羽烹茶鼎，忙换陶潜漉酒巾”的句子。仰慕陶潜的杨亿，在看到陆羽井时也会诗兴大发。众所周知，陶渊明是名扬千古的隐士，那么，陆羽也是隐士吗？

大家不妨参考陆羽好友皎然的看法。皎然的诗作中，有不少都涉及陆羽，其中《赋得夜雨滴空阶送陆羽归龙山》和《寻陆鸿渐不遇》两首，直接以名字相称，此外《访陆处士羽》《喜义兴权明府自君山至集陆处士羽青塘别业》《同李侍御蕚李判官集陆处士羽新宅》《春夜集陆处士居玩月》《往丹阳寻陆处士不遇》《九日与陆处士羽饮茶》等，均以“处士”来称呼陆羽。“处士”，即是隐士的尊称。由这些茶诗的题目，便可见皎然对于陆羽身份的认知。

除此之外，崔国辅曾把自己珍爱的白驴、帮牛赠给陆羽，理由是这两匹坐骑“宜野人乘蓄”[1]。这里的“野人”，可不是神农架里那种，而是与“处士”一样，都是隐逸之人的别称。由此可见，陆羽在师友的眼中，确实是一位隐士。

北宋欧阳修撰写《新唐书》时，将陆羽归入“隐逸传”中。这反映了宋代文人对于陆羽的定位和看法。可能是陆羽在茶学上成就太大，所以总给后人一种职业茶人的印象，实际上，陆羽与陶潜一样，都是中国古代著名的隐士。正因如此，困于官场又心怀山野的杨亿，对于陶渊明和陆羽都怀有羡慕之情。他歌咏陆羽井，重点自不在井，而在于茶圣陆羽。

为什么会写这篇《陆羽井》，在哪里写的这首《陆羽井》，还需再做一点说明。杨亿的这首诗，是《建溪十咏》中的一首，他在诗序中写道：

> 太常高博士惠连典建安郡，自邮中以所赋十题为寄。仆桑梓之地，耳目熟焉，不胜起予，因亦继作。

高博士高惠连，与杨亿年龄相仿，又同朝为官，因此两人多有诗文往来。这次高大人去建安任职，寄来所赋十题。建州本是杨亿的家乡，读到高惠连诗文中描写的故乡景物，诗人不禁动情，也借题作了十篇。

---

①陆羽《陆文学自传》，《文苑英华》卷七九三，中华书局，1966年，4194页。

由此可知，这首《陆羽井》并非写于井边，而是作于京城。闷坐朝房，愁对公文，追忆先贤隐士，杨亿心中不免五味杂陈，这首茶诗，便多有弦外之音了。

## 三

此诗的一二句“陆羽不到此，标名慕昔贤”，讲的是水井的来历。

陆羽一生寻茶访友，足迹甚广，他所撰写的《茶经·八之出》，记录了唐代八道四十三州郡产茶的情况。在信息极不发达的时代，这是很不容易的事情，若没有大量的实地考察，很难完成这样的作品。

但在《茶经·八之出》的最后，他写有这样一段话：

> 其思、播、费、夷、鄂、袁、吉、福、建、韶、象十一州未详，往往得之，其味极佳。

对熟悉的茶区，知无不言毫不保留；对未到过的茶区，客观诚实地言以“未详”，仅从此一点，便可看到陆羽实事求是的学术态度。每每读至此处，我都不由得心生敬佩。

由此可知陆羽并没有到过建州，所以杨亿《建溪十咏》中所写的“陆羽井”，不可能是陆羽开凿或使用过的古井，只因当地人仰慕陆羽，便将这口井命名为陆羽井。这就如同我自己设计烧制的茶器底款写“鸿渐”二字一样，都是对于茶圣的一种崇敬与怀念。

此诗的三四句“金瓶垂素绠，石甃湛寒泉”与五六句“百汲甘宁竭，千金志不迁”，由水井的功用讲到了水井的品格。

三四句中，有一些字义要先讲清。“绠”，音同耿，是井绳的意思。“甃”，音同咒，是井壁的意思。古代律诗，讲究对仗，力求工整。既然前面的“垂”为动词，那后面的“湛”也当动词解释，作澄清之意。打水的不一定真是“金瓶”，古井里也不一定是寒泉，读者在这里不必较真，这本是诗意的描写，来源于生活，但要高于生活。

五六句中，后句的“不”为副词，前句的“宁”也要做副词解释，因此，这里的“宁”字，音同佞，解释为岂或难道，用法与“王侯将相宁有种乎”一样。

一口好的水井，会不会因为人们不断地汲取，那甘甜的井水就枯竭了呢？自然不会。那么一个高尚的人，会不会因为一些名利上的诱惑，而改变自己的初心呢？自然也不会。陶渊明“不为五斗米折腰”的故事千古传扬，茶圣陆羽也有一则千金志不迁的美谈。

《封氏闻见记》卷六中记载：

楚人陆鸿渐为《茶论》，说茶之功效并煎茶炙茶之法，造茶具二十四事以“都统笼”贮之。远近倾慕，好事者家藏一副。有常伯熊者，又因鸿渐之论广润色之，于是茶道大行，王公朝士无不饮者。

御史大夫李季卿宣慰江南，至临淮县馆，或言伯熊善茶者，李公请为之。伯熊着黄被衫，乌纱帽，手执茶器，口通茶名，区分指点，左右刮目。茶熟，李公为歠两杯而止。既到江外，又言鸿渐能茶者，李公复请为之。鸿渐身衣野服，随茶具而入。既坐，教摊如伯熊故事。李公心鄙之，茶毕，命奴子取钱三十文酬煎茶博士。鸿渐游江介，通狎胜流，及此羞愧，复著《毁茶论》。伯熊饮茶过度，遂患风气，晚节亦不劝人多饮也。

封演，唐玄宗天宝十五载（756）进士及第。《封氏闻见记》一书，作于唐德宗贞元十六年（800）之后[①]。因时代不远，这段陆羽受辱的故事应较为可信。李季卿以貌取人，对于身穿黄被衫、头戴乌纱帽的常伯熊尊重有加，而面对身着野服的陆羽却从心里鄙视，最终仅命仆人以三十文钱打赏茶博士。其实若论茶学修养，陆羽定在常伯熊之上。若是他肯在穿着上迎合权贵的口味，那势必能被人刮目相看。但与陶渊明不为五斗米折腰一样，陆羽也不愿为了荣华富贵而改变自己的本性。

①周勋初《唐代笔记小说叙录》，凤凰出版社，2008年，21页。

陆羽被人尊为“茶圣”，一方面是因其深厚的茶学造诣，另一方面是因其高尚的品格节操。

此诗的最后两句“真茶泛云液，一歠可延年”，讲的是饮茶的妙用。

所谓“真茶”，并非指货真价实的茶，这里的“真”字，应解释为本真，与“千金志不迁”形成了前后呼应。“云液”，是好水的泛称，也是与前文的“石甃湛寒泉”相联系。饮茶，有益寿延年之功，但并不是说茶是一种特效药。茶对于人的益处，一半在于身体，一半在于心灵。

不管是古时的文人墨客，还是如今的职场中人，大家都很仰慕陶潜、陆羽一类的隐士。为什么呢？那是因为他们活成了我们心中理想的样子。陶渊明的《桃花源记》是千古流传的美文，可不是每一个人都有找到桃花源的福气，也不是每一个人都有搬进桃花源的勇气。

任何一个时代的人，在无山林可供隐逸的时候，还可以选择隐入茶汤。一杯茶汤在手，便拥有了一份遥望青山、仰观白云暂时遐想的权利。从某种意义上说，陆羽为后世留下的茶汤，不正是另一处桃花源吗？

心中常怀桃花源，一歠自然可延年。

# 范仲淹《和章岷从事斗茶歌》

年年春自东南来，建溪先暖冰微开。
溪边奇茗冠天下，武夷仙人从古栽。
新雷昨夜发何处，家家嬉笑穿云去。
露芽错落一番荣，缀玉含珠散嘉树。
终朝采掇未盈襜，唯求精粹不敢贪。
研膏焙乳有雅制，方中圭兮圆中蟾。
北苑将期献天子，林下雄豪先斗美。
鼎磨云外首山铜，瓶携江上中零水。
黄金碾畔绿尘飞，紫玉瓯心翠涛起。
斗余味兮轻醍醐，斗余香兮薄兰芷。
其间品第胡能欺，十目视而十手指。
胜若登仙不可攀，输同降将无穷耻。
吁嗟天产石上英，论功不愧阶前蓂。

众人之浊我可清，千日之醉我可醒。

屈原试与招魂魄，刘伶却得闻雷霆。

卢仝敢不歌，陆羽须作经。

森然万象中，焉知无茶星。

商山丈人休茹芝，首阳先生休采薇。

长安酒价减千万，成都药市无光辉。

不如仙山一啜好，泠然便欲乘风飞。

君莫羡，花间女郎只斗草，赢得珠玑满斗归。[①]

每一次到各地的博物馆参观，总要逛逛那里的文创小店，选一些惠而不费的物件，回来送给师友最为适宜。2019年春节，陪着父母去宝岛旅行，自然要到台北故宫一游。趁着他们看展的间隙，我便到文创店里转了转，本打算买几个冰箱贴，结果一眼就看见了唐寅《斗茶图》的复制画。

这幅唐寅的《斗茶图》，是乾隆皇帝的旧藏，后一直收藏于台北故宫。虽然是明人画作，内容却是宋代的斗茶场景。画中有四人，均站立在山林古松之下，一人执瓶点茶，二人持碗啜茗，一人扇风助火，旁边的炉上放置着长柄烧水壶，另一侧的茶篇内陈设着各式茶器。原物为56.4cm × 61.8cm的绢画，如今被缩印在卡纸上，倒也显得精致可爱。一看价格，只需150新台

①李勇先、王蓉贵点校《范文正公文集》，四川大学出版社，2002年，43页。

币，我赶紧买了十张，回京后送给朋友与学生，大家都喜欢得不得了。现如今只剩了一张，被我摆放于书架之上。

这幅画的构图，与宋元时的《斗茶图》相近，应是有所参考，用笔稍显匠气，历代方家皆认为不是唐寅所画，而是出于后人笔下，即便如此，仍不失为一幅精彩的茶画。但若真想了解北宋的斗茶活动，不妨再读读范仲淹的《和章岷从事斗茶歌》。全诗289个字，宛若一段北宋斗茶习俗的纪录片，向后人活灵活现地展示了斗茶的流程与氛围。

## 二

范仲淹，字希文，生于宋太宗端拱二年（989），苏州吴县人。他出身寒微，经历坎坷。他两岁时，父亲便撒手人寰。母亲带着他改嫁长山朱文翰，范仲淹遂改名朱说，直到入仕后才改回本名。

他于宋真宗大中祥符八年（1015）进士及第，为广德军司理参军，正式步入官场。宋仁宗康定元年（1040）五月任陕西经略安抚副使，八月，兼知延州，抗御西夏。范仲淹在前线抵御西夏达四年之久。正是此时，他写下了脍炙人口的《渔家傲》：

塞下秋来风景异，衡阳雁去无留意。四面边声连角起。

千嶂里，长烟落日孤城闭。　浊酒一杯家万里，燕然未勒归无计。羌管悠悠霜满地，人不寐，将军白发征夫泪。

宋仁宗庆历三年（1043），范仲淹奉调回京，任枢密副使、参知政事等职，推行改革，史称庆历新政。后遭保守派反对而罢相，外放地方任职。

皇祐四年（1052），范仲淹在赴任途中病故，享年六十三岁。

提起范仲淹，总会给人以“先天下之忧而忧，后天下之乐而乐”的儒家士大夫印象，似乎优哉游哉的饮茶生活，怎么也与他沾不上边。的确，《范文正公集》中内容涉及茶的诗作仅有三首，而题目中带茶的诗作，仅有这首《和章岷从事斗茶歌》，但不得不说，仅凭这一首茶诗，范仲淹便可以名留茶史了。

## 二

章岷，字伯镇，宋仁宗天圣五年（1027）进士，算是范仲淹的晚辈。他是建州浦城（今属福建）人，与北宋初年西昆派诗人杨亿是同乡。北宋时建州是最为重要的茶区，因此建州籍的诗人多谙熟茶事。例如杨亿就曾在《建溪十咏》中写过《北苑焙》与《陆羽井》两篇精彩的茶诗。章岷想必也是茶中高手，他写下一首与斗茶相关的茶诗，范仲淹读后奉和一篇，这便是

《和章岷从事斗茶歌》的来历。

所谓斗茶，就是一种以茶为选手而进行的比赛。虽然俗话说“文无第一，武无第二”，但是茶与茶之间，还是可以比较的。例如唐代诗人白居易《夜闻贾常州崔湖州茶山境会想羡欢宴因寄此诗》中，便有“青娥递舞应争妙，紫笋齐尝各斗新”一联。这当然不是斗茶，但却说明茶常常可以比斗一番。

《茶经》中，就有“建人谓斗茶为茗战”的记载。斗茶是唐代就流行于福建地区的习俗。章岷作为建州浦城人，自然熟悉甚至擅长此道。北宋建国之后，建州茶升列贡茶。建州的斗茶习俗，也借此机会推广到全国范围之内。这就如同以前北方都是大壶泡茶，大杯牛饮，小盖碗、蛋壳杯这些物件，是伴随着铁观音的推广而众所周知的。名茶，需要饮茶方式去呈现；饮茶方式，需要名茶去承载，这个逻辑，千年未变。

关于宋人到底如何斗茶，后文中还要详细说明，这里先卖个关子。倒是这首茶诗特殊的体裁，值得多说两句。这首斗茶歌，实际上是古体诗中的杂言诗。李白的《扶风豪士歌》和杜甫的《奉先刘少府新画山水障歌》等，都属于这一体裁的诗。杂言，也就是长短句，从三言到十一言，可以随意变化。杂言诗由于句子的长短不受拘束，给人一种奔放的感觉。另外，律诗要求一韵到底，而古体诗可以一韵到底，也可以换韵，而且可以换几次韵。这些都是这首茶诗体裁上的独特之处。

## 三

第一部分，“年年春自东南来，建溪先暖冰微开。溪边奇茗冠天下，武夷仙人从古栽”，讲的是茶区的风貌。

“建溪”，常出现于宋代茶诗当中，如林逋的“乳花烹出建溪春”[①]等。因其地处如今的闽北，自然算是北宋都城开封的东南。因为纬度低回暖早，所以每年建溪的春天要先于其他茶区到来。这么好的茶，简直是只应天上才有的圣物，恐怕并非人力所及，而是神仙栽种。这里“武夷仙人”的用法，显然是从唐末徐夤“武夷春暖月初圆，采摘新芽献地仙”演化而来。

虽然“仙人从古栽”的说法是浪漫的文学写作手法，但凡是饮过武夷茶的人，都会感叹自然造物之神奇。闽北的山水，确实适宜茶树的生长。许多从闽南传过去的茶树品种，栽种在武夷就显现出更为精彩的韵味。当然，唐宋饮的是绿茶，如今喝的是乌龙，不可同日而语。但闽北的山山水水，却是一如既往的好。这“武夷仙人从古栽”的说法，今天用起来也不过时。

第二部分，“新雷昨夜发何处，家家嬉笑穿云去。露芽错落一番荣，缀玉含珠散嘉树”，讲的是采茶的场景。

“新雷”，是春雨的先兆，春雨过后，便有茶芽萌生。由此可知，春雷与茶事的紧密关系。范仲淹在另一首茶诗《萧洒桐

---

① 《全宋诗》卷一〇八。

庐郡十绝》（其六）中，也写了新雷与春茶：

> 萧洒桐庐郡，春山半是茶。
> 新雷还好事，惊起雨前芽。

头春茶，皆是芽，如碎玉，似珍珠，错落点缀在茶树上。“缀玉含珠散嘉树”七个字，既写出了初春茶芽的细嫩，也暗示了采茶人的艰难。

第三部分，“终朝采掇未盈襜，唯求精粹不敢贪。研膏焙乳有雅制，方中圭兮圆中蟾”，讲的是制作的匠心。

“襜”，音同搀，即是围裙。辛苦劳作了一早晨，茶青也没采满一围裙。别误会，并不是采茶人偷懒，也不是他们手法笨拙，而是采茶的标准太高。只求质量，不贪数量，才会采了一早晨仍然不够装满一个围裙。“唯求精粹不敢贪”，可算作古今制茶的不二法门，今人仍需谨记。

“圭”，是古代帝王诸侯举行典礼时用的一种玉器。“蟾”，本义是蟾蜍，这里代指明月。“方中圭兮圆中蟾”，描述的是建溪茶饼的形态有方、圆两种。《宣和北苑贡茶录》中有“长寿玉圭”茶饼的绘图，可算是“方中圭兮”的样貌。至于“瑞云翔龙”“上品拣芽”“龙苑报春”数款茶，则都是“圆中蟾”的造型了。

第四部分，“北苑将期献天子，林下雄豪先斗美。鼎磨云外首山铜，瓶携江上中零水。黄金碾畔绿尘飞，紫玉瓯心翠涛起”，讲的是斗茶的过程。

北苑茶自然要供奉天子，但是在此之前，林下的雄豪要先斗试一番。有人说，这岂不是僭越？还真不算。正因为要献于天子，所以要优中选优。只有比赛中得胜的茶，才有资格作为贡茶入京。看起来，北宋皇帝也爱喝比赛金奖茶。

研磨茶粉，准备好水，都是斗茶前的准备工作。诗人的描述极美，这里便不再译成现代汉语了。只是“黄金碾畔绿尘飞”一句，需多说一点。唐宋文人描述碾茶时，常用“瑟瑟尘”一词，如唐代白居易有“看煎瑟瑟尘”[①]，宋代林逋有“石碾轻飞瑟瑟尘”[②]等。所谓“瑟瑟”，代指蓝绿之色。白居易《暮江吟》中“一道残阳铺水中，半江瑟瑟半江红”一联，就是用“瑟瑟”形容碧绿色的江水。“绿尘”与“瑟瑟尘”意思相同，“黄金碾畔绿尘飞”一句似是从“石碾轻飞瑟瑟尘”中演化而来。范仲淹对于林逋的诗，应该是很喜爱的吧。

第五部分，“斗余味兮轻醍醐，斗余香兮薄兰芷。其间品第胡能欺，十目视而十手指。胜若登仙不可攀，输同降将无穷耻”，讲的是斗茶的结果。

范仲淹时代的斗茶，都要比些什么呢？显然，一是斗味，二是斗香。一盏好茶，味比醍醐好，香比兰芷浓。这样的斗茶

①谢思炜撰《白居易诗集校注》，1588页。

②《全宋诗》卷一〇八。

赛，是在众目睽睽之下进行的，没有丝毫水分可言。要是胜了，制茶人就无比荣耀，宛若封神登仙；要是输了，制茶人无地自容，犹如败军降将。通过范仲淹的诗文，我们似乎感受到了斗茶时的热烈场面。

第六部分，“吁嗟天产石上英，论功不愧阶前蓂。众人之浊我可清，千日之醉我可醒。屈原试与招魂魄，刘伶却得闻雷霆。卢仝敢不歌，陆羽须作经。森然万象中，焉知无茶星”，讲的是茶的功效。

关于对仗，古体诗是没有要求的，诗人可以选择不对仗，或是自由的对仗。不对仗，容易理解。那什么叫自由的对仗呢？就是写作时不受格律的限制，对仗只需考虑修辞上的需要，而不用顾忌平仄上的限制。

诗文的这一部分，对仗极为工整。“众人之浊我可清，千日之醉我可醒”两句，系由屈原《渔父》“举世皆浊我独清，众人皆醉我独醒”化出，旨在于点出饮茶的功效。屈原喝了茶，不免文思泉涌；刘伶饮了茶，也能宿醉扫清。陆羽撰写《茶经》，卢仝创作茶诗，本都是自愿之事，但诗中却说，喝了茶之后，卢仝怎敢不作诗歌咏，陆羽自然应该为她写经扬名。范仲淹以幽默的笔触，凸显了茶之功效。

第七部分，“商山丈人休茹芝，首阳先生休采薇。长安酒价减千万，成都药市无光辉。不如仙山一啜好，泠然便欲乘风飞。君莫羡，花间女郎只斗草，赢得珠玑满斗归”，夸的是茶的妙用。

“商山丈人”，即指商山四皓，传说他们采紫芝而疗饥[①]。“首阳先生”，即指伯夷与叔齐，二人耻食周粟，采薇充饥[②]。商山丈人与首阳先生，都是名扬千古的隐士高贤。作者脑洞大开，把这几位都请出来为茶代言，甚至半开玩笑地劝说他们，灵芝薇草都可以不用吃了，喝茶就行了。

接下来，作者进一步阐述茶的妙用。茶，可以代酒，也可以为药。以茶代酒，不失风雅；以茶为药，益寿延年。茶一出现，酒价可能要减千万，药市也变得萧条。好茶一啜，飘飘欲仙。这么好的茶，自然引得世人斗试。制出好茶的花间女郎，斗茶得胜，赢得盆满钵满。

范仲淹这首《和章岷从事斗茶歌》，完全利用了古体杂言的优势，铺排潇洒、行文流畅、辞藻丽逸、音韵铿锵，可称为宋代茶诗中的精品之作。南宋胡仔评论此诗：“希文排比故实，巧欲形容，宛若有韵之文。”[③]诚非虚言。

这里多说一句，宋代斗茶的习俗，后来又有了很大变化。北宋蔡襄《茶录》中，即说“故建安人斗试，以青白胜黄白”“建

---

①《古今乐录》“莫莫高山，深谷逶迤，晔晔紫芝，可以疗饥。唐虞世远，吾将安归?”

②参见《史记·伯夷列传》。

③胡仔纂集、廖德明校点《苕溪渔隐丛话（后集）》，人民文学出版社，1962年，80页。

安斗试，以水痕先退者为负，耐久者为胜”。换言之，蔡襄记载的斗茶，比的是盏面汤花的色泽匀度以及汤花持续时间的长短。范仲淹中进士时，蔡襄才三岁，二人之间，大致相差一辈人。由此可知，北宋斗茶似乎早期是“斗味”“斗香”，后期变为“斗色”“斗沫”。

可是问题似乎又没这么简单。南宋刘松年《茗园赌市图》和元代赵孟頫的《斗茶图》，都极形象地记录了当时斗茶的场景。赵孟頫的画中，参与斗茶的有四人，每人都有一副精巧非常的斗茶用具。可以想见，为了取得斗茶的胜利，他们都精心择茶，刻意选水，细心洗涤茶具，又耐心候火定汤。其中一人在提壶点茶，点好了三盏，正在点的是最后一盏；另外三人神情专注地鉴评，有正在举盏啜饮的，有刚吮吸一口还在舌边翻滚辨味的，有已徐徐咽下在回味的，个个刻画细腻，神韵生动。不过从画中的斗茶场面看，他们的胜负不在汤花水痕、斗色斗沫，而在于茶的滋味、香气。

那么，宋代斗茶的标准到底是什么？是斗味斗香？还是斗色斗沫？笔者在这里大胆地推测，宋代早期斗茶重视味道与香气，但后来，蔡襄等人倡导的汤色与持续度成为斗茶的新标准。而宋代民间一直保持了早期那种“斗味”与“斗香”的习惯，斗茶时仍然看重茶汤的滋味与香气。

一盏茶，再名贵也是饮品。

只有喝掉茶汤，才是对茶最大的尊重。

斗茶时，如果只看重视觉的欣赏，而忽略味觉与嗅觉的享受，其实是对茶的亵渎。

从这个角度讲，蔡襄不见得比范仲淹更懂茶，达官显贵也不见得比咱们平民百姓更懂茶。

# 梅尧臣《闻进士贩茶》

山园茶盛四五月，江南窃贩如豺狼。
顽凶少壮冒岭险，夜行作队如刀枪。
浮浪书生亦贪利，史笥经箱为盗囊。
津头吏卒虽捕获，官司直惜儒衣裳。
却来城中谈孔孟，言语便欲非尧汤。
三日夏雨刺昏垫，五日炎热讥旱伤。
百端得钱事酒炙，屋里饿妇无糇粮。
一身沟壑乃自取，将相贤科何尔当。[1]

---

①朱东润《梅尧臣集编年校注》，上海古籍出版社，1980年，790页。

## 一

正如日本学者吉川幸次郎所说，宋诗真正摆脱唐诗，开始具有自己的气象，是在北宋建国半个世纪以后了。北宋第四位皇帝仁宗在位的四十年间，人们才终于意识到，自己已处于完全有别于李唐的新时代。文人渐渐觉得，有必要确立合乎新时代的新诗风。

确立新诗风的中心人物，是欧阳修与梅尧臣。二人相较，欧阳修的政治地位更高，对于后世的影响也更深远，但从年龄来看，梅氏要略长几岁。因本书以作者生年先后为篇章排序，所以便先讲梅尧臣的茶诗。

梅尧臣，字圣俞，号宛陵先生，安徽宣城人。他生于宋真宗咸平五年（1002），这时北宋建国已将近半个世纪。作为一名文人，梅尧臣在官场一直不得志，不是困于有司，就是栖身州县，年纪很大才入京做了个尚书都官员外郎，所以后人也称他为“梅都官”。其实这个官职很小，但在梅尧臣的一生中，这已经算是官运亨通的高光时刻了。

梅尧臣，年长欧阳修五岁，二人的交往，开始于宋仁宗天圣九年（1031）。那时二人还都是二三十岁的年轻人，同在洛阳城里作小官。当时梅尧臣已颇有诗名，欧阳修对他颇为敬重。此后的近三十年间，欧阳修的官越当越大，后来还做了参知政事；梅尧臣却一直不得志，只是基层官员而已。二人官位虽然相差悬殊，但欧阳修对梅尧臣的尊重却从未改变。如果查一下二位的集子，可以发现二人之间的赠答诗不胜枚举，欧阳修一直对梅尧臣的文采赞不绝口。

梅尧臣的诗到底好在哪里？能够让“唐宋八大家”之一的欧阳修都佩服不已。这里面的原因很多，但我想关键的一点，在于梅尧臣写作时积极的态度。他不愿效法唐末五代那些文人为了琐事而推敲琢磨，浪费时光。梅尧臣要在诗作中倾注自己的理想与抱负，他希望做到像《诗经》中“大雅”与“小雅”那样，不但饱含社会意识而且富于政治批评。

的确，与唐末诗歌相比，梅尧臣的作品呈现出更为开阔的视野。以前很少有人关注的题材，梅尧臣也都细致观察，写成诗篇。本文选的这首《闻进士贩茶》，就是之前从未有过的茶诗题材。这首诗里的茶事，不是阳春白雪般的雅致生活，而是社会热点与世间百态。梅尧臣的这首七言古诗，讽刺了知识分子的堕落，可作为研究社会史的绝佳资料。以“二雅”为写作目标的梅尧臣，才能写出这样的茶诗吧。

## 二

这首茶诗，作于宋仁宗至和二年（1055）。这一年梅尧臣五十四岁，为母丁忧居住在老家宣城。虽然远离官场，但诗人仍然关心时事新闻。这一年五月后的一天，梅尧臣从朋友那里听

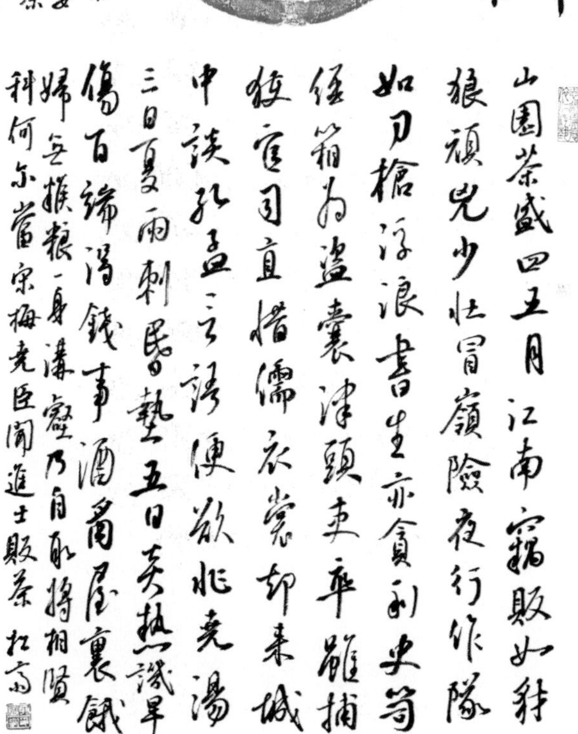

梅尧臣《闻进士贩茶》（耿国华书）

## 闻进士贩茶

梅尧臣

山园茶盛四五月，江南窃贩如豺狼。
顽凶少壮冒岭险，夜行作队如刀枪。
浮浪书生亦贪利，史笥经箱为盗囊。
津头吏卒虽捕获，官司直惜儒衣裳。
却来城中谈孔孟，言语便欲非尧汤。
三日夏雨刺昏垫，五日炎热讥旱伤。
百端得钱事酒炙，屋里饿妇无糇粮。
一身沟壑乃自取，将相贤科何尔当。

闻了一则怪事——进士贩茶。

进士本是学子中的成功人士，能考中进士，是一件很不容易的事情。例如梅尧臣才华很高，但早年应试不第，一直考不中进士，最后以恩荫补官，才得以步入仕途。进士既然有直接入仕为官的资格，却为何要去贩茶呢？

这一切，要从宋朝的茶叶贸易讲起。在交引茶制下，宋政府垄断了茶叶的货源，切断了茶叶生产者即茶园户和商人之间的直接贸易联系。这样朝廷就会形成茶叶贸易中的垄断价格，以此获取巨额茶叶利润。但是，由于宋政府介入茶叶商品流通，人为地增加了茶叶流通环节，延长了茶叶流通过程，带来了一系列消极后果，其中最重要的，便是政府必须付出大笔贸易费用。

正所谓“羊毛出在羊身上”，宋代朝廷为各个流通环节支付的大笔贸易费用，肯定会算作成本折入茶价当中，最终还是喝茶的人钱包受损。其实如果商人直接从茶山购进茶叶，价格并不高，即使卖出时加一些利润，老百姓还是觉得比官茶便宜得多。

私贩兴盛，会直接与政府形成竞争。宋朝政府要想从茶叶贸易中居间取利，很重要的一点就是必须一直垄断茶叶商品的货源，使政府成为茶叶商品的唯一拥有者，因此，宋代私贩茶叶一直是违法行为。

但在利益驱使下，私贩茶叶屡禁不止，甚至连军人也加入到贩私茶的队伍中。宋太宗时，就已禁止军人染指茶叶贸易，但开国名将张永德却罔顾法律，在太原“令亲吏贩茶规利”[①]。宋仁宗时，御史中丞张方平上疏亦指出军人“趋坑冶以逐末，贩茶盐而冒禁”[②]。

在巨额利益的诱惑下，不光军人知法犯法，就连进士也参与私贩茶叶。那么这些贩茶的读书人，到底是利欲熏心，还是另有隐情？我们从正文中寻找答案吧。

## 三

第一部分，“山园茶盛四五月，江南窃贩如豺狼。顽凶少壮冒岭险，夜行作队如刀枪”，讲的是贩茶的猖獗。

对于茶农来说，确实是一年之计在于春。每年农历四五月份，都是春茶上市的时节。这时候私贩茶叶的人，活动也猖獗了起来。那些顽凶的少壮青年，不惜翻山越岭，到茶山收购佳茗。宋朝为了打击私贩茶叶，也不得不派出了大量稽查官吏。

私贩茶叶，说到底是违法行为，所以这些“顽凶少壮”一般都是昼伏夜出。在利益的驱使下，他们甚至不惜武装贩茶。宋太祖乾德二年（964）八月，就曾规定商人持兵器武装贩运私茶应判死刑，所以一旦遇到稽查官吏，贩茶队伍一定会拼死抵

---

①《宋史》卷二五五。

②《续资治通鉴长编》卷一五九。

抗。那份儿凶狠程度，可能不亚于如今的贩毒分子。

在武装贩茶的茶商面前，宋政府常常显得软弱无力，有时只好采取招降的办法。宋仁宗年间，“闽人范士举与其党数百人盗贩私茶，久不能获”①，后来真定府藁城主簿陈昌期，靠招安的办法才解决了问题。陈昌期还因此而升官晋职。宋代茶叶私贩之猖獗，由此可见一斑。

第二部分，“浮浪书生亦贪利，史笥经箱为盗囊。津头吏卒虽捕获，官司直惜儒衣裳”，讲的是文人的贩茶。

那些浮浪的书生，在利益诱惑下，竟然也私贩茶叶。北宋对于贩茶一直严厉打击。虽然自宋太宗开始，一般贩茶者已经不必处死了，但是惩罚的力度仍然很大。太平兴国年间（976—984），对私贩茶商的处罚有所减轻，榷货务主吏偷盗官茶贩卖，在五百钱以下者徒二年，三贯以上黥面送阙下。淳化年间，私贩茶叶价值十贯以上，黥面送本州牢城。如果巡防卒私贩茶，则加重处罚的力度。

那些文弱的书生，难道就不怕严刑峻法吗？自然也是怕的。但是读书人贩私茶，风险会低很多。因为比起那些看起来就很顽凶的亡命徒，书生看起来更有迷惑性。“笥”，音同四，“史笥”代指书箱。他们用“史笥经箱”装茶，往往能逃避关卡的盘查，即使被抓了个现行，受罚程度也轻得多。宋代尊重读书人，一

① 《续资治通鉴长编》卷一七六。

般会对他们网开一面。正如诗中所说，官员在审判时总会对读书人减罪处罚。这些浮浪书生，不以为耻反以为荣，干脆把“儒衣裳”当作了护身符。

第三部分，“却来城中谈孔孟，言语便欲非尧汤。三日夏雨刺昏垫，五日炎热讥旱伤”，讲的是文人的堕落。

这些贩卖私茶的文人，被释放之后仍不思悔改。他们动辄大谈孔孟之道，有时又贬损尧汤这样的圣君。一边谈孔孟，一边非尧汤，利欲熏心，表里不一。下雨天怕淋到，太阳天怕晒到，既缺乏劳动者的勤恳朴实，又丧失了读书人的社会担当，成为社会的渣滓。

第四部分，“百端得钱事酒炙，屋里饿妇无糇粮。一身沟壑乃自取，将相贤科何尔当”，讲的是堕落的下场。

这些人非法牟利后，纸醉金迷随意挥霍。家里的老婆孩子一概不管，任凭他们挨饿受苦。孝悌忠信礼义廉耻，真可谓一字不占。他们游走于法律的边缘，自然也不会有好的结果，最终不免陷于困厄之境，真可说是咎由自取。至于本该属于读书人的金榜题名封妻荫子，自然就与这些人无缘了。

这首茶诗，把一些儒生伪君子的面孔刻写得入木三分，读之令人拍手称快。与此同时，亦足以看出梅尧臣诗歌创作主题广泛，具有社会责任感，这在晚唐五代的诗歌中是很少见的。

就着梅尧臣的这首茶诗，我们不妨再多讨论几句茶事。茶叶私贩活动，不仅减少了政府收购茶叶的货源，对政府控制茶园户和茶叶生产也产生了不利影响。更重要的是，私茶占领了市场，堵塞了官府茶叶贸易的流通渠道，从而造成了官府茶叶积滞难销。

但宋代私茶为什么屡禁不止？私贩者的利欲熏心，自然应该口诛笔伐，但更重要的是，宋代官府茶的质量实在太差，给了私茶可乘之机。

一方面，茶叶贮运时间较长，一旦管理不善，极易腐败变质。商人为己图利，自然兢兢业业，保证茶叶的质量，不敢丝毫懈怠；但是官员办事，难免玩忽职守，正如宋人所说：

> 国家榷买茶货，岁入无穷，堆贮仓库，充积州部，及乎出卖之际，则大半陈腐。积年之后，又多至焚烧。[①]

在官僚主义作风盛行的宋代，这种工作效率低下的情况尤其严重。

另一方面，由于政府按山场官吏收购茶叶数量的多寡来加以奖惩，导致了山场官吏在收购茶叶过程中片面追求数量而忽视了质量。他们经常对茶园户的掺杂施假行为睁一只眼闭一只眼，得过且过，以这样的态度，怎么可能制出好茶。

其实这一点，宋人已有深刻体会。王安石曾犀利地指出：

---

①赵汝愚《宋名臣奏议》卷一〇八，《景印文渊阁四库全书》史部第一九〇册，台湾商务印书馆，1986年影印。

“而今官场所出，皆粗恶不可食，故民之所食，大率皆私贩者。”[1]官场所出茶叶，因粗恶难食而被私茶所排挤。私茶价格较高，却仍然深受消费者欢迎。什么原因？私茶质量过硬。

按理说官茶有朝廷背书，更应该受消费者信赖，但是实际情况却是官茶滞销，私茶畅销。面对市场的巨大需求，进士都耐不住寂寞，要掺和到私贩茶叶的活动中。

由此可见，金奖银奖，不如爱茶人的褒奖。金杯银杯，不如爱茶人的口碑。如果茶叶质量一般，拿再多的奖项，搞再硬的背书，也是没有用的。茶汤好喝，才是硬道理。

---

①王安石《临川文集》卷七〇，商务印书馆，民国八年影印明嘉靖抚州刻本。

# 梅尧臣《七宝茶》

七物甘香杂蕊茶，浮花泛绿乱于霞。

啜之始觉君恩重，休作寻常一等夸。[①]

一

腊月初八要喝粥，《梦粱录》与《武林旧事》中，均有相关记载，且都表明这项习俗大致源于佛教传统。那时的腊八粥食材比较简单，按照元人《析津志》中的说法，腊八日僧人要煮红糟粥以供神佛，老百姓在这天熬朱砂粥分食。

久而久之，腊八粥里的料越来越多。腊八粥的“八”字，本是说日期为八日，后来渐渐演变成粥料要八种。我们家熬腊

①朱东润《梅尧臣集编年校注》，1091页。

八粥时，老人就一定要先仔细数清楚粥料的种类，不够八种坚决不能下锅，当然，多于八种就没人介意了，毕竟自己家熬粥，越实惠越好。腊八粥其实就是八宝粥。

谈起腊八粥，令我想到七宝茶，二者有许多相似之处。其一，他们都是宋代就有的饮食习惯。其二，他们都是内容丰富的大杂烩。但不同之处在于，腊八粥流传至今，而七宝茶却早已失传，以至于我们想解密宋代七宝茶，只能从梅尧臣的《七宝茶》一诗入手了。

梅尧臣的生平事迹，本书前文已有详说，这里便不再赘述。

## 二

这首《七宝茶》，作于宋仁宗嘉祐四年（1059）。此时梅尧臣五十八岁，在官阶上已经提升到屯田员外郎。当然，这只是官阶，他真正的职务，还是国子监直讲，具体任务是预修《唐书》。

梅尧臣这一时期的诗作，多是与京城中好友的唱和。这首茶诗便是《和范景仁王景彝殿中杂题三十八首并次韵》中的一篇。梅尧臣的这一组诗，多是歌咏宫中景物，例如《殿幕闲兴》《游延羲阁后药栏》《宫槐》等；另有一部分，是赞颂皇帝的赏赐，例如《赐食》《赐酒》《赐书》《赐烛》《赐果》等。至于本诗中歌咏的七宝茶，应也是皇帝赏赐之物。

望文生义，七宝茶应不单单有茶，而是杂糅入七宝一起品饮。这样的饮茶方式，显然与陆羽所倡导的清饮截然不同。《茶经·六之饮》中批评道：

> 或用葱、姜、枣、橘皮、茱萸、薄荷之等，煮之百沸，或扬令滑，或煮去沫，斯沟渠间弃水耳，而习俗不已。

由此可见，陆羽对于在茶中杂糅其他食材一起品饮的方法，明显持否定态度，甚至说，这样弄出来的茶汤就像下水道里的废水。

现如今的爱茶人，确实难以想象加入葱姜一起煮出来的茶汤到底是什么滋味。笔者见识浅薄，确实没有尝过，但想必不会太好喝吧。

陆羽在唐代就否定的饮茶方式，为何到了北宋宫廷仍然流行？难道北宋的七宝茶已经是改良版本，比陆羽那时候喝的杂烩茶美味？

这首七绝，从文学角度上谈不上精彩，但作为史料，却可见宋时饮茶风俗及宫廷生活之一斑，也可解答我上述的问题，因此，仍值得仔细拆解一番。

## 三

这首茶诗是七言绝句，只有短短二十八个字，分为上下两个部分来读即可。

上半部分，“七物甘香杂蕊茶，浮花泛绿乱于霞”两句，描述的是七宝茶的样子。

如今我们喝的八宝粥，粥料不一定必是八种，可以多一些，也可以少一些，总之比清粥内容丰富就是了。七宝，本也有可能是一种概说，但正文开篇就有“七物”二字，又证明了梅尧臣喝的七宝茶里确实有七样东西。当然，如果再加上后面说的蕊茶，那恐怕叫八宝茶更贴切。不管是七宝还是八宝，总之是一种杂糅式的饮茶。正因如此，才有了“浮花泛绿乱于霞”的描述。

下半部分，“啜之始觉君恩重，休作寻常一等夸”两句，夸赞的是七宝茶的不凡。

喝了这碗茶，便要感念君恩深厚。这自然是一种套话，但透露出了这七宝茶定是出自宫廷。皇帝赐茶的制度，在唐代已有雏形；北宋之后，赐茶制度更为规范，也更为常态化。北宋黄鉴辑录的《杨文公谈苑》中写道：

> 龙茶…赐执政、亲王、长主，余皇族、学士、将帅皆得凤茶，舍人、近臣赐京铤、的乳，馆阁白乳。

按照身份高低，赐予不同等级的佳茗。茶已不再是饮品，而是身份的象征，甚至成为一种政治待遇。北宋初期诗人王禹俩，在《龙凤茶》一诗中便有“赐得还因作近臣”的句子。梅尧臣盛赞七宝茶，“休作寻常一等夸”。这并不能说明七宝茶一定特别美味。只是梅尧臣得到了帝王的惦念眷顾，饮茶时自然幸福感爆棚。这就如同您应邀去参加国宴，饭菜不一定特别精彩，但那是一种不同的体验。要真说解馋，可能还得是在街边上撸串。您说是不是这个理儿？

读过这首茶诗的人，都会关心茶里放的到底是哪七宝？很遗憾，梅尧臣没有详细说明。但是我们可从其他文献中寻找到一些蛛丝马迹。北宋蔡襄《茶录》中记载：

> 茶有真香。而入贡者微以龙脑和膏，欲助其香。建安民间试茶皆不入香，恐夺其真。若烹点之际，又杂珍果香草，其夺益甚。正当不用。

蔡襄比梅尧臣小十岁，代表的是更新的饮茶观念。由上述文字可知，蔡襄不赞成杂糅式饮茶。所以上述文字中所批评的贡茶，很可能就与梅尧臣笔下的七宝茶类似。蔡襄列举的反面教材中，恰恰为我们保留了珍贵的资料。

按蔡襄《茶录》的说法，北宋前期的贡茶中会以龙脑和膏。龙脑，是古人常用的珍贵香料。坊间所讲的四大名香“沉檀龙麝”中的“龙”，有人说是龙涎香，有人说是龙脑香。龙脑香，古时别称“瑞龙脑”或“龙脑”，是龙脑香树所产的树脂。龙脑香与冰片不是完全相同的东西，冰片包括龙脑冰片和用其他方法提炼出来的冰片。除了龙脑香树可以产出天然龙脑冰片外，从龙脑樟树、艾纳香中提取，或由松节油、樟脑化学加工得到的冰片，也是真正的冰片，成分都是龙脑。

如此稀有的香料，在古代只能由贵族专享。相传龙脑香在古代是皇帝出行时专用的香料。每次皇帝出行时都要在路边撒龙脑香，以示尊贵。皇帝过后，宫中人就用孔雀翎将地上的龙脑香扫起收好，因为孔雀翎不会将地上的尘土一并扫起，这样可以保持香料的干净，以备下次再用。

当然，龙脑香最主要还是用于和香。龙脑单独闻时，清凉馥郁、甜美芬芳；加热后略带水果味，清凉，香蹿到喉头，亦使舌下生津；也可以将龙脑香涂于衣领上，醒神凝气，香随身移，乐之快之。

龙脑香，最早是由外国进贡的高级香料。《隋书》记载，常骏等人奉隋炀帝之命出使赤土国。当地国王派儿子那邪迦“随骏贡方物，并献金芙蓉冠、龙脑香”[①]。如此珍贵的龙脑，自然可以入七宝之列。又因龙脑也可入药，所以加入茶中同饮也算安全。更重要的是，将清凉芬芳的龙脑加入茶中，可以增添茶汤的香气。制茶时添加龙脑增香，烹点之际再将珍贵果品和芬芳花草加入其中。梅尧臣笔下甘香的七物，应该就是蔡襄所说的

---

① 《隋书》卷八十二。

“龙脑”及“珍果香草”的统称了。

唐代人将葱、姜、橘皮、茱萸、薄荷之类的东西加入茶中，同样也是“欲助茶香”。唐宋的爱茶人为什么要给茶汤增香呢？答：其实是不得已而为之，他们那年头儿喝到的茶，真的不太香。

纵观陆羽《茶经》，提到茶香的地方就寥寥无几。《茶经·六之饮》里，提到了一次茶香，但也仅有“夫珍鲜馥烈者，其碗数三”十个字而已。这里的“珍鲜馥烈”，可解释为香高味爽。蔡襄《茶录》中，关于茶香仅写了“茶有真香”四个字。但这些形容都太模糊了，具体是花香、果香、蜜香还是陈香，根本没有说明。

这也怪不得古人，唐宋时期的茶根本就不香。经过科学研究，茶树鲜叶中大概含有86种芳香物质。如果做成像龙井一样的绿茶，芳香物质就可以变为260多种，足足增加了三倍。要是做成乌龙茶或是红茶，芳香类物质就会达到500种左右。换句话说，茶汤里的香气，半由天产半由人工。

唐宋时期，红茶和乌龙茶还都没出现。从皇帝到平民，喝的都是绿茶，而当时绿茶的工艺和如今还有区别。唐代以蒸青绿茶为主，顾名思义，就是以烫煮或蒸气进行杀青，因此，蒸青绿茶制作时所处的是水环境。

如今烹饪中推崇水环境制作食物，因为低温少油制作的食品，吃起来更为健康。注意体形的人士，经常只吃蒸煮的食品。

但对于茶叶制作，水环境不够理想，依靠蒸汽杀青，高温下才能产生的香气就出不来。

蒸青绿茶以鲜为贵，对香气的要求不高，如今日本绿茶还保留有蒸青的制作方法。如果您想体会一下唐宋佳茗的遗风，可以尝一尝日本抹茶或是玉露茶。国人大都喝不惯日本绿茶，就是因为确实不够香。我们国内常见的炒青绿茶，铁锅温度可以达到200℃，是蒸青温度的两倍，在高温环境下，低沸点的芳香物质挥发掉了，高沸点的芳香物质却透发了出来，炒青绿茶比蒸青绿茶香得多。

现如今，我们可以把茶香分为菜香、花香、果香、糖香和木香等多个类型，再也不用模糊地说“茶有真香”了。例如绿茶的香型，就属于“菜香”，就像是一把菠菜用开水烫过以后的香气，或者说是刚刚割后草坪的味道。

若是让茶轻微发酵，那么也就由“菜香”转为了“花香”。像白茶、轻发酵的乌龙等，都属于“花香”为主的茶品。要是让发酵继续加重，就会出现明显的果香，而且这种果香，是果肉型水果的香，像芒果、木瓜或是苹果的香。像东方美人茶，迷人之处就是有浓重的果香味。如果再增加一点焙火度，那么出来的香型就会更为浓郁，成了坚果香。水果香和坚果香，统称为果香。

从半发酵变成了全发酵，乌龙茶就成了红茶。这时的香型继续转变，出现了讨喜的糖香，细分起来，又会有蜜糖香、焦糖香、果糖香多个种类。

至于黑茶，则非常老成持重。由于特殊的发酵工艺，造就了其独特的“木香”。这种香型绝不张扬，而是将更多的精彩化在了茶汤之中。

纵观中国茶史，实际上就是不断逐香求味的过程。唐宋元明清，一直到如今，我们的茶汤是越来越美味了。若是梅尧臣能喝到如今的肉桂、单丛、大红袍，还会盛赞大杂烩一样的七宝茶吗？我想还是会的。毕竟，七宝茶是皇帝的赏赐。有时候，喝谁送的茶，与谁一起喝茶，比喝什么茶更重要。

杜工部诗云，月是故乡明。

爱茶人明白，茶汤也有情。

## 文彦博《送弥陀实师访积庆西堂顺老》

好去三摩地，相逢两会家。
禅心究实际，慧眼绝空花。
闻在东林日，常烹北苑茶。
愿将甘露味，余润济河沙。[①]

日本的茶室中，常常悬着“茶禅一味”的挂轴。正所谓众口铄金，三人成虎。挂得久了，挂得多了，弄得很多人都觉得“茶”与“禅”的结合是日本茶道的功绩。其实中国古代的爱茶人，早就在茶汤里品出了禅味儿。例如唐代武元衡《资圣寺贲法师晚春茶会》一诗中，便有“不知方便理，何路出樊笼”的句子。一杯茶汤，俨然成了破执的妙法。

---

① 文彦博著、侯小宝校注《文潞公诗校注》，三晋出版社，2014年，306页。

北宋文彦博的《送弥陀实师访积庆西堂顺老》，与唐代武元衡的《资圣寺贲法师晚春茶会》有很多相似之处。其一，写作之人都是宰相。其二，饮茶地点都是寺庙。其三，茶汤之中都有禅味。唐代宰相武元衡的茶诗，在拙作《茶的味道：唐代茶诗新解》中已做过拆解，这里便再来品一品宋代宰相文彦博的茶诗中的禅味儿吧。

## 一

文彦博，字宽夫，汾州介休人（今属山西）。他小时候就展现出过人的聪明才智。有一天，文彦博和小伙伴一起玩皮球，一不留神，皮球掉进了树洞里面。树洞挺深，大家费了半天劲，皮球都没掏出来。其他小孩抓耳挠腮，一时间都没了主意。这时文彦博找来了一桶水，“哗啦”一声，将水灌入洞穴，随着洞内水位升高，皮球自然浮出了洞口。文彦博的灌穴浮球之智，与司马光的破瓮救儿之谋，一直为后人津津乐道。有人说：“小时了了，大未必佳”，这句话用在这两位机智的小朋友身上却并不合适。文彦博与司马光，长大后都成了北宋的宰辅之臣。

按下司马光暂且不表，我们单说文彦博。他二十一岁进士及第，正式步入仕途。从知县做到参知政事，只花了二十年的时间，晋升速度不可谓之不快。文彦博是颇有建树的政治家，史书称赞文彦博“立朝端重，顾盼有威”，德望“足以折冲御侮于千里之表”，为人“公忠直亮……有大臣之风”，即使在退居乡里的时候，依然“朝野倚重”[1]。

就连与宋朝对峙的辽国，也对文彦博尊重有加。元祐年间，辽国使者耶律永昌、刘霄来开封公干，负责接待的官员正是苏轼。两位契丹使者在皇宫里，远远看见文彦博站在朝堂门口，马上原地站立，恭恭敬敬地问苏轼：“这位就是你们的潞国公文彦博大人吗?”苏轼点点头。二人又问文彦博的年龄，说：“还是如此精神矍铄!”苏轼对使者说：“二位只看见他的容颜，还没有听到他的言谈呢。潞国公处理政务的时候，即使是精练少年也比不上他；而且学识渊博，学贯古今，即使是潜心钻研学问的名家也有所不及。”使者听完拱手赞叹道：“天下异人也。”

按今天的眼光审视，文彦博绝对要算一位成功人士，但是职场成功，不代表波澜不惊。文彦博的宦海生涯，并非一帆风顺。宋神宗熙宁二年（1069），王安石拜参知政事，力排众议，实施新法。文彦博、富弼、司马光等老臣，主张采取传统与稳健的改革政策，反对王安石的激进革新。

此时的宋神宗，完全站在了王安石的一边，文彦博的主张根本得不到采纳。在政见不同、主张得不到采纳的情况下，文彦博决定远离政治漩涡和权力中心，不与变法的新贵合作。此时的文彦博已过古稀之年，身体的衰老，精神的苦闷，都向这

---

①《宋史》卷三一三。

位老人扑面而来。

还好，文彦博爱茶。早在宋仁宗庆历四年（1044），三十九岁的文彦博，以龙图阁、枢密直学士知益州。治理蜀地期间，文彦博接触到了蒙顶茶。他现存的五首茶诗中，就有两首以蒙顶茶为题。其中《和公仪湖上烹蒙顶新茶作》中写道：

> 蒙顶露牙春味美，湖头月馆夜吟清。
> 烦酲涤尽冲襟爽，暂适萧然物外情。

一碗茶汤，涤尽烦恼。饮茶片刻，萧然物外。

顺境，有茶助兴。逆境，有茶陪伴。

顺境中写作的茶诗，自有一份欢快；逆境中写作的茶诗，多了一份智慧。

这一首《送弥陀实师访积庆西堂顺老》，写于文彦博失意苦闷的晚年。这碗茶汤，是甘还是苦，我们去正文中品味吧。

## 二

“积庆西堂”，即是洛阳积庆堂，文彦博晚年的诗文中常常出现此地名。北宋立国后，将洛阳定为陪都西京。自此，洛阳便与政治中心开封保持着若即若离的关系，从而成为硕德老臣致仕后的齐聚之地。文彦博退出朝堂，也选择到洛阳归隐。

文彦博归隐洛阳后的生活，既不是大隐也不是小隐，而是效仿晚年曾居于洛阳的白居易，采取所谓“中隐”战略。什么是“中隐”呢？唐代白居易在《中隐》一诗中解释得很清楚：

大隐住朝市，小隐入丘樊。
丘樊太冷落，朝市太嚣喧。
不如作中隐，隐在留司官。
似出复似处，非忙亦非闲。

这种“中隐”的生活态度，贯穿着文彦博的晚年生活。

中隐洛阳的文彦博，生活的内容主要就是交友与饮茶。他效仿白居易晚年在洛阳结“香山九老会”之举，集洛中年高德劭者组成“洛阳耆英会”。成员有富弼、文彦博、席汝言、王尚恭、赵丙、刘几、冯行已、楚建中、王谨言、张问、张焘和王拱辰、司马光，共计十三人。其中司马光年未满七十，文彦博用香山狄兼谟故事，给他开了一个后门，这才使他得以加入。

文彦博另一首茶诗《家园花开与陈大师饮茶同赏呈刘伯寿楚正叔张昌言》中，刘伯寿（刘几）、楚正叔（楚建中）、张昌言（张问）皆是“洛阳耆英会”的成员。诗中写道：

今朝自赏家园花，浓艳繁英粗可夸。
外监上坡俱不至，紫园仙客共烹茶。

由此可见，诗会即茶会，诗友即茶友。

闲居洛阳期间，文彦博不仅有当年的老同事为伴，还结交了不少出家的僧人。文彦博经常出入洛阳的佛寺禅院，与僧人禅师谈佛说法。题目中的“弥陀实师”与“顺老”，即是文彦博在洛阳倾心相交的两位高僧。除去这首茶诗外，文彦博还写下《送顺师赴积庆院寂照庵结夏偶成二颂》《颂寄实师顺师》等诗。由此可见，他们之间的交往密切。

诗会后要饮茶，法会后也要饮茶。这首《送弥陀实师访积庆西堂顺老》，便是由此而来。文彦博借由此诗，阐述了自己对于茶禅一味的理解。茶，为何会有禅味？我们来读正文。

## 三

第一部分，“好去三摩地，相逢两会家。禅心究实际，慧眼绝空花”，讲的是慧眼禅心。

“三摩地”，即三昧，是佛教术语，指心念处于专注一境而不散乱的精神状态[①]。禅宗认为，不论是工作还是学习，都不要患得患失，要全身心地投入其中，从而达到三昧即三摩地的境界。现如今日语中，还经常有“某某三昧”的说法，形容热衷于某种事物，例如钓鱼三昧、料理三昧、高尔夫三昧等。

① 萧振士编著《中国佛教文化简明辞典》，世界图书出版公司，2014年，175页。

“两会家”，即指两位高僧。文彦博《颂寄实师顺师》一诗中，也有“传闻二禅伯，共是一家风”的句子。“两会家”与“二禅伯”，说的都是实师与顺师。“三摩地”与“两会家”，表达了作者对于佛法与僧人的尊重。与此同时，两个词语在这里又形成了一种对仗，让诗文读起来工整秀丽。

后面的两句，依然是对仗。“禅心”对“慧眼”，“究”对“绝”，“实际”对“空花”。这其实是佛家“实相无相”观点的文学化表达。常人说：“耳听为虚，眼见为实。”佛家说：耳听眼见都是假象，又叫色相。世界的真实状况和真实性质叫作实相。实相，才是真相，也就是诗中说的“实际”。想要找到实相，要摆脱耳听眼见，靠心去体会。

如果您觉得佛法晦涩，我们不妨用茶来举例子。怎么找到一款好茶呢？不要去听巧舌如簧的卖家讲故事，不要去看天花乱坠的宣传软文。华丽的包装并不可信，大师的背书也不靠谱，明星的代言更不管用，唯有茶汤体现本质，唯有茶汤蕴含真相。茶汤，才是茶事的中心。“慧眼”，让我们不受广告的干扰。“禅心”，让我们体会茶汤的实际。具备了禅心与慧眼，便可以体会饮茶的乐趣。具备了禅心与慧眼，自然可以获得生活的幸福。

第二部分，“闻在东林日，常烹北苑茶。愿将甘露味，余润济河沙”，讲的是普度众生。

陆羽《茶经》中曾说，茶之味可与醍醐、甘露抗衡。此诗中的“甘露味”，即代指北苑茶鲜美的茶汤。与此同时，“甘露”

也有佛法的含义。《法华经·药草喻品》中，即有“为大众说甘露净法”的句子。文彦博暗喻世人，茶中有禅味，茶汤即佛法。

“河沙”，也是佛教用语，即恒河沙的简称，本意为数量巨大。本诗中取“河沙”一词的引申义，代指芸芸众生。雨落万物，平等无偏。甘露茶汤，普济众生。不管是平民百姓，还是达官显贵，都可以在一杯茶汤中找到快乐与幸福。

有人可能会说，文彦博说的是空话。品茶找乐，是有钱有闲人的特权，跟我们这些平民百姓扯不上关系。其实不然。那些一掷千金的富豪，嘴里喝的是几十万一饼的普洱，心里想的是几百万的生意。那茶到底什么味儿，他可能根本没喝出来。心猿意马的人，花再多的钱，也不可能享受到茶汤里的快乐。

饮茶的快乐，人生的幸福，都不是光有钱就可以得到的。爱茶之人，只要达到饮茶三昧的状态，自然可以体会到茶汤里的快乐。超越执着，抛弃杂念，全身心地投入眼前所做的事情，就是幸福的捷径。

存禅心，常在三摩地。

开慧眼，畅饮一杯茶。

茶汤里的禅味儿，您品出来了吗？

# 欧阳修《尝新茶呈圣俞》

建安三千里，京师三月尝新茶。
人情好先务取胜，百物贵早相矜夸。
年穷腊尽春欲动，蛰雷未起驱龙蛇。
夜闻击鼓满山谷，千人助叫声喊呀。
万木寒痴睡不醒，惟有此树先萌芽。
乃知此为最灵物，宜其独得天地之英华。
终朝采摘不盈掬，通犀銙小圆复窊。
鄙哉谷雨枪与旗，多不足贵如刈麻。
建安太守急寄我，香蒻包裹封题斜。
泉甘器洁天色好，坐中拣择客亦嘉。
新香嫩色如始造，不似来远从天涯。
停匙侧盏试水路，拭目向空看乳花。
可怜俗夫把金锭，猛火炙背如虾蟆。

由来真物有真赏，坐逢诗老频咨嗟。

须臾共起索酒饮，何异奏雅终淫哇。[1]

## 一

欧阳修，既是北宋成功的政治家，也是著名的文学家，算是当之无愧的成功人士。但他幼年的生活，其实很不顺遂。欧阳修四岁丧父，举家投奔叔父欧阳晔，过的是寄人篱下的生活。买不起笔墨，他母亲就教他在地上用荻梗练习写字。若说欧阳修是寒门子弟，一点也不为过。

即使如此，年幼的欧阳修仍然对知识有着浓厚的兴趣。他十岁那年，遇到了一本书，此后的人生便发生了改变。那年的某一天，欧阳修在废书篦中发现了一部韩愈遗稿，他读了以后大加赞赏，从此苦心钻研模仿韩愈的文字，以致废寝忘食。

唐代文坛中，韩愈的诗文最不讲求华丽。北宋初期，秉承晚唐文风的西昆体诗歌盛行，韩愈的诗文被束之高阁，几乎无人重视。虽然那时的欧阳修还是个少年，但他却被韩愈的文风深深吸引，并将其当作范本刻意模仿，对于后来他的文学风格发生了莫大的影响。

的确，不管是写诗还是作文，欧阳修都深受韩愈的影响。

---

①洪本健校笺《欧阳修诗文集校笺》，上海古籍出版社，2009年，201页。

在唐代诗人当中，韩愈的悲哀成分或伤感色彩都是最淡的。欧阳修作为韩愈文风的继承者，进一步抑制了唐朝诗人常常流露出的矫揉造作与无病呻吟，所以欧阳修的茶诗既平实易懂，又闪现出积极的处世态度与绝妙的人生智慧。

《全宋诗》中，收欧阳修诗二十二卷，其中涉茶之诗十九首，其中《尝新茶呈圣俞》一诗，既体现出欧阳修的文学风格，也具有茶学价值，爱茶人不妨仔细研读。

## 二

饮茶贵新，是唐宋文人的共识。歌咏新茶，是古代茶诗常见的题材。例如唐代白居易《谢李六郎中寄新蜀茶》、卢仝《走笔谢孟谏议寄新茶》、姚合《乞新茶》等诗，题目里即有“新茶”二字。至于涉及新茶的诗文，就更是不胜枚举了。老题目最难写出新意，一不留神就掉入了前人的窠臼中，但不得不说，欧阳修这首《尝新茶呈圣俞》却做到了推陈出新，是一首佳作。

这首茶诗的精彩之处，我们稍后再仔细拆解。这里先要解释一下，与欧阳修共论新茶的“圣俞”，究竟是何许人也。圣俞，是北宋著名诗人梅尧臣的表字。欧阳修与梅尧臣年龄相差不大，二人自青年时相识，终其一生都保持着亲密的友谊。

起初，二人都在西京洛阳担任小官，从而得以相识相交。随后，欧阳修的官职越做越大，而梅尧臣的仕途却十分坎坷。

宋仁宗嘉祐五年（1060），梅尧臣因病去世时，仅仅是个尚书都官员外郎，欧阳修却已经官至参知政事，相当于宰相级别了。当欧阳修到梅家租住的小巷送葬时，梅家的邻居看到欧阳修的高车大马，不由得瞠目结舌。芝麻小官去世，当朝宰相送行，真是咄咄怪事。

其实查一下他们各人的文集，就可以发现二人之间的赠答诗多得不得了，特别是欧阳修，对梅尧臣的诗总是赞不绝口，常常流露出钦慕之情。他在《水谷夜行寄子美圣俞》一诗中，称赞梅尧臣的诗“初如食橄榄，其味久愈在”。欧阳修与梅尧臣，在政治地位相差悬殊的情况下仍能够倾心相交，他们的友谊成为千古美谈。

这首《尝新茶呈圣俞》，写作于宋仁宗嘉祐三年（1058）三月。这一年欧阳修五十二岁，任翰林学士、史馆修撰，主修《唐书》[①]。这一年的春天，福州知州寄赠北苑新茶，欧阳修品茶后诗兴颇佳，于是写下这首《尝新茶呈圣俞》，与好朋友梅尧臣分享自己饮茶的心得。

有趣的是，欧阳修写下此诗后，梅尧臣写下一篇《次韵和永叔尝新茶杂言》以示呼应。欧阳修随后又作《次韵再作》，梅再作《次韵和再拜》。一份新茶，引得两位诗人几番唱和，也算是一件茶史趣闻。诸君若有兴趣，可将这四首诗找来对比阅读。

---

①刘德清、顾宝林、欧阳明亮笺注《欧阳修诗编年笺注》，中华书局，2012年，1434页。

此处篇幅有限，我们便赏析欧阳修这首《尝新茶呈圣俞》，算是窥一斑而见全豹了。

## 三

第一部分，“建安三千里，京师三月尝新茶。人情好先务取胜，百物贵早相矜夸”，讲的是茶叶的审美。

现如今，中国茶可分为六大茶类。但在唐宋之时，人们能品饮的只有绿茶。不管是蒸青绿茶，还是炒青绿茶，都以滋味鲜爽为佳。为了防止陈化带来的劣变，人们一定要以最快的速度将新茶从产区运往销区。茶区建安，属于今天的福建省。都城汴京（今开封），属于如今的河南省。两地相隔数千里，京城爱茶人却能在农历三月就饮到当年的新茶。此茶的珍贵程度，就不言而喻了。

春茶带给人们的享受，一半在嘴里，一半在心里。人无我有，幸福感油然而生。其实不光是饮茶，连买车都一样。我听开4S店的朋友介绍，有一些新款车上市，会出现供不应求的情况。其实只要等几个月，货源就会充足起来。但有人就愿意多出一笔名为提车费的钱，为的是能率先开上这款新车。这不正是欧阳修所说的“人情好先务取胜，百物贵早相矜夸”吗？

宋代人想率先喝上新茶，那一定要在运输上下功夫。六百里加急也好，八百里加急也罢，反正“快递费”相当可观就是了。但是随着科技的进步，哪怕三千里的距离，也完全可以一天到达。所以现如今，绿茶拼的不是运输技术，而是上市时间。有些早春绿茶，甚至在正月十五前后就能上市，号称元宵茶。

承蒙茶区朋友的惦念，我也在正月里收到了不少早春绿茶。您可能想问，品质怎么样呢？坦白讲，卖相尚佳，香气与滋味却都差点意思。早春绿茶，是可以锦上添花的产品，对于茶农增收肯定会有帮助；但制茶人发力的重点，还是应该放在清明至谷雨间。咱们这些爱茶人，不必追求“人无我有”的优越感，而应该去享受“人有我精”的幸福感才对。

第二部分，“年穷腊尽春欲动，蛰雷未起驱龙蛇。夜闻击鼓满山谷，千人助叫声喊呀”，是讲茶区的喊山习俗。

这里的四句话，生动地描绘出一幅北苑皇家茶场早春“喊山”采茶的壮丽图景。按照宋人庞元英《文昌杂录》中的记载，福建建安御茶场，二月开山采茶造茶，都要举行隆重的“喊山”仪式。喊山往往选择惊蛰鸣雷时节，官员们登台喊山，祭祀茶神。祭典过后，红烛高烧，鞭炮齐鸣，台下茶农鸣金擂鼓，齐声高喊：“茶发芽！茶发芽！”一时千人高呼，声震山谷，场面极为壮观[①]。

“蛰雷”，指的就是惊蛰时的春雷。“龙蛇”，代指山中的动物。古人认为，蛰伏于地下的昆虫是因听到春雷的响声受到惊动，苏醒以后出土活动，惊蛰节气的名字由此而来。宋代黄儒

①参见《文昌杂录》（中华书局上海编辑所，1958年）卷四：“库部林郎中说：建州上春采茶时，茶园人无数，击鼓闻数十里。”

《品茶要录》中称“茶事起于惊蛰前”[①]，宋徽宗《大观茶论》中称“茶工作于惊蛰”[②]，由此可见宋代北苑贡茶的采制，大致开始于惊蛰时节。

现如今武夷山在惊蛰日仍举办喊山仪式，参考的大致是《文昌杂录》中的流程，旨在于催促茶树萌芽。

第三部分，“万木寒痴睡不醒，惟有此树先萌芽。乃知此为最灵物，宜其独得天地之英华”，是对茶的灵性的赞美。

万木寒痴，唯茶萌芽，欧阳修盛赞茶为得天地英华之灵物。其实，唐代诗人韦应物《喜园中茶生》中就有“此物性灵味，本自出山园”两句，唐代诗僧齐己《咏茶十二韵》也有“百草让为灵，功先百草成”两句。在唐宋文人心中，茶的品性大致可用一个“灵”字概括。

第四部分，“终朝采摘不盈掬，通犀銙小圆复窳。鄙哉谷雨枪与旗，多不足贵如刈麻”，讲的是新茶的珍贵。

“终朝采摘不盈掬”一句，显然是从《诗经》“终朝采绿，不盈一匊”中化出，讲的是新茶的珍贵。其实宋人赵汝砺《北苑别录》中，也有关于采茶的记载，只是细节不尽相同。按赵氏的说法，北苑采茶极为讲究，要在天蒙蒙亮时进行，绝不可用见日之芽。每天五更过后，采茶工匠云集在凤凰门，监督采茶的官员

---

①蔡襄等著、唐晓云点校《茶录（外十种）》，上海书店出版社，2015年7月，30页。

②蔡襄等著、唐晓云点校《茶录（外十种）》，40页。

按人头发放腰牌，随后众人才可进山采茶。到了辰时，就锣鼓齐鸣，采茶工闻声而归。官员以此来规定采茶时间，从而保证茶青质量[①]。采茶还要限时，也就难怪“不盈掬”了。

“通犀”，即通天犀。“銙”，是古代附于腰带上的扣板，有四方、椭圆等形状。建州所做之紧压茶，就有类似銙的造型，分为“贡新銙”“试新銙”等名目。这里以“通犀銙”比喻茶饼之精美。如前文所述，北苑贡茶始造于惊蛰，所以谷雨后采制的茶，数量一多，自然也就不珍贵了。

第五部分，“建安太守急寄我，香蒻包裹封题斜。泉甘器洁天色好，坐中拣择客亦嘉。新香嫩色如始造，不似来远从天涯。停匙侧盏试水路，拭目向空看乳花”，讲的是新茶的品饮。

建安太守，待新茶制成便赶紧送来，由于路上快马加鞭，以至于茶叶新香嫩色，完全不似远从千里而来。

面对友人“急寄”的好茶，欧阳修自然不可辜负。汲甘泉，备洁器，外加要选个好天气。至于茶会人员的名单，诗人也要反复斟酌，不投缘的人一律不请。欧阳修“泉甘器洁天色好，坐中拣择客亦嘉”十四个字，完全可以作为今人的品茶要诀。

第六部分，“可怜俗夫把金锭，猛火炙背如虾蟆。由来真物有真赏，坐逢诗老频咨嗟。须臾共起索酒饮，何异奏雅终淫哇”，讲的是品茶的要诀。

①蔡襄等著、唐晓云点校《茶录（外十种）》，70页。

“金锭”，句下原注一作“挺”，一作“铤”，有人认为，此物代指炙茶所用的茶钤。按蔡襄《茶录》记载，宋人面对经年陈茶，一般要于净器中以沸汤浸渍，刮去一层膏油后再以微火炙烤干燥，然后碾碎以备点茶之用[①]。俗夫用大火将茶饼烤得焦黄，如同蛤蟆背一样。

“诗老”，指的是题目里的梅圣俞。“咨嗟”，可解释为赞叹。“雅奏”，代指高雅之谈。“淫哇”，多指浮靡之声。欧阳修感叹，像好茶这样的真物，只有与梅圣俞这样的挚友一起分享，才算是加以真赏。有的人两杯茶下肚，马上就要吵着喝酒，搅闹得茶桌上不得安生。这就如同本想欣赏一曲雅乐，最终却以浮靡之声收场，实在令人扫兴。

这首《尝新茶呈圣俞》，结构跳跃灵活，笔意摇曳多姿。欧阳修用散文化的诗句，道出了饮茶的真谛与妙诀。一方面，“泉甘器洁天色好”，另一方面，“坐中拣择客亦嘉”，有时候，后者的重要性甚至大于前者。毕竟，和谁一起喝茶，比在哪喝茶、用什么喝茶、喝什么茶都重要。

俗话说，酒逢知己千杯少。要我看，茶不投机半盏多。

---

①蔡襄等著、唐晓云点校《茶录（外十种）》，12页。

欧阳修《双井茶》（耿国华书）

## 双井茶

欧阳修

西江水清江石老，石上生茶如凤爪。
穷腊不寒春气早，双井芽生先百草。
白毛囊以红碧纱，十斤茶养一两芽。
长安富贵五侯家，一啜犹须三日夸。
宝云日注非不精，争新弃旧世人情。
岂知君子有常德，至宝不随时变易。
君不见建溪龙凤团，不改旧时香味色。

# 欧阳修《双井茶》

西江水清江石老，石上生茶如凤爪。
穷腊不寒春气早，双井芽生先百草。
白毛囊以红碧纱，十斤茶养一两芽。
长安富贵五侯家，一啜犹须三日夸。
宝云日注非不精，争新弃旧世人情。
岂知君子有常德，至宝不随时变易。
君不见建溪龙凤团，不改旧时香味色。[1]

## 一

宋代新诗风得以确立，关键人物是欧阳修与梅尧臣。两

---

[1] 洪本健校笺《欧阳修诗文集校笺》，上海古籍出版社，2009年，252页。

人年龄相仿，也是很亲近的朋友。虽说梅尧臣在诗歌创作上更为专注，但就影响力的大小来说，还得是欧阳修。为何如此说呢？因为欧阳修不但在诗歌写作，而且在散文、历史、经典、古物鉴赏等多方面，都留下了划时代的业绩。除此之外，他后来又高居宰相之位，领袖群伦开辟一代文风。因此，解读宋代茶诗，欧阳修自是绕不过的人物了。

欧阳修，字永叔，号醉翁，晚号六一居士，谥文忠公。宋真宗景德四年（1007），欧阳修生于一个清寒的地方官吏之家。他四岁丧父，不得不靠叔父欧阳晔周济度日。宋仁宗天圣八年（1030），欧阳修举进士，试南宫第一，正式步入仕途。那一年，他不过二十四岁，真可谓少年得志。

到了宋仁宗末年，经历了宦海沉浮的欧阳修，已官至参知政事，相当于大宋朝的副宰相了。仁宗驾崩那年，欧阳修五十七岁，与韩琦受遗命辅佐病弱的英宗，解决了皇权更迭时的种种问题。与此同时，欧阳修通过知贡举的身份，提拔了苏轼、王安石等一大批青年才俊。凡由欧阳修赏识的人，无不身价倍增。可见他不但是政坛高官，也是当时的文化领袖。

宋仁宗时代，中国文化与文明都发生了巨大的变化，其中最主要的，是出现了儒生主政的政治局面、在此之前，政治一直由门阀士族把控，儒生很难真正达到帝国权力核心。但自宋仁宗时代开始，情况有了根本性变化。例如范仲淹、富弼、文彦博、韩琦、欧阳修等名臣，都是儒生出身的新式官吏。

宋代的知识分子，不只是儒家政治哲学的阐释者，也变成了实践者。在他们的诗歌中，时刻体现着双重身份带来的影响。例如欧阳修，就把过去讲究辞藻、力求工丽的诗歌，斥责为堕落、空洞的文学。他起而倡导有思想有内容，符合新时代的文学风格。这首《双井茶》，看似是赞颂一款名茶，但其实也包含着诗人的价值观。这正是宋代茶诗与唐代茶诗很不相同的地方。

梳理清楚这样的文学背景，我们才可以体会出这首茶诗的弦外之音。

## 二

这首《双井茶》，写作于宋仁宗嘉祐六年（1061）春。这一年欧阳修五十五岁，任枢密副使[①]。这时的欧阳修已进入晚年，在政治上地位又高又稳，诗境变得更为平和安宁。在生活安定、心境平和的基础上，欧阳修自然更积极地从各方面去寻求作诗的题材。他这一时期的诗歌创作，经常书写自己居家生活的日常感想。与此同时，写饮食的诗也不少，茗茶也是其中的重要题材。

双井茶，产于洪州（今江西修水），是宋代名茶之一，据说产茶之地乃是黄庭坚的故里。《江西通志》卷三八《古迹》中，即说双井是“黄山谷故宅”。关于此茶的得名，《名胜志》中记

①刘德清、顾宝林、欧阳明亮笺注《欧阳修诗编年笺注》，1665页。

载得更为详细（《江西通志》同卷引）：

> 涪翁先居修水，后乃迁于双井，在州西三十里。其南溪心有二井，土人汲以造茶，为草茶第一。

双井茶，一直是北宋文人品题夸赞的对象。自欧阳修《双井茶》之后，苏轼在茶词《西江月》中也写道：

> 龙焙今年绝品，谷帘自古珍泉，雪芽双井散神仙，苗裔来从北苑。[①]

至于黄庭坚，更是不遗余力地向人推荐双井茶，简直成了双井茶推广形象大使。叶梦得《避暑录话》中记载：

> 草茶极品惟双井……鲁直（黄庭坚）力推赏于京师。[②]

有趣的是，当黄庭坚读过欧阳修的《双井茶》后，却认为这并非出自文忠公之笔。他这样说的依据，竟然是觉得欧阳修“词意未当双井之价”[③]。欧阳修的茶诗，已经是通篇盛赞双井茶

---

①刘石导读《苏轼词集》，上海古籍出版社，2009年，100页。

②叶梦得《石林避暑录话》，上海书店出版社，1990年，5页。

③郑永晓整理《黄庭坚全集辑校编年》，江西人民出版社，2008年，976页。

了，但在黄庭坚看来，竟然还觉得夸得不够。

让北宋文人如此痴迷的双井茶，到底好在哪里？我们从正文中寻找答案吧。

## 三

第一部分，“西江水清江石老，石上生茶如凤爪。穷腊不寒春气早，双井芽生先百草”，讲的是双井茶的妙处。

“西江水”，即是赣水，由此点明了此茶的产区。茶，自然不是真的生长在石头上。这里的“石”字，应理解为矿物质丰富的砂石土壤。中国古人很早就发现了土壤品种与茶叶品质之间的关系，陆羽《茶经》中即有“上者生烂石，中者生砾壤，下者生黄土”[①]的说法。现如今的武夷岩茶，之所以品质优异、茶汤饱满，就是因为“石上生茶”。

欧阳修笔下的“凤爪”，与刘禹锡《西山兰若试茶歌》中的“鹰觜”一样，形容的都是细嫩茶芽。冰雪消融，早春初至，双井茶已经开始露出芽头。按照如今茶叶科学的看法，双井茶应是持嫩性良好的早芽茶树品种。至于“双井芽生先百草”一句，似是从齐己《咏茶十二韵》“百草让为灵，功先百草成”中化出。读宋代茶诗，总会发现唐人手笔的影子，这也是颇为有趣的地方。

①陆羽著、沈冬梅编著《茶经》卷上，中华书局，2010年，11页。

第二部分，“白毛囊以红碧纱，十斤茶养一两芽。长安富贵五侯家，一啜犹须三日夸”，讲的是双井茶的珍贵。

宋代茶叶的种类，可分为片茶与散茶两大类。因为片茶饮时要碾成细末，所以又称为末茶或末子茶。例如五代徐夤笔下的蜡面茶，北宋文人歌咏的龙团凤饼，都属于片茶的范畴。至于散茶，即所谓之茗茶或叶茶，以茶芽揉搓干燥而成。

双井茶，即是散茶中的名品。此诗描述双井茶时，量词是用“两”而不是“片”。为什么一两双井芽茶，要用十斤茶来养呢？欧阳修《归田录》卷一中记载：

> 自景祐已后，洪州双井白芽渐盛，近岁制作尤精，囊以红纱，不过一二两，以常茶十数斤养之，用辟暑湿之气。[①]

由此可知，诗中的“养”字应解释为养护。当年在北京人民广播电台讲茶时，很多听众留言问我：家里的好茶到底如何储存？其实并不难，就三大注意事项，即避光、防潮与隔绝异味。散茶与空气接触面积大，尤其不好保存。由于双井芽茶太过娇嫩，寻常茗茶竟然成了它的干燥剂与隔热层。十多斤常茶，伺候着一二两芽茶，双井茶之贵重可见一斑。

古时没有冰箱，食物的保存是个难题。有时候为了让一种美味保鲜，需要付出很大的代价。例如北魏贾思勰《齐民要术》

---

①欧阳修《归田录》卷一。

卷八记载过一种保存鲤鱼肉的方式，称为“作鱼鲊”。做鲊的季节，以春秋天最适宜，冬季太冷，难以完成，夏季太热，容易生蛆。先将鱼去鳞，带皮切成长二寸、宽一寸、厚五分的块。鱼块儿上撒上盐，榨去水分备用。另置一盆，将粳米煮成比较干的饭，放上茱萸、橘皮和好酒搅拌，此谓之糁。然后找来一个大瓮，一层鱼，一层糁，一直放满为止。将瓮置于屋内阴凉处，鱼肉味酸后就可以食用了。

米饭中的淀粉，因为乳酸菌的作用，分解出了乳酸，从而阻止了瓮内腐败菌的繁殖，鲜鲤鱼肉得以长时间保存。双井茶是“十斤茶养一两芽”，鲜鱼肉的保鲜也需耗费大量米饭。我曾听复旦大学日本研究中心的徐静波教授讲，日本中部滋贺县靠近琵琶湖的地区，至今仍有制作和食用“鲫鱼鲊”的习惯。这种“鲫鱼鲊”售价昂贵，每桶竟然要10万日元左右。

我去过琵琶湖，但却没有吃过“鲫鱼鲊”。据徐教授说，这是一种味道很怪的食物，喜爱的人视作无上美味，但大部分人却不习惯那股酸腐味。除此之外，这种办法实在太浪费米饭。后来人们就用白醋来拌米饭，用醋酸代替了原本通过发酵获得的酸味。当然，这种酸味就好接受多了。再将鱼和醋饭放在一起食用，就是早期寿司的形态。现如今，基本上是将上好的大米蒸好，盛在一个浅口的不上任何油漆的木桶内，在米饭尚未冷却时倒入白醋拌匀。手法娴熟的师傅，随即将这些米饭快速地捏成一个个椭圆形的小饭团。在饭团内加上一点点山葵泥，上面再加上一片鱼虾肉片，这就是握寿司了。

估计是觉得太过浪费，北宋这种“十斤茶养一两芽”的茶叶保鲜法并未流传下来，后来江南地区基本上都是用石灰吸潮来保鲜茶叶了。欧阳修也知道这法子存茶忒奢侈，但是没办法，双井白芽实在太珍贵了。

“长安富贵五侯家”一句，与唐代韩翃《寒食》中“日暮汉宫传蜡烛，轻烟散入五侯家”用典相同。汉成帝时，封娘舅王谭、王立、王根、王逢时、王商为列侯。五人同出一家，又同日封侯，故人称“五侯”。后代便用“五侯”一词，代指富贵王侯之家了。那些王公贵胄，喝一次双井茶都要赞美三天。作者用夸张的手法，盛赞了双井茶之美味。

第三部分，“宝云日注非不精，争新弃旧世人情。岂知君子有常德，至宝不随时变易。君不见建溪龙凤团，不改旧时香味色”，讲的是宋代名茶的变化。

“宝云”，是出自杭州的名茶。《增补武林旧事》卷二记载：“宝云山产者名宝云茶，下天竺香林洞者名香林茶，上天竺白云峰者名白云茶。”[①]“日注”，也称日铸，是出自越州的名茶。《续茶经》引《方舆胜览》：“会稽有日铸岭，岭下有寺名资寿，其阳坡名油车，朝暮常有日，茶产其地绝奇。”[②]总而言之，宝云与

---

①周密著、朱廷焕补、谢永芳注评《增补武林旧事》，中州古籍出版社，2019年，349页。

②陆廷灿续辑、郭孟良注译《续茶经》，中州古籍出版社，2010年，321页。

日注都是宋代名茶。

为什么好端端的名茶，却不被重视了呢？欧阳修给出了答案："争新弃旧世人情。"中国名茶，以前是各领风骚数百年，如今是各领风骚两三年。21世纪初，清香型铁观音风靡一时。2008年以后，金骏眉又崭露头角。最近十年间，小青柑、老白茶、安化黑茶，真可谓你方唱罢我登场。这些爆款都曾盛极一时，备受市场追捧，但很快被下一个爆款替代了。不得不说，这句"争新弃旧世人情"，形容如今的茶叶市场仍然适用。

消费者被电商的广告宣传搞得晕头转向，消费不免盲目与冲动，但是作为制茶人，则还是应该有自己的操守与坚持。诗中的"至宝"二字，即是指一个人的信仰与操守。"至宝不随时变易"，既是古时仁人君子的常德，也应是如今制茶匠人的品质。但是真能不随波逐流的匠人，确实太少了。

"君不见建溪龙凤团，不改旧时香味色。"现如今的中国名茶呢？常改旧时香味色。咱们就拿乌龙茶来说吧，为了迎合市场的喜好，闽北、闽南、潮汕与台湾等地的乌龙茶都出现了绿茶化的趋势，轻发酵，香高水却薄；不焙火，汤浅味也淡，以至于有不少人愣是拿铁观音当作绿茶喝了十多年。这样篡改传统工艺，短期内似乎可以获得一些经济效益，但是由于违背了制茶规律，最终一定会被市场淘汰。

做茶与做人一样，固本守正，才是正理。

# 邵雍《安乐窝中吟》

安乐窝中事事无，唯存一卷伏牺书。
倦时就枕不必睡，忺后携筇任所趋。
准备点茶收露水，堤防合药种鱼苏。
苟非先圣开蒙吝，几作人间浅丈夫。[①]

## 一

多才多艺的人，会拥有很多头衔，有时候在某一方面大放异彩，反而会掩盖了其他领域的成就。例如金庸先生，是人尽皆知的作家，但很少有人了解他是学国际法出身。1985年，他担任《中华人民共和国香港特别行政区基本法》起草委员会委

---

①邵雍《伊川击壤集》卷十。

员，1986年又被任命为起草委员会政治体制小组港方负责人。《中华人民共和国香港特别行政区基本法》是金庸先生定稿的，所以也叫“查氏方案”。

这首《安乐窝中吟》的作者邵雍，字尧夫，谥号康节。他一生历经北宋真宗、仁宗、英宗、神宗四朝，著有《皇极经世》《伊川击壤集》《渔樵问对》等。在中国哲学史上，他与程颢程颐、朱熹等人齐名并举，是一位了不起的哲学家。就像很少有人知道金庸先生的法学成就一样，也很少有人了解邵雍在诗歌方面的成就。邵雍的诗到底写得怎么样呢？我们不妨先来读一首他的涉茶之诗《因何吟》：

> 梅因何而酸，盐因何而咸。
> 茶因何而苦，荠因何而甘。

有人不禁要问，这也算是诗吗？如果从佳篇秀句的角度去看待邵雍的诗歌，会发现他确实算不上是一位优秀的诗人。也许是因为这样的缘故，尽管邵雍一生写了很多诗歌，尽管他的《伊川击壤集》二十卷诗作传世无遗，但还是很少有人将他的诗歌纳入研究视野。在各种文学通史和断代文学史纷纷撰著出版的今天，邵雍被提及的概率仍然非常之小。

可是我们若能将文学标尺稍稍放下，就不难体会到邵雍诗歌的别样风格。尤其是在读过他的茶诗后，您可能更会深切地感受到，在宋代洋洋大观的诗人群体中，邵雍有着他人不能取代的独特价值。邵雍一生写作涉茶之诗十二首，我们便以这首《安乐窝中吟》入手，来感受这位“不入流”诗人的独特魅力吧。

## 二

“安乐窝”，作为“安逸的生活住所”的代名词出现在现代汉语当中。《辞海》(夏征农、陈至立主编，上海辞书出版社2009年版）对“安乐窝”的解释为：“宋邵雍隐苏门山中，自称安乐先生，称所居为‘安乐窝’，后迁洛阳天津桥南，仍用此名。”由此可见，“安乐窝”是邵雍首创的词汇。

似乎只有动物栖身的地方，才以“窝”来称呼，如猫窝、狗窝、鸟窝等。我们现在讽刺脏乱差的环境，还常说是如同狗窝一样。北京南城原有狗窝胡同，居民越住越别扭，仿佛自己就住在狗窝里一样，民国后推行地名雅化，狗窝胡同赶紧改成了高卧胡同。由此可见，一般人是很忌讳称自己的居所为“窝”的。

但邵雍的安乐窝，不仅不为人所耻笑，甚至还被人追捧。邵雍交游圈中的司马光、“二程”、富弼等人，都曾频频造访“安乐窝”。宋神宗熙宁六年（1073），邵雍作诗《安乐窝中好打乖吟》，司马光、富弼、王拱辰、程颢、任逵、吕希哲等分别有《和安乐窝中好打乖吟》，纷纷赞许邵雍安乐窝中的生活。

安乐窝，不仅被士大夫阶层接受，同时也受到市民的追捧。《宋史·邵雍传》载：

> （雍）春秋时出游城中，……士大夫家识其车音，争相迎候，童孺厮隶皆欢相谓曰："吾家先生至也。"不复称其姓字。或留信宿乃去。好事者别作屋如雍所居，以候其至，名曰"行窝"。

邵雍的受欢迎程度一点不亚于如今的明星。洛阳市民仿照邵雍的"安乐窝"，在自家宅院建造"行窝"，以恭候他的大驾光临。皇帝有行宫，洛阳有行窝，仅此一点就足见百姓对邵雍"安乐窝"的敬重与崇拜。邵雍去世时，洛人挽诗有云"春风秋月嬉游处，冷落行窝十二家"[1]。

那么邵雍的安乐窝，到底长什么样子呢？邵雍在《无名公传》中说："所寝之室，谓之'安乐窝'，不求过美，惟求冬暖夏凉。"不需要有亭台楼阁之壮丽，不需要有奇花名木之繁盛，邵雍唯一的要求是"冬暖夏凉"，这其实是居所应该具备的最基本功能——抵御烈日风寒。在名园遍布的洛阳，邵雍的"安乐窝"的硬性条件可谓是简而又简。

邵雍还在《瓮牖吟》诗中对"安乐窝"的标准做出具体描述：

---

①邵伯温撰，李剑雄、刘德权点校《邵氏闻见录》，中华书局，1983年，223页。

> 墙高于肩，室大于斗。布被暖余，藜羹饱后。气吐胸中，充塞宇宙。

墙无须过高，高过肩膀即可；房间无须过大，一室容身即可；衣被无须华丽，暖身御寒即可；食物无须玉盘珍馐，藜羹充腹即可。对邵雍而言，“安乐窝”最大的功用是“气吐胸中，充塞宇宙”。最后这句话听着有点玄，我们不妨用其《安乐窝中自贻》一诗做个注解，原文如下：

> 物如善得终为美，事到巧图安有公。
> 不作风波于世上，自无冰炭到胸中。
> 灾殃秋叶霜前坠，富贵春华雨后红。
> 造化分明人莫会，枯荣消得几何功。

邵雍的“安乐窝”，不仅是现实世界遮风挡雨、安身休憩之处，更是理想世界追求精神和乐、心灵自由之所。在安乐窝中的茶事，又是什么样子的呢?

## 三

第一部分，“安乐窝中事事无，唯存一卷伏牺书。倦时就枕不必睡，饮后携筇任所趋”，讲的是安乐窝中的生活。

所谓“伏牺书”，即是指《周易》。当然，这里的“伏牺书”并非实指研读易学，而应理解为自己感兴趣的书籍。邵雍开篇就阐释了安乐窝的真谛：闲适而充实。所谓闲适，因为万事皆无；所谓充实，因为可读好书。

“睡”，古意为坐着打瞌睡。所谓“倦时就枕不必睡”，就是说困了倒头就睡，不必坐着打盹。“忺”，音同先，可解释为高兴。“筇”，音同穷，即竹子；手杖。“趋”，快步走之意。所谓“忺后携筇任所趋”，就是说兴致来了拿起竹杖就去游玩，完全不必过多考虑其他因素。

其实后面这两句诗，我们可以用几句流行歌曲的歌词来解释：“倦时就枕不必睡”，就是“跟着感觉走”；“忺后携筇任所趋”，那是“说走咱就走”；总结起来一句话，那就是“何不潇洒走一回”。

第二部分，“准备点茶收露水，堤防合药种鱼苏。苟非先圣开蒙吝，几作人间浅丈夫”，讲的是安乐窝中的感悟。

《易经》中，有“困蒙，吝”[①]的句子，意为受困于蒙昧当中。本诗中的“开蒙吝”，即是从蒙昧中醒悟的意思。邵雍不禁感慨，若不是圣人教诲，自己险些做了目光短浅胸无大志的“浅丈夫”了。

那么邵雍这个大丈夫，每天都干什么呢？难道就是收集露

①王弼注，孔颖达疏，卢光明、李申整理，吕绍纲审定《周易正义》，北京大学出版社，2000年，48页。

水认真喝茶？难道就是种植鱼苏调配药物？这在正常人看来，才是标准的浅丈夫吧？

邵雍在另一首涉茶之诗《自咏》里，说得就更加明白了，原文如下：

天下更无双，无知无所长。
年颜李文爽，风度贺知章。
静坐多茶饮，闲行或道装。
傍人休用笑，安乐是吾乡。

李文爽为白居易好友，“香山九老”之一[①]。据说他年过百岁，是著名的长寿老人。贺知章，是唐代著名的诗人，他与张若虚、张旭、包融并称“吴中四士”；与李白、李适之等谓“饮中八仙”；又与陈子昂、卢藏用、宋之问、王适、毕构、李白、孟浩然、王维、司马承祯等称为“仙宗十友”。贺知章以八十六岁高龄善终，被古人视作风度飘然的象征。李、贺二人，都没有显赫的官位，却能逍遥洒脱自得其乐，因此成为邵雍的偶像。

邵雍在即将离世时，吟诵了这样四句打油诗：

客问年几何，六十有七岁。

①李文爽名列“香山九老”，见于《唐才子传》卷六《白居易》。但在传世的各种白居易诗集中，他的名字却都写作“李元爽”，特此说明。

俯仰天地间，浩然无所愧。[1]

在他眼里，“静坐多茶饮，闲行或道装”，并非浅丈夫。

在他心中，“俯仰天地间，浩然无所愧”，才是真君子。

几首茶诗读下来，确能感受到邵雍诗作的独特风格。实话实说，邵雍的诗歌在语言方面没有多少亮点。唐人“吟安一个字，捻断数茎须”的写诗方法，在邵雍创作时是看不见的。在他的诗作中，基本上不存在精练华丽的语句，却常有真挚动人的情感。邵雍诗歌之所以有生命力，不是因为他的平仄严谨，而是因为他的人生智慧。

日本江户时代的诗人、书法家良宽和尚，曾经提出过平生三大厌恶之事，即书家的字、厨师的菜与诗人的诗。为什么？因为以上三项，都太局限在技法层面，自然难免匠气。只追求技巧而忽略情感，呈现出来的算不上作品，而只能叫活儿。邵雍的诗好，可能就是他从没把自己当诗人吧？

由诗歌理论，我想到了茶事生活。我的茶课，只教泡茶原理，不教泡茶姿势。为什么呢？因为追求泡茶动作，编排泡茶仪轨，最终都会让泡茶沦为一种表演。写好一首诗，靠的是真情实感，而不是奇技淫巧。泡好一杯茶，道理也一样。

①郭彧、于天宝点校《邵雍全集》，408页。

# 蔡襄《和诗送茶寄孙之翰》

北苑灵芽天下精，要须寒过入春生。
故人偏爱云腴白，佳句遥传玉律清。
衰病万缘皆绝虑，甘香一味未忘情。
封题原是山家宝，尽日虚堂试品程。[①]

宋代的书法，以苏轼、黄庭坚、米芾与蔡襄四人造诣最高，合称“宋四家”。这四人共同点很多，他们既都是书法家，也都是文学家，同时又都是爱茶之人。“宋四家”皆有涉茶的书法作品流传于世，其中苏轼有《啜茶帖》《一夜帖》，黄庭坚有《茶宴》《奉同公择尚书咏茶碾煎啜三首》，米芾有《道林帖》《苕溪诗帖》，蔡襄有《茶录》《北苑十咏》等。

---

① 陈庆元、欧明俊、陈贻庭校注《蔡襄全集》，福建人民出版社，1999年，138页。

这四位的书法，谁写得最好？仁者见仁，智者见智，没有定论。但要说起茶学造诣，则要首推蔡襄了。他既做过与茶相关的官职，也写过茶学领域的专著，更创制了精美绝伦的名茶小龙团。蔡襄一生作涉茶之诗二十五首，我们选取其中的《和诗送茶寄孙之翰》，来领略这位书法家的千古茶缘吧。

## 一

蔡襄，字君谟，兴化仙游（今属福建）人。宋仁宗天圣八年（1030），年仅十九岁的蔡襄进士及第，正式步入仕途。他初为西京留守推官，庆历三年（1043）知谏院，进直史馆，兼修起居注，支持范仲淹的政治革新。次年，知福州，改福建路转运使，直到皇祐五年（1052）才奉诏回京。后来蔡襄迁龙图阁直学士，知开封府，与包青天担任过同样的职务。宋英宗即位后，蔡襄以端明殿学士知杭州。治平四年（1067），蔡襄因病离世，享年五十六岁。

身为福建人，蔡襄对茶本就不陌生。他后来出任福建路转运使，负责监制北苑贡茶，更是有机会深入研究茶事。作为一名学者型官员，蔡襄在福建路转运使任上，不仅保质保量地督造生产贡茶，还写出了一部茶学专著《茶录》。关于写作茶书的动机，他在序言中说道：

> 昔陆羽《茶经》，不第建安之品；丁谓《茶图》，独论采造之本，至于烹试，曾未有闻。臣辄条数事，简而易明，勒成二篇，名曰《茶录》。[①]

补前人之不足，论本朝之茶事，蔡襄的《茶录》确实成为后人研究宋代茶文化的必读书目。

说起蔡襄《茶录》的写作，还有一段小插曲。宋代没有电脑，也没有打字机，著书全凭手写。蔡襄的这部《茶录》，都是由其用小楷工书而成，但是书稿刚写成没多久，就被手下的掌书记偷走了。这位小偷倒不是爱茶之人，而是看上这笔好字了。没办法，谁让蔡襄是大书法家呢。多年之后，这套手稿由怀安县令樊纪购得，并且刻印出版了。蔡襄拿到刻本一看，其中错误很多，于是又重新订正一遍。这次蔡襄长记性了，把书稿刻在了石碑上。小偷能耐再大，总不能把石碑也扛走吧？经过了这一番波折，蔡襄《茶录》才得以流传后世。此书中提出的“茶有真香”“茶味主于甘滑”等观点，深刻影响了中国名茶的审美取向。

---

①蔡襄等著、唐晓云整理点校《茶录（外十种）》，48页。

## 二

聊完了作者，我们再来看题目。“和”，即唱和。宋代诗歌中，题目标有“送”“和”“依韵”“寄赠”等字眼者甚多。仅以苏轼为例，《和陶诗》就作了一百二十首，至于次韵诗、和韵诗也占有相当比重。宋代唱和的茶诗十分常见，例如范仲淹的《和章岷从事斗茶歌》、欧阳修的《和梅公仪尝茶》、王珪的《和公仪饮茶》等，都是以“和”字开头的茶诗名篇。

宋代的唱和诗风，与皇帝的倡导有关。程千帆、吴新雷《两宋文学史》中指出，为了颂扬圣明和粉饰太平，赵宋王朝有意提倡应酬赠答的诗赋。特别是太宗，常常舞文弄墨，附庸风雅，每逢庆赏、宴会，便宣示御制诗篇，令大臣们唱和，所以宋初文坛盛行唱和诗，而白居易的元和体便成了时人学习的榜样。

与唱和一样，送茶在文人间也相当流行。例如蔡襄在福建路转运使任上，就曾多次给京城的欧阳修、梅尧臣等人寄赠好茶。

宋仁宗嘉祐三年（1058）三月，五十一岁的欧阳修收到了建安太守寄来的佳茗。六一居士品茶后诗兴颇佳，于是写下一首《尝新茶呈圣俞》，与好朋友梅尧臣分享自己饮茶的心得，其中“建安太守急寄我，香蒻包裹封题斜”[1]两句，讲的就是建安

①洪本健校笺《欧阳修诗文集校笺》，201页。

太守千里赠茶的故事。

有趣的是，欧阳修写下此诗后，梅尧臣写下一篇《次韵和永叔尝新茶杂言》，欧阳修随后又作《次韵再作》，梅再作《次韵和再拜》。一份新茶，引得两位大诗人数番唱和，也算是一件茶史趣闻。

这首茶诗题目中的孙之翰，即是孙甫。他是当时著名的文学家、史学家，著有《唐史论断》。这首茶诗，就因诗人间的寄赠香茗而展开。

## 三

第一部分，“北苑灵芽天下精，要须寒过入春生”，讲的是茶的来历。

“北苑灵芽”，即指北苑贡茶。肇始于南唐的北苑贡茶，入宋后发展更为迅速，花色品种不断翻新，制作工艺愈加精巧。宋真宗咸平年间，丁谓任福建路转运使，督造贡茶的同时，发展了龙凤团茶。宋代诗人王禹偁《龙凤茶》一诗，歌咏的就是丁谓进贡的这款名茶，其中“爱惜不尝惟恐尽，除将供养白头亲”两句，既表达了佳茗奉亲的孝心，也侧面反映出龙凤团茶的珍贵。

四十年之后，蔡襄担任了同样的职务。他在大龙团的基础上改进了工艺，创制出了小龙团茶。小龙团，到底有多名贵呢？欧阳修《归田录》中记载：

> 茶之品莫贵于龙凤，谓之团茶，凡八饼重一斤。庆历中蔡君谟为福建路转运使，始造小片龙茶以进，其品绝精，谓之小团，凡二十饼重一斤，其价值金二两，然金可有，而茶不可得。每因南郊致斋，中书、枢密院各赐一饼，四人分之。宫人往往缕金花其上，盖其贵重如此。[①]

宋代执掌军事的枢密院称东府，管理政务的中书门下称西府，久而久之，人们就把朝廷的最高权力机关简称为“二府”了。作为最高等级的文臣，“二府”的四位长官却只能共分一饼小龙团，蔡襄所制的这款名茶，名贵程度可见一斑。

自蔡襄的小龙团出世，丁谓所造的龙凤茶就只能沦为二等名茶了。正如宋代诗人熊蕃在《御苑采茶歌》中所写：

> 外台庆历有仙官，龙凤才闻制小团。
> 争得似金模寸璧，春风第一荐宸餐。[②]

北苑贡茶在蔡襄的手中，达到了一个新的高度，确实是名

①欧阳修《归田录》卷二。

②杨亿撰《宣和北苑贡茶录》，《景印文渊阁四库全书》子部第一五〇册，台湾商务印书馆，1986年影印。

副其实的“天下精”了。

“要须寒过入春生”一句，诗意地讲出了茶树的生长特性。茶树经过一冬的休眠与积累，春季冒出的芽头饱满肥壮，内含物质最为丰富。古今皆珍重春茶，就是这个道理。但若细细品味，人生不也正是如此吗？此句与“梅花香自苦寒来”异曲同工，都是借物咏志的妙笔。诗人眼中的茶树，不只是植物，更是灵物，甚至是君子。在中国人眼中，茶不仅有香甜的味道，更有高洁的品格。正因如此，我们对茶的喜爱中，也还夹杂着几份敬意。

第二部分，“故人偏爱云腴白，佳句遥传玉律清”，讲的是茶的审美。

蔡襄《茶录》的正文，第一句便是“茶色贵白”四个字。当然，此处说的不是茶叶之白，而是茶汤之白。在高妙技艺的冲点之下，茶汤上泛起丰富浓密的泡沫，最终以“面色鲜白，著盏无水痕为绝佳”。只有这样的茶汤，才能够让诗人文思泉涌，继而佳句频出。

宋诗中写茶汤色白的佳句很多，例如林逋的“石碾轻飞瑟瑟尘，乳花烹出建溪春”[①]，欧阳修的“停匙侧盏试水路，拭目向空看乳花”[②]，再如黄庭坚“我家江南摘云腴，落硙霏霏雪不

①《全宋诗》卷一〇八。

②洪本健校笺《欧阳修诗文集校笺》，201页。

如”[1]，蔡襄有一首《六月八日山堂试茶》，将宋茶之白写得美轮美奂：

> 湖上画船风送客，江边红烛夜还家。
> 今朝寂寞山堂里，独对炎晖看雪花。[2]

盛夏时节，送友归来，孤坐山堂，独对炎晖，茶汤如雪，趣味盎然。

第三部分，“衰病万缘皆绝虑，甘香一味未忘情。封题原是山家宝，尽日虚堂试品程。”讲的是对茶的依恋。

宋仁宗嘉祐五年（1060），蔡襄被召为翰林学士、三司使，英宗即位后，以端明殿学士知杭州。蔡襄之所以离开朝廷出知杭州，系因得罪英宗所致。正所谓“病由心生”，皇帝的疏远，导致蔡襄心情抑郁，从而身体状况大不如前了。其实这一年，蔡襄不过四十八岁而已，但他不仅“未老先教白发生”，而且“惆怅此生多病恼”。由此可知，这时的蔡襄心理上伤逝年华，生理上病魔缠身。几年后，蔡襄竟真的与世长辞了。想必本诗中“衰病万缘皆绝虑”一句，说的也是实情了。

人在病中，万念俱灰，甚至连吃喝也要忌口，但是唯有好茶让蔡襄割舍不下，毕竟他是精于此道之人。北宋彭乘《墨客

---

①郑永晓整理《黄庭坚全集辑校编年》，江西人民出版社，2008年，453页。

②陈庆元、欧明俊、陈贻庭校注《蔡襄全集》，211页。

挥犀》中，记载了一段蔡襄喝茶的故事。福建建安有一座能仁寺，寺内有株生长在岩石缝里的茶树。僧人采摘制作，得茶八饼，号为“石岩白”。其中的四饼茶，就送给了时任福建路转运使的蔡襄。另外的四饼茶，则送给京城的王禹玉。一年后，蔡襄回京城述职，王禹玉邀请他一起品茶。王大人知道蔡襄精于茶事，便暗中吩咐仆人取用珍贵的“石岩白”待客。香茗奉上，蔡襄轻啜一口后，心头一动，向王禹玉说：“此茶极像福建能仁寺的石岩白。”王禹玉大为惊奇，对于蔡襄的别茶工夫甚是佩服。能识茶辨茶，自然是因为蔡襄深谙茶事，但能过口不忘，证明蔡襄确是爱茶之人，喝茶不光走肾而且走心。

无数个日日夜夜，蔡襄坐于虚堂，品饮山家至宝。如今有病在身，医生告诫他要忌茶，但他心中仍不能忘怀袅袅甘香。

唐文宗大和四年（830），白居易于洛阳写下《何处难忘酒七首》，其中一首如下：

何处难忘酒，天涯话旧情。
青云俱不达，白发递相惊。
二十年前别，三千里外行。
此时无一盏，何以叙平生。[1]

①谢思炜撰《白居易诗集校注》，中华书局，2006年，2145页。

我们将诗中的酒换成茶，不正是蔡襄患病时的心情吗？

对于爱茶之人来说，喝茶，可能伤身；不喝茶，一定伤心。

伤身是外伤，伤心是内伤，二者相较取其轻，茶还是不能戒掉的。

# 蔡襄《即惠山泉煮茶》

此泉何以珍，适与真茶遇。
在物两称绝，于予独得趣。
鲜香箸下云，甘滑杯中露。
当能变俗骨，岂特湔尘虑。
昼静清风生，飘萧入庭树。
中含古人意，来者庶冥悟。[①]

蔡襄，既担任过茶官，也著述过茶书，还创制过名茶，可谓是真正的懂茶之人。正因如此，蔡襄的茶诗中也多有真知灼见，绝非一般文字消遣之作。前面我们已经拆解了《和诗送茶寄孙之翰》，这里不妨再聊一首《即惠山泉煮茶》。

---

①陈庆元、欧明俊、陈贻庭校注《蔡襄全集》，28页。

## 一

关于蔡襄的生平，前文已有详细讲述，本文便不赘言了。其实蔡襄不仅有茶诗与茶书传世，更留下了数幅与茶有关的书法精品。这里便就着蔡襄书法家的身份，再多聊上几句。

古人在评论蔡襄书法时，都认为是“形似晋唐”之风。例如元代倪云林跋云：“蔡公书法真有六朝、唐人风，粹然如琢玉。”[①]明代徐渭评价蔡襄书：“蔡书近二王，其短者略俗耳。劲净而匀，乃其所长。”[②]这都点出了蔡襄书法的优劣长短。

蔡襄的书法风格，承袭王羲之、颜真卿与柳公权，可谓博采众长。他虽不是一个崭新风格的开创者，但却是宋代书法发展史上不可或缺的关键人物。蔡襄以其自身完备的书法艺术，为晋唐法度与宋人的意趣之间搭建了一座桥梁。苏轼品论蔡襄书法时说：“独蔡君谟书，天资既高，积学深至，心手相应，变态无穷，遂为本朝第一。”[③]后世将苏轼、黄庭坚、米芾、蔡襄，并称为“宋四家”。

蔡襄存世的《暑热帖》《思咏帖》《自书诗卷》等数件书帖，内容都与茶相关。其中《自书诗卷》中，便有本文所拆解的茶

①张丑撰《真迹日录》，《景印文渊阁四库全书》子部第一二三册，台湾商务印书馆，1986年影印。

②徐渭撰《徐文长逸稿》，中华书局，1983年，1054页。

③孔凡礼点校《苏轼文集》，中华书局，1986年，2188页。

诗《即惠山泉煮茶》。《自书诗卷》卷尾有宋代、元代、明代、清代及近代共十三家题跋。鉴藏印记有“贾似道印”“悦生”“贾似道图书子子孙孙永保之”“武岳王图书”“管延枝引”“梁清标印”“蕉林”及清嘉庆内府诸印。《自书诗卷》作为兼具书法价值与茶学价值的国宝，现珍藏于北京故宫博物院，感兴趣的爱茶人，有机会定要去一睹真容。

## 二

蔡襄的这一首茶诗，歌咏的对象是惠山泉。现如今的惠山泉，位于江苏省无锡市锡惠公园内。唐代宗大历年间，无锡县令敬澄开凿了这眼泉水。西域高僧慧照，曾驻此结庐传道，泉水因而得名惠山泉。近代音乐家阿炳的一曲《二泉映月》，使名泉名曲交相辉映。那么，惠山泉怎么又叫“二泉”呢？

唐代张又新《煎茶水记》，是今存最早专论茶事用水的著作，对于后世爱茶人影响深远。在这部书中，前有刘伯刍所品七水，后有李季卿所说陆羽所品二十水。在这两份水源榜单上，无锡惠山泉都名列第二位，所以后人称惠山泉为“天下第二泉”。

因“天下第二泉”的扬名与陆羽的品题有关，所以惠山泉也被称为“陆子泉”。后人将其上的华陂，改建为“陆子祠”，以纪念一代茶圣。现如今祠内壁上题有陆羽《惠山寺记》全文。

关于惠山泉的茶诗，可谓不胜枚举。其中最为著名的是皮日休《题惠山泉》二首，其中一首云：

> 丞相长思煮茗时，郡侯催发只忧迟。
> 吴关去国三千里，莫笑杨妃爱荔枝。[①]

诗中讲的是唐代宰相李德裕，千里快递惠山泉，以供自己煎茶之用的故事。惠山泉“水递”之风，自唐至明清都很流行，尤以宋时为最盛。宋人孙觌在《惠山陆子泉亭记》中说：“于是茗饮盛天下，而瓶罂负担之，所出通四海矣。”[②]宋代诗人张商英《留题惠山寺》中说：“涤釜操壶贮甘液，缄题远寄朱门宅。”[③]惠山泉水被装瓶入瓮，不惜工本，不远千里，舟车载运至这些爱茶人手中。

为防止水味变质，人们还发明了“拆洗惠山泉”的方法。据南宋周煇《清波杂志》记载，惠山泉水运送至汴京后“用细沙淋过，则如新汲时”[④]。人们将这种用细沙过滤泉水，除去杂质异味的做法，称为“拆洗惠山泉”。

惠山泉到底好在哪里？是实至名归？还是浪得虚名？蔡襄

---

① 《无锡县志》卷四上，《景印文渊阁四库全书》史部第二五一册，台湾商务印书馆，1986年影印。

② 《无锡县志》卷四中。

③ 《无锡县志》卷四上。

④ 周煇撰、秦克校点《清波杂志》，上海古籍出版社，2012年，80页。

这位茶学专家，到底如何看待茶事用水的问题呢？这一系列问题，我们都到茶诗正文中去寻找答案吧。

## 三

第一部分，“此泉何以珍，适与真茶遇。在物两称绝，于予独得趣”，讲的是茶与水的关系。

古人品水，可以分为许多派别，其中最主要的是“座次派”和“好坏派”。

所谓好坏派，即认为不必定等级排座次，为天下之水划分先后。他们认为，只要分辨出水质的美恶就行了。宋徽宗《大观茶论》就是这一派的代表。明代田艺蘅的《煮泉小品》将天下之水分为八类，但不排等次。另外，如钱椿年、顾元庆《茶谱》，孙大绶《茶谱外集》，张源《茶录》等，都认为不必为水排次第。

至于座次派，以前文提及的张又新《煎茶水记》为代表。他们竭尽全力分等级、列榜单，不断探讨水质的排名。在中国茶文化史上，单就“天下第一泉”的名号，就争论了上千年，时至今日仍难有定论。

北宋文坛领袖欧阳修，是知茶爱茶之人。他不仅写过数首精彩的茶诗，还曾撰写《大明水记》一文，专门讨论茶事用水问题。欧阳修在《大明水记》中说：“水味有美恶而已，欲求天

蔡襄《即惠山泉煮茶》（耿国华书）

## 即惠山泉煮茶

蔡　襄

此泉何以珍，适与真茶遇。
在物两称绝，于予独得趣。
鲜香箸下云，甘滑杯中露。
当能变俗骨，岂特湔尘虑。
昼静清风生，飘萧入庭树。
中含古人意，来者庶冥悟。

下之水一一而次第之者，妄说也。”[①]由此可见，欧阳修并不是“座次派”的成员。

蔡襄与欧阳修，既是同僚也是茶友，二人在茶事用水上的观点，保持着高度一致。《即惠山泉煮茶》一诗开篇，就提出了一个大问题：到底什么是好的泉水？蔡襄给出了明确的答案：“适与真茶遇”。再好的国画家，也不可能在报纸上创作出高妙的作品，只有宣纸的晕染，才可以使墨分五色。再好的大红袍，也不可能用自来水泡出香甜的口感，有了好水的加持，才可以使岩韵悠长。茶因水而香，水因茶而珍。好茶与好水相遇，产生了一加一大于二的效果，饮茶的人，才能独得其趣。

比起“好坏派”和“座次派”，蔡襄的观点更进一步，他明确地指出了茶与水的紧密关系。所以这首茶诗虽歌咏惠山泉，但又不仅仅是写“二泉”之事。遇到了好的茶，泉水自然无与伦比；碰到了差的茶，又谈何排名之事呢？蔡襄告诉我们，选泡茶水与选意中人一样，适合的就是最好的。

第二部分，“鲜香箸下云，甘滑杯中露。当能变俗骨，岂特湔尘虑”，讲的是茶与心的关系。

“箸”，本义是筷子，在这里可解释为搅拌茶汤的工具，即茶匙。丁谓《煎茶》“花随僧箸破，云逐客瓯圆”[②]两句，也谈到了“箸”的使用。唐代茶事中所用的竹筴，只能起到单纯搅拌

---

①洪本健校笺《欧阳修诗文集校笺》，1693页。

②《全宋诗》卷一〇一。

茶汤的作用。宋代的茶匙和茶筅，用起来更为得心应手。正因工具的改变，搅拌出的乳花也愈加变化多端。宋代点茶活动，技术动作艺术化，最终形成水乳交融的饮茶艺术活动。所以“箸”在茶碗中上下翻飞，既可破花也可生云。

自唐代《茶经》问世之后，茶便与文化紧密结合在一起。饮茶，不再只有物质层面上的享受，更可带来精神层面的愉悦。唐代卢仝的《走笔谢孟谏议寄新茶》，里面有连喝七碗的绝妙桥段，细细品味，除去第一碗是“喉吻润”之外，其余的六碗带来的都是精神上的享受。蔡襄面对一碗甘滑的茶汤，自然也不仅仅为解渴而已，这里的茶汤，如观音手中的甘露一般，不仅可以洗尽烦恼，也让人脱胎换骨。

第三部分，“昼静清风生，飘萧入庭树。中含古人意，来者庶冥悟”，讲的是茶与悟的关系。

“昼”，即是白天，本应是喧嚣繁忙之时，但因为醉心于茶事，周遭的一切都安静了下来，只听得阵阵清风生，飘萧入庭树。俗话说“心静自然凉”，卢仝笔下两腋生起的习习清风，也该是来自心中而非空中吧。

“庶”，这里作为副词，表示可能或期望。诸葛亮《出师表》中，便有“庶竭驽钝，攘除奸凶”[①]的用法。一盏甘滑如露的茶汤，不仅富含着美妙之味，更是承载着古人之意，希望喝茶的

---

①《三国志》卷三十五。

人，都能够从蒙昧中有所省悟。茶汤中蕴含的古人之意，到底是什么呢？作者没有给出答案。其实不是蔡襄不说，而是很多事情不是靠说就能够明白。

有一个四字词，叫作“字里行间”，话语文字是传递讯息的道具，我们可以靠短信、微信、纸质信来进行沟通交流，但我们都知道，有一些心情和想法，无法光靠语言传递，也不知该如何表达，这时，我们必须细细品味，从字里行间读出深层含义。

字里行间，可以流露真挚感情。

一碗茶汤，可以承载古人之意。

世间的许多情感，不能光靠文字获得，要靠心去领会。

茶汤里的古人之意，您领悟到了吗？

没悟到？

那咱们继续喝茶吧。

# 文同《谢人送蒙顶新茶》

蜀土茶称盛，蒙山味独珍。
灵根托高顶，圣地发先春。
几树初惊暖，群篮竞摘新。
苍条寻暗粒，紫萼落轻鳞。
的砾香琼碎，髭鬖绿虿匀。
慢烘防炽炭，重碾敌轻尘。
无锡泉来蜀，乾崤盏自秦。
十分调雪粉，一啜咽云津。
沃睡迷无鬼，清吟健有神。
冰霜凝入骨，羽翼要腾身。
磊磊真贤宰，堂堂作主人。

玉川喉吻涩，莫惜寄来频。[①]

一

纵观两宋，文姓出了好几位大人物。前有历仕四朝、出将入相的文彦博，后有留取丹心照汗青的文天祥。除了这两位曾位极人臣的名人，北宋文姓中还出了一位著名画家文同。

文同，字与可，梓州永泰（今四川盐亭）人。他于宋仁宗皇祐元年（1049）中进士，历任邛州（今属四川）、洋州（今陕西洋县）太守，晚年知湖州，未到任而卒，享年六十二岁。文同与文彦博、文天祥，虽是同姓，但分属各宗，没有什么直接关系。但是文同的亲族里，却出了著名的“三苏”——苏洵、苏轼、苏辙。

文同和表弟苏轼关系密切。论年龄，文同比苏轼大十八岁；论资历，文同中进士比苏轼早八年，所以文同既是苏轼的表哥，也可算他的“前辈”。二人同在馆阁任职时，苏轼不仅一再上书议论朝政，平日与朋友聊天时也常随意点评时事。文同本人性格沉稳持重，对于表弟的口无遮拦深表忧虑。他经常对苏轼苦口婆心地劝说，但无济于事。因为怕苏轼出去聊天惹事，文同干脆每逢假日就想办法将苏轼留在身边。

①胡问涛、罗琴校注《文同全集编年校注》，巴蜀书社，1999年，307页。

表兄弟在一起干什么呢？一方面，文同作诗宗的是梅尧臣、苏舜钦的路子，有着相当的造诣；另一方面，文同是一位大画家，他善画墨竹，开创了绘画史上著名的“湖州竹派”。对于艺术的共同追求与探索，使得文、苏二人不仅是表亲、同事，更是挚友。文同常常邀请苏轼一起吟诗作画，希望艺术能转移表弟对于时政的关注。当然，文同的好心最终落空，苏轼蒙冤下狱，这是后话了。

总而言之，文同与苏轼的性格十分不同。他一生不嗜酒，却对质地上乘的细绢和纸张情有独钟，只要见到好纸，马上就迈不开步了，一定要提笔画上一番才行。他倒是过瘾了，但旁边的人却为了抢那幅刚完成的画作打起来了。文同也不作声，也不见怪，谁让他厚道呢。

后来有一些聪明人，故意在他能看见的地方，预先摆上最好的纸与绢，为的是引诱他上钩，获得他的画作。久而久之，文同发现了这是陷阱，于是在路上再看见好纸良绢，便躲着走，有时候实在忍不住，还得几次转头回望呢[①]。

画家的身份，使得文同的诗风独树一帜。钱钟书先生曾说：文同是位大画家，他在诗里描摹天然风景，常跟绘画联结起来，为中国的写景文学添了一种手法[②]。诚如钱先生所讲，读文同的诗，总会让人产生很强的画面感。

---

①王水照、崔铭《苏轼传》，天津人民出版社，2013年，55页。

②钱锺书《宋诗选注》，生活·读书·新知三联书店，2002年，57页。

## 二

这首诗的主题不新鲜，仍然是感谢友人寄赠新茶。但这次的茶，不是王禹偁爱惜的龙凤茶，也不是林逋咏诵的建溪春，更不是欧阳修赞颂的双井茶，而是四川的蒙顶茶。在宋代茶诗当中，这种茶算是比较少见的了。

唐代人较为重视四川茶，白居易就有《萧员外寄新蜀茶》《谢李六郎中寄新蜀茶》等多首专夸蜀茶的诗作传世。依其《琴茶》一诗中“茶中故旧是蒙山”的说法，乐天居士诗中的“蜀茶”很可能就是蒙顶茶。现如今人们说起蒙顶茶史，常引清光绪十八年《名山县志》中收录的唐人黎阳王所写《蒙山白云岩茶》一诗，原文如下：

> 闻道蒙山风味嘉，洞天深处饱烟霞。
> 冰绡碎剪先春叶，石髓香粘极品花。
> 蟹眼不须煎活水，酪奴何敢问新芽。
> 若教陆羽持公论，应是人间第一茶。

笔者翻检文献，发现此诗是晚明诗人王越所作，见于《黎阳王襄敏公集》卷三。可能清人编写《名山县志》时，把“黎阳王襄敏公”错抄成“黎阳王”了。如今不少人写蒙顶山的文章时，直接引用《名山县志》，都误以为这首诗是一位叫“黎阳王”的诗人所写。可怜这位王越先生，糊里糊涂地丧失了“若教陆羽持公论，应是人间第一茶”这样绝妙广告语的著作权。

北宋文彦博曾写过一首题为《蒙顶茶》的七绝，其文如下：

旧谱最称蒙顶味，露牙云液胜醍醐。

公家药笼虽多品，略采甘滋助道腴。

饮茶与穿衣一样，每个时代都有自己的流行风潮。宋代人最推崇的已不是蜀茶，而是福建产的北苑贡茶，所以文彦博这首诗中，提及蒙顶茶时已说是“旧谱最称”了。宋人饮蒙顶茶的心态，已有些复古的意味了。

五代十国以来建茶的兴起，自然对蜀茶有所冲击。除此之外，宋代的四川四路在全国茶区中地位也十分特殊。最初是“听民自买卖，禁其出境”，以致蜀茶几乎不能出川；后来便悉数实行禁榷，四川茶全部由朝廷专卖，以通吐蕃、西夏等处；而且蜀茶的产量，终难与江淮诸路相比，这便使得关于四川四路茶史的资料尤为缺乏[①]。

有宋一代，上至达官显贵，下至寻常百姓，能喝到蜀茶的人并不多，因此纵观两宋茶诗，写北苑贡茶的最多，写双井、日注等散茶的也不少，写四川蒙顶茶的却寥寥无几。文同的这

①朱重圣《北宋茶之生产与经营》，台湾学生书局，1985年，123页。

首《谢人送蒙顶新茶》，对宋代四川茶史有补白之功。

## 三

第一部分，“蜀土茶称盛，蒙山味独珍。灵根托高顶，圣地发先春”，写的是蒙顶茶之精妙。

蜀地物阜民丰，尤以佳茗为贵。四川与云南接临，是茶树原产地边缘，所以茶树很早就传播到了蜀地。从文献角度看，我国最早的茶事记载都在四川。例如西汉王褒《僮约》中，有“武阳买茶”的故事。又如西晋张载《登成都白菟楼》中，有“芳茶冠六清”[①]的诗句。再如东晋常璩《华阳国志》中，有“园有芳蒻香茗”[②]的记载。诗中“蜀土茶称盛”的说法，绝非夸大之词。

第二部分，“几树初惊暖，群篮竞摘新。苍条寻暗粒，紫萼落轻鳞”，讲的是蒙顶茶之采制。

几声蛰雷，一场春雨，大地回暖，万物复苏。沉睡一冬的茶树，这时开始萌发出新芽。这本是自然现象，但作者却用拟人的手法，将茶树的抽芽归因于春雷的惊动，“灵根”的形象跃然纸上。

北宋欧阳修诗云：“建安三千里，京师三月尝新茶”，由此

---

① 《北堂书钞》卷一四四。

② 刘琳校注《华阳国志校注》，巴蜀书社，1984年，25页。

可见绿茶贵新。谁的春茶能抢先上市，自然可以卖出好价钱。因此，虽然只有几树萌芽，但是茶农已经携篮而至，竞相采摘新茶了。他们在苍老的枝条间寻找暗藏的新芽，自然是要费一番工夫。他们的采摘标准，还是遵循着茶圣陆羽“紫者上”三个字，所以仍然以“紫萼”为贵。

第三部分，“的砾香琼碎，鬔鬖绿虿匀。慢烘防炽炭，重碾敌轻尘”，讲的是蒙顶茶的冲点。

“的砾”，音同地利，解释为鲜明的样子。宋人制团饼茶，要将茶青捣碎后再加以定型，这便有了“的砾香琼碎”的说法。制成的紧压茶，宋人通过纹路与色泽鉴定膏质肉理。“鬔鬖”，读如兰三，本义为毛发垂下的样子。“虿”，本义是毒虫。作者以“鬔鬖绿虿”代指顺滑的纹理，从而显示茶饼的优质。

上等的茶饼，还需经过炙与碾两道工序后，方可以冲点饮用。按蔡襄《茶录》记载，宋人饮团饼茶前，一般要于净器中以沸汤浸渍，刮去膏油后再以微火炙烤干燥，然后再碾碎以备点茶之用。炙茶如今天的烤肉一样，是需要掌握火候的细致活儿。有的人不得要领，用大火将茶饼烤得焦黄，如同蛤蟆背一样，那就算把好茶给糟践了。文同既然说出了“慢烘防炽炭”，自然是深谙其道的懂茶之人。

第四部分，“无锡泉来蜀，乾崤盏自秦。十分调雪粉，一啜咽云津”，讲的是蒙顶茶的品饮。

光是茶好还不行，水与器也很重要。文同饮蒙顶茶时，水是“无锡泉”，器选“乾峁盏”，都非草草行事。三者搭配相宜，这才能一啜而咽云津。本诗中“无锡泉来蜀，乾峁盏自秦”两句，与欧阳修《尝新茶呈圣俞》中“泉甘器洁天色好”有异曲同工之美。

饮茶这件事，其实就是茶、水、器三者之间的动态平衡。这件事在北宋爱茶人中已经达成共识。但如今仍有很多爱茶人不甚注意泡茶器、品茶器乃至泡茶水的选择。再好的茶，用自来水也泡不出韵味；再好的茶，用纸杯子也喝不出精彩。

第五部分，“沃睡迷无鬼，清吟健有神。冰霜凝入骨，羽翼要腾身”，讲的是蒙顶茶的妙用。

“沃睡迷无鬼，清吟健有神”两句，似乎灵感来自唐代皎然《饮茶歌诮崔石使君》中“一饮涤昏寐”“二饮清我神”两句。“冰霜凝入骨，羽翼要腾身”两句，似乎从唐代卢仝《走笔谢孟谏议寄新茶》中“五碗肌骨轻，六碗通仙灵。七碗吃不得也，惟觉两腋习习清风生”几句中化出。只是文同用法高妙，取唐人茶诗之神韵而舍其句式，自成佳作不落俗套。

第六部分，“磊磊真贤宰，堂堂作主人。玉川喉吻涩，莫惜寄来频”，是对寄茶者的夸赞。

“磊磊真贤宰，堂堂作主人”，自然是夸赞寄茶来的朋友。没办法，想喝好茶，就得嘴甜嘛。文同以“玉川喉吻涩”来暗示朋友，可以再寄些好茶来，再多也不嫌多。细细品味，“莫惜寄来频”五个字，其实比“一啜咽云津”用得还妙。生活中您夸赞一个人做菜手艺高超，不要只说“真好吃”，还应该大喊一句“还想吃”。

行文至此，想再聊聊文同的另一首诗。宋神宗熙宁八年（1075），文同出任洋州太守。他醉心丹青之道，洋州多竹，他便每日画竹，还写了一首咏竹的七绝《此君庵》：

> 斑斑堕箨开新筠，粉光璀璨香氛氲。
> 我常爱君此默坐，胜见无限寻常人。[①]

文湖州默坐赏竹，爱茶人独啜佳茗，二者的样子何其相似。曾几何时，无用社交浪费了我们太多的时间和精力，与其参加无聊的饭局，真不如安静地泡一壶茶。

第一杯，一啜咽云津。

第二杯，清吟健有神。

第三杯，冰霜凝入骨。

第四杯，羽翼要腾身。

一壶香茗伴左右，胜见无数寻常人。

---

① 胡问涛、罗琴校注《文同全集编年校注》，529页。

# 曾巩《蹇磻翁寄新茶二首》（其一）

龙焙尝茶第一人，最怜溪岸两旗新。

肯分方胯醒衰思，应恐慵眠过一春。[1]

宋代有个文人，名叫刘渊材[2]，他行为古怪，常常被人讥笑。有一回他逢人便说，自己生平有五大遗憾之事。大家听了以后自然要问：刘先生，到底是哪五件事呢？结果，他却闭目不答，过了好久才说：我不能说，我说话总是不合时宜，恐怕这次说出来，你们又会笑话我。

他越这么说，大家越好奇，一个劲儿鼓动他说出来，并保证绝不笑话他。刘渊材这才说：第一，遗憾鲥鱼刺太多；第二，

---

①陈杏珍、晁继周点校《曾巩集》，中华书局，1984年，131页。

②渊材，《冷斋夜话》云姓刘，《墨客挥犀》云姓彭。《冷斋夜话》与《墨客挥犀》时代相近，两书内容亦有相同之处，特此说明，以供读者参考。

遗憾金橘味道太酸；第三，遗憾莼菜菜性过冷；第四，遗憾海棠花没有香气；第五，遗憾曾巩不会写诗。周围人一听，这五件事都不挨着呀，还是忍不住放声大笑起来。

宋代认为曾巩不会作诗的人，不止刘渊材一个人。譬如秦观就曾说："曾子固文章绝妙古今，而有韵者辄不工。"[①]也有文献说，这一句是苏轼评价曾巩的话。陈师道说："世语云：'苏明允不能诗，欧阳永叔不能赋，曾子固短于韵语，黄鲁直短于散语，苏子瞻词如诗，秦少游诗如词。'"[②]李清照则说："王介甫、曾子固文章似西汉，若作小歌词，则人必绝倒，不可读也。"[③]这三段话，核心意思都一样：曾巩不擅长写诗词。

钱钟书先生在《宋诗选注》中却为曾巩打抱不平。按钱先生的说法，"唐宋八大家"中，曾巩的诗远比苏洵、苏辙父子的诗好，七言绝句更有王安石的风格。曾巩的诗，到底怎么样呢？在他现存的四百余首诗作中，有八首涉茶之诗。我们不妨以管窥豹，来体会一下曾巩的诗歌风韵吧。

---

①《宾退录》卷六，上海古籍出版社，1983年。

②胡仔纂集、廖德明校点《苕溪渔隐丛话（前集）》，人民文学出版社，1962年，255页。

③胡仔纂集、廖德明校点《苕溪渔隐丛话（后集）》，254页。

## 一

曾巩，字子固，建昌军南丰（今属江西）人，世称南丰先生，他生于宋真宗天禧三年（1019），比王安石大两岁，比苏轼年长将近二十岁。他与韩愈、柳宗元、欧阳修、“三苏”、王安石一起，被后世尊称为“唐宋八大家”。

唐宋八家当中，大家似乎对曾巩的印象最模糊。韩愈的代表作，有《师说》；柳宗元的代表作，有《捕蛇者说》；欧阳修的代表作，有《醉翁亭记》；苏轼的代表作，那就实在太多了；因为苏轼，我们自然对苏洵与苏辙多了几分亲近感；至于王安石，我们不在语文课上学习他，也会在历史课上了解他，谁让他是中国历史上最知名的政治家之一呢。只有曾巩，不要说诗词，就连代表文章，我们好像一时也想不起来。

“唐宋八大家”当中，除了苏洵一人之外，其余七人都是进士出身。其中，韩愈二十五岁中进士，柳宗元二十岁中进士，欧阳修二十四岁中进士，王安石二十二岁中进士，苏轼二十一岁中进士，苏辙十八岁就中了进士，可以说，这几位都是少年得志，曾巩三十九岁才中进士，是“八大家”当中最老的进士。

曾巩为什么早年一直考不中进士呢？真不是他不爱学习，而是他太忙了，忙着养家糊口，耽误了他考进士。

曾巩八岁丧母，跟随父亲曾易占在任官之地读书。景祐四年（1037），曾易占遭人诬告失去官职，曾巩只好跟随父亲返回南丰老家。曾巩家人口众多，上有八九十岁的老祖母，五六十岁的父亲，一位继母，外加一位兄长，下有四个弟弟，九个妹妹。对于富贵人家来说，人丁兴旺是好事，但是当时的曾巩家，却是“无田以食，无屋以居”[①]的情形。从现存的史料来推测，曾巩的父亲与兄长都不是善于治家之人，所以这一大家子的生计问题，就都落在了曾巩的肩上。

曾巩迟迟没有步入官场，家境又不是十分宽裕，哪来的闲情逸致品茶呢？他品的茶是好是坏？茶是从何而来呢？我们从题目中去寻找答案。

## 二

虽然曾巩在科举考试中屡屡名落孙山，但是他的才华与品德却已经广为人知。他虽然在考场失败了，但在考场之外却收获满满。对于曾巩来讲，只要我的学问、思想、人格得到了社会的认同，就很满足了。

一方面，他身处江西南丰，远离政治文化中心开封，无权无势落魄失意；另一方面，他却与欧阳修、杜衍、王安石、刘沆这样的时代骄子保持着密切联系与交流。例如庆历新政失败后，范仲淹罢相，欧阳修被贬滁州，蔡襄被贬福州，身处江西

---

①陈杏珍、晁继周点校《曾巩集》，796页。

的布衣曾巩，竟然给这几位朝廷忠臣写信表示慰问。由此一事，我们不难看出曾巩与他们交情匪浅。

范仲淹、蔡襄与欧阳修，皆是懂茶爱茶之人，想必也随着书信给曾巩寄去过好茶。曾巩爱茶，怕是也是受了这几位好友的影响。当然，这都是笔者的推测。但曾巩现存的茶诗中，确实多为赠答之作，例如《方推官寄新茶》《闰正月十一日吕殿丞寄新茶》，再如这组《蹇磻翁寄新茶二首》。好茶香茗，确为宋代文人交往中的重要纽带。

这首诗中提到的蹇磻翁，即蹇周辅，成都双流人。他以特奏名举进士，知宜宾、石门二县，后以治李逢狱为神宗称赞，擢开封府推官。宋哲宗元祐三年（1088），卒于知庐州的任上，享年六十六岁，《宋史》有传。按《续资治通鉴长编》卷二百八十三中记载，宋神宗熙宁十年（1077），蹇周辅出任福建路转运使。此时曾巩正在知福州的任上，这组诗很可能便是作于此时。

## 三

第一句“龙焙尝茶第一人”中的“焙”，可当动词，这里却作名词，解释为茶场。“龙焙”，即御茶场。苏轼《西江月·茶词》中，也有“龙焙今年绝品，谷帘自古珍泉”[1]两句。

---

①刘石导读《苏轼词集》，100页。

第二句“最怜溪岸两旗新”中的“两旗”，代指一芽两叶的细嫩茶青。

第三句“肯分方胯醒衰思”中的“胯”，即銙，本是古人腰带上的玉带扣，在这里代指紧压茶饼。曾巩在《闰正月十一日吕殿丞寄新茶》一诗中，也有“偏得朝阳借力催，千金一胯过溪来”①两句。宋代贡茶，以福建北苑为尊，二人在福建为官，自然有近水楼台之便。

第四句“应恐慵眠过一春”。蹇磻翁送给曾巩的茶到底是什么滋味呢？曾巩只字未提。他拿到好茶的第一反应，竟然是我又不会慵眠一春了。似乎比起好茶的滋味，曾巩更珍惜时间。为何如此呢？还是要从曾巩的人生经历中寻找答案。曾巩是个读书种子，却一直不能稳坐书房，因为家庭负担太重，为了养家糊口，曾巩跑遍了大江南北。他在《学舍记》里写道：

> 西北则行陈、蔡、谯、苦、睢、汴、淮、泗，出于京师；东方则绝江舟漕河之渠，逾五湖，并封禺会稽之山，出于东海上；南方则载大江，临夏口而望洞庭，转彭蠡，上庾岭，繇浈阳之泷，至南海上。②

---

①陈杏珍、晁继周点校《曾巩集》，129页。

②陈杏珍、晁继周点校《曾巩集》，284页。

曾巩以江西南丰为中心，向西向北跑过河南、安徽、山东等地；向东则横渡长江，穿越五湖，到达浙江东部；向南则从水路越过鄱阳湖，到达广东乃至南海。为养家糊口离乡背井，背后的艰辛可想而知。

可能是常年为生计奔波，曾巩喝茶更看重茶的功效，而不是细品茶味。《蹇磻翁寄新茶二首》另一首中写道：

> 贡时天上双龙去，斗处人间一水争。
> 分得余甘慰憔悴，碾尝终夜骨毛清。[①]

半生劳碌的曾巩，就是得到了好茶，似乎也不习惯细品。咕咚咕咚，牛饮几口，能慰藉憔悴之身就行了。

其实别说品茶，曾巩都没有大把时间读书学习。久而久之，他便养成了爱惜光阴的习惯，提高读书效率，利用一切零碎时间读书。毫不夸张地说，只要天下有的书，曾巩都要看。他读书还不是随手闲翻，而是“日夜各推所长，分辨万事之说”[②]，体会书中所写的天地万物、修身治国、存亡治乱之道。

曾巩的老师欧阳修，也是一生酷爱读书。欧阳修晚年时，拥有藏书一万卷、夏商周三代以来金石遗文一千卷、琴一张、棋一局、酒一壶，再加上自己是一个老头子，所以自称为六一

---

①陈杏珍、晁继周点校《曾巩集》，131页。

②陈杏珍、晁继周点校《曾巩集》，286页。

居士。由此可知，这一万卷藏书让欧阳修引以为傲。但是曾巩一生竟有书两万多卷，是六一居士的一倍。诸位要知道，欧阳修一生做过不少大官，经济条件富裕，这才藏书一万卷。曾巩家境一直不好，就是后来做了官，也并不富裕，但是他舍得花钱买书藏书，只要有时间就拼命读书。曾巩说："处与吾俱，可当所谓益者之友非邪？"[①]我天天跟书在一起，书籍就是我的朋友。

爱惜光阴，不断学习，可以说是曾巩家的家风。宋仁宗嘉祐二年（1057），在曾巩考中进士的同时，他的弟弟曾牟、曾布，堂弟曾阜，妹夫王无咎、王彦深也同科考中了进士，亲族六人同科进士，虽然不能说空前绝后，但也可以说是古今罕有的盛事。嘉祐二年这一科的进士多为精英人才，其中就有苏轼、苏辙兄弟。

嘉祐六年（1061），弟弟曾宰又考中进士，嘉祐七年（1062），妹夫关景晖考中进士。宋仁宗治平二年（1065），兄长曾晔的儿子曾觉考中进士。两年后，弟弟曾肇又考中进士。短短十年之间，曾氏家族和亲族中先后有十人考中进士。这事发生在连吃饱饭都有困难的家庭里，不得不说是天大的奇迹。可能对于曾巩来讲，香高水甜都不重要，提神醒脑就是好茶，因为"衰思"散去，又可以专心读书了。

---

①陈杏珍、晁继周点校《曾巩集》，286页。

回到本文开头的问题：曾巩，到底会不会作诗呢？我们再来读他的《城南二首》(其一)：

雨过横塘水满堤，乱山高下路东西。
一番桃李花开尽，惟有青青草色齐。[①]

要想体会曾巩的诗风，我们不妨拿苏轼来当个参照。曾、苏二人是同科进士，又同入“唐宋八大家”，风格却大有不同。苏轼的诗，如同盛开的桃李，绚烂明亮；曾巩的诗，就如青青的草色，朴实无华。诸位请看，就连风雅的茶诗，曾巩都写得不蔓不枝，甚至还要见缝插针，宣传爱惜光阴的大道理。这就是曾巩的诗，有点小无聊，但特别正能量。

曾巩的诗，不是不够好，只是不算巧。曾巩的人生，又何尝不是如此呢？他没有显赫的家世，没有卓越的天分，也没有幸运的机遇，他只是凭着踏踏实实勤勤恳恳的态度，最终成为人生赢家。苏轼更像天才，才华横溢，可令我们赞叹；曾巩更像常人，努力奋斗，可供我们学习。

曾巩不见得是一位爱茶之人，曾巩茶诗背后的人生智慧，却宛若一杯好茶，值得后人仔细品味。

---

①陈杏珍、晁继周点校《曾巩集》，131页。

# 王安石《寄茶与平甫》

碧月团团堕九天，封题寄与洛中仙。
石城试水宜频啜，金谷看花莫漫煎。①

## 一

王安石，字介甫，号半山，生于宋仁宗即位的前一年（1021）。庆历二年（1042）他二十二岁时，就已进士及第。在同时考中的八百三十九人当中，王安石排在第四名，是货真价实的名列前茅。王安石作为当时的青年才俊，引起了一位朝中重臣的关注，这个人，就是大名鼎鼎的欧阳修。

欧阳年长王安石十四岁，早他十二年中进士。欧阳修是北

①高克勤点校《王荆文公诗笺注》，上海古籍出版社，2010年，1254页。

宋中期政坛和文坛的重要人物。他当时加意物色和培养下一代的领袖人才，而特别寄望的后起之秀有两人：一个是王安石，另一个则是苏轼。

对于这两个人，世人一直有着截然不同的印象：苏东坡，是热爱生活有品位的风流才子；王安石，是刚愎自用没品位的工作狂人。

翻看宋人的笔记小说，关于王安石在生活中丢人现眼的故事不胜枚举。《邵氏闻见录》中，记载了这样一个故事：有一年春日，王安石参加宫中举行的赏花钓鱼宴，结果糊里糊涂地误吃了盛在金盘里的鱼饵，而且不是吃了一粒，而是一口气吃完了一盘。

《梦溪笔谈》里记载的故事就更有意思了。据说王安石的脸特别黑，他手下的仆人怀疑他可能得了怪病，要不然，怎么脸色这么难看呢？于是大家找来医生，想要一探究竟。医生诊断后，给出了明确的结论：王大人没病，面色黑主要是因为太久没洗脸了，脸上有汗渍。还送了一些澡豆给他洗脸。

正如日本学者吉川幸次郎所说，吃鱼食，不洗脸，听起来王安石是一个极其没有品位的人。但是三言二拍中有一篇《王安石三难苏学士》，那里面的王安石却是另一番样貌了。

话说王安石老年时患有痰火之症，服药难以除根。太医院的医生嘱咐他，可以饮阳羡茶缓解病症，但有个前提条件，就是需用长江瞿塘中峡水煎烹阳羡茶。因为苏东坡是蜀地人，王安石就拜托他下次探亲回京时，帮忙带一瓮瞿塘中峡水。

不久，苏东坡亲自带着一瓮水来见王安石。王安石即命人将水瓮抬进书房，亲自以衣袖拂拭后打开，随即命童儿茶灶生火，再取出银铫汲水烹煎。大功告成后，王安石轻啜一口，愣了一下，问道："此水何处取来?"东坡回答说：中峡。王安石笑道："此乃下峡之水，如何假名中峡?"东坡大惊，只得将实情说出来。原来苏东坡因鉴赏秀丽的三峡风光，船至下峡时，才记起王安石所托之事。当时水流湍急，回溯到中峡极是为难，只得汲一瓮下峡水充数。

东坡不解地问："三峡相连，一般样水，……老太师何以辨之?"王安石道："读书人不可轻举妄动，须是细心察理。……这瞿塘水性，出于《水经补注》。上峡水性太急，下峡太缓，只有中峡缓急相半。太医院官乃名医，知道老夫乃中脘变症，故用中峡水引经。此水烹阳羡茶，上峡味浓，下峡味淡，中峡浓淡之间。今茶色半晌方见，故知是下峡。"东坡赶紧离席谢罪。

王安石连鱼食都吃不出来，怎么能精确地辨水呢？苏东坡向来以精通茶事著称，可似乎比起王安石却略逊一筹？虽然是小说家之言，不见得就是事实，但起码反映出，王安石在世人心中的形象，存在着两极分化的情况。王安石品位到底如何？我们不妨从他的茶诗中去寻找蛛丝马迹。

## 二

平甫，即王安国，他是王安石的弟弟。这首诗所写的内容，即是王安石给弟弟寄茶之事。王安石兄弟间经常以茶传递感情，缓解思念之意。检索王安石的茶诗，还有一首《寄茶与和甫》，其文如下：

> 彩绛缝囊海上舟，月团苍润紫烟浮。
> 集英殿里春风晚，分到并门想麦秋。[①]

和甫，即王安礼，也是王安石的弟弟。由于题材相同，《寄茶与和甫》完全可与《寄茶与平甫》参照来读。这首诗的大意是说，龙凤贡茶用彩色的锦袋包裹，由建安茶区海运到京城。王安石作为皇帝的近臣，在皇宫集英殿内被赐予了这份好茶。这时的王安礼在山西太原做官，并不在王安石身边。于是王安石将好茶分出一部分，寄去并门（即并州，今河北保定和山西太原、大同一带）与弟弟王安礼分享。

王安石的另一个弟弟王安国正在河南洛阳做官，既然有好茶，怎能厚此薄彼呢？王安石在给安礼寄茶的同时，也给安国寄去了一份。现如今您给朋友寄茶，只要发个微信说一声就行

---

①高克勤点校《王荆文公诗笺注》，1254页。

了，最多再附上一个快递单号，但是古时寄物，则多半要附上一首诗或一封信。正所谓“红纸一封书后信，绿芽十片火前春”(《谢李六郎中寄新蜀茶》)。这样，既说明了礼物来历，也表达了思念之情。

## 三

第一部分，“碧月团团堕九天，封题寄与洛中仙”，讲的是好茶的来历。

“碧月团团坠九天”，是一语双关的妙句。首先，北宋的大龙团、小龙团都是圆形，像极了悬挂当空的皓月。从天上到人间，自然就如明月坠下九天一样了。同时，这“九天”也暗喻皇宫。王维诗云：“九天阊阖开宫殿，万国衣冠拜冕旒。”韩愈诗云：“一封朝奏九重天，夕贬潮阳路八千。”所以这里“坠九天”三字暗示寄去的好茶来历不凡，是由皇帝赏赐而来。

得到御赐的好茶，王安石想到了与弟弟分享。当时的王安国正在洛阳任职，这里的“洛中仙”就是对他的美称。既然是贡茶，自然不可等闲视之。“封题”，即是封好后加上题签，以防有人中途打开或调包。这种保护好茶的做法，唐代已十分普遍。例如卢仝接到孟谏议的新茶，即是“白绢斜封三道印”。李德裕得到的好茶，也是“缄题下玉京”。收到茶后，第一件事就是查验封题。今天快递公司不是也要求您检查包装完整后，才可以签收吗？道理都是一样的。

第二部分，“石城试水宜频啜，金谷看花莫漫煎”，讲的是好茶的饮法。

“石城”，即石头城，在建康（今南京）。据说石头城下有好水，为历代爱茶人所珍重。王安石在这里向弟弟暗示，此茶甚佳，定要用好水对待才行。实话实说，不是爱茶人，写不出这样的诗句。“金谷”，在今河南洛阳市东北，西晋石崇曾筑园于此，世称金谷园。据石崇《金谷诗序》记载：“有清泉、茂林、众果、竹柏、药草之属……其为娱目欢心之物备矣。”[①]由此可知，当时的金谷园是一座十分富丽堂皇的贵族大花园。王安石认为，花园适合看花，但不是喝茶的好地方。这种观点，似乎是受到唐代诗人李商隐的影响。李商隐在《杂纂》一书中列举了数个“煞风景”的行为：如“清泉濯足”，即在清澈的泉水中洗脚；又如“花上晒裈”，即在美丽的花枝上晾晒衣裤；再如“焚琴煮鹤”，即把瑶琴当木柴烧，把仙鹤煮来吃。在李商隐列举的诸多煞风景之事中，也有“对花啜茶”一项。晋人陶渊明常常对花饮酒，甚至醉卧花丛。李商隐似乎以此为由，认为面对群芳不饮好酒却要喝茶，岂不索然无味？

面对群芳，是该饮酒还是饮茶？唐代诗僧皎然，写出了“俗人多泛酒，谁解助茶香”的名句。显然，对花啜茶也未尝不可。

---

①余嘉锡撰，周祖谟、余淑宜整理《世说新语笺疏》，中华书局，1983年，530页。

王安石力主“金谷看花莫漫煎”，难不成是因为他爱酒不爱茶吗？

王安石这样说，不是因为不爱茶，而是因为太爱茶。花团锦簇，眼花缭乱，还如何静心品茶呢？所以他在写给平甫的诗中，才推崇“试水频啜”而否定“看花漫煎”。毕竟，喝茶时的心境，真的很重要。

王安石在另一首茶诗《同熊伯通自定林过悟真》中，他给出了自己理想的饮茶状态。原文如下：

> 与客东来欲试茶，倦投松石坐攲斜。
> 暗香一阵连风起，知有蔷薇涧底花。[①]

“攲”，音同七，即斜倚之意。林间小憩，试茶闲坐，是何等悠哉的状态。一阵山风吹过，带来阵阵涧底花香。这香气想必是幽幽淡淡，若是匆忙赶路之人，自然是闻不到的，只有心静之人，才能感受那闻花不见花的美好。回过头来细想，连涧底的花香都闻到了，那碗中茶汤的细腻滋味，自然也可以尽数享受了。心静自然凉，心静茶也香。

王安石于宋神宗熙宁二年（1069）拜参知政事，实施一系列变法措施。现代有些学者认为他是伟大的改革家，但从南

---

①高克勤点校《王荆文公诗笺注》，1113页。

宋一直到清末，不少史学家都对他大肆批评，甚至有人把北宋的灭亡归结于王安石的变法。所以对于王安石的言行，也出现了很多妖魔化的说法。日本学者吉川幸次郎认为，像“误食鱼饵”“不讲卫生”这样的事情，很可能是新政反对派捏造出来的无稽之谈。

读了王安石的茶诗，我愿意相信吉川幸次郎先生的观点。一个嘱咐弟弟不要“对花漫煎”的爱茶人，又怎么会是一个没有品位的糙汉呢？

# 释了元《题茶诗与东坡》

穿云摘尽社前春，一两平分半与君。
遇客不须容易点，点茶须是吃茶人。[①]

## 一

纵观苏轼的一生，与佛门有着不解之缘。他的父亲苏洵就喜欢与名僧交游，常给寺庙捐款塑造佛像。他的母亲程夫人更是仁慈宽厚，每天都要摆设贡品，虔诚礼佛。在原生家庭的熏陶之下，苏轼少年时就读过一些佛学书籍，对佛教有着初步了解。

宋神宗熙宁四年（1071）十一月至熙宁七年（1074）九月，苏轼出任杭州通判，与佛教的接触就更多了。这是为什么呢？

---

① 《全宋诗》卷七二一。

五代时期吴越王钱氏大力兴建佛寺，杭州这座城市因此成为当时重要的佛学圣地。净土宗、天台宗、律宗、禅宗、华严宗云集于西湖周围的佛寺之中，晨钟暮鼓此起彼伏。苏轼在工作之余，拜访佛寺，结交高僧，留下了许多诗文。后来随着生活阅历的不断丰富，经历了官场的挫折磨难，亲人的生老病死，情感的悲欢离合，使得苏轼对佛学的兴趣越来越浓厚，交往的高僧大德也越来越多。

在苏轼朋友圈里的僧人中，故事最多的就是这首《题茶诗与东坡》的作者佛印禅师。这位大和尚俗姓林，法号了元，字觉老，饶州浮梁（今属江西景德镇）人。佛印比苏轼稍长四五岁，仍可算作是同龄人。他自幼学习儒家经典，后又拜宝积寺日用和尚为师学习禅法，所以身为僧人的佛印，与士大夫阶层沟通起来毫无障碍。

关于佛印和尚的身世，有一个几近于传奇的说法，即佛印与李定是同母异父的兄弟。您可能会问，李定是何许人也？这位李大人，曾任神宗朝的御史中丞。在“乌台诗案”时，李定给苏轼罗织四大罪名，必欲将其置之死地才肯罢休。可以说，李定是苏轼最大的仇人。如果佛印真是李定的兄弟，还成为苏轼的好友，那真是一段友谊的美谈了。传说佛印的母亲先后嫁过三个男人，并生下两男一女。两个儿子，就是李定和佛印，一个女儿名叫部六，后来成为京城教坊司中的当红头牌。如果这些传说都属实的话，那佛印的母亲也是一个奇女子。

抛开佛印家族的八卦，我们接着聊佛印与苏轼。相传有一次苏轼与佛印和尚同游寺院，看见两个巨大的金刚矗立在寺门前，东坡问佛印："这两尊佛，哪一个更重要？"佛印答道："拳头大的那一个。"大殿内有一尊观音像，手持一串念珠，东坡故意刁难地问："观音自己就是菩萨，还向谁祷告？"佛印回答："向自己祷告。"东坡追问："为什么向自己祷告？"佛印答道："求人不如求己！"苏东坡无言以对。

还有一个故事就更逗了。话说有一次，苏轼写了一则示法的偈子给佛印看，以表示自己佛法参悟得透彻，最后两句为："八风吹不动，端坐紫金莲。"所谓"八风"，就是八种影响情绪的原因。"八风吹不动"，就是说什么事都不能影响到自己的心情，这当然是很高的修为了。佛印看完之后，只评了两个字："放屁。"苏轼闻言大怒，坐船过江找佛印理论。佛印"呵呵"一笑，说了一句："八风吹不动，一屁过江来。"佛印和尚这是说苏轼并未破执呀。

林语堂先生曾怀疑，这些故事都是佛印编出来的，借着贬低苏轼而抬高自己。我想如果真是如此，那佛印和尚的世俗心也太重了。这样的"伪高僧"，苏轼会和他交往吗？其实在笔者看来，这些小故事中捉弄苏轼的不是佛印和尚，而是奥义无尽的佛法。苏轼只是芸芸众生的代表，佛印则是佛法的符号。这些故事的本意，当然不是让苏轼丢人现眼，而是说明任何人在庄严广大的佛法面前，都还是未觉悟者，都还是准备走向自觉

释了元《题茶诗与东坡》（耿国华书）

## 题茶诗与东坡

释了元

穿云摘尽社前春，一两平分半与君。

遇客不须容易点，点茶须是吃茶人。

境界的迷茫之人。

苏轼与佛印的故事，可能是后世为了宣扬佛法而杜撰，但这首《题茶诗与东坡》，确是两人交往的重要见证。这一僧一俗间，发生了什么样的茶事？佛印又通过这首茶诗，对苏轼传达了什么样的佛法呢？我们来看正文。

## 二

第一部分，“穿云摘尽社前春，一两平分半与君”。在这两句诗中，佛印只用了三个词，就精准地点明了这款茶的珍贵之处。

第一个词是“穿云”，即穿越云雾。您想想看，需要“穿云”才能到达的地方，那得是多原生态的环境呀。佛印告诉苏轼，这次给你寄的茶，不是大田茶，而是生长在深山老林的荒野茶，得天地之精华，无污染纯天然，您说珍贵不珍贵？第二个词是“摘尽”。这描述的是采茶的过程。荒野茶都是散落在林间，远没有大田茶好采。采茶人搜遍了整个山头，也不见得能采到多少茶青。等把本就有限的茶青做完后再看，剩下的成品茶就更少了，您说珍贵不珍贵？第三个词是“社前”，即社火前，其时间大致相当于清明前。古时的“社前春”，即类似于今天的明前茶了，您说珍贵不珍贵？

“穿云”，说的是产地好；“摘尽”，说的是工匠巧；“社前春”，说的是时节早。佛印和尚说：这样珍贵的茶，我也只有一两，但是我仍然愿意分给你苏轼，而且还是平分。咱俩的情谊如何，也就不言而喻了吧？

您可能会问，佛印为什么这么强调这茶的珍贵呢？这会不会有炫耀之嫌呢？的确，我们送茶给不太熟的朋友时一般要说："茶不好，您凑合着喝。"咱中国人讲究个谦虚低调嘛；但关系亲密到一定程度，这句话就会变成："这茶棒着呢，你留着自己喝，可别送人啊。"佛印在诗中猛夸自己送来的茶，恰恰证明他与苏轼是无话不说的好友。佛印知道苏轼朋友多，人又大方，估计是怕苏轼把这样的好茶转赠他人。

第二部分，"遇客不须容易点，点茶须是吃茶人"。这两句，是佛印对苏轼的叮嘱。

"容易"，即随意、轻易之义。佛印送去好茶，不忘追着说道，这样的好茶是给你苏轼喝的，当然你招待客人也行，但想喝这样的好茶，得是"吃茶人"才行。

现代汉语都说喝茶，怎么佛印却说"吃茶"呢？要想解答这个问题，我们要还要从一个字聊起，那就是"喫"（现在简化为"吃"）。喫与吃，在古代发音相同，但用法却不一样。"吃"这个字，在古代一般不作"吃东西"讲，而是解释为行动迟缓的样子。例如唐代诗人孟郊《冬日》中，就有"冻马四蹄吃"一句。现代汉语中"口吃"一词，沿用的就是这个意思。古人表示"吃东西"的意思时，一般都用这个"喫"字。还有一点与今人不同，那就是古代“饮”和“食”都可以说“喫”，例如喝酒即写作喫酒，喝茶即写作喫茶。唐代卢仝《走笔谢孟谏议寄新茶》中，就有“七碗喫不得也，唯觉两腋习习清风生”的名句。现代汉语里不怎么用“喫”字了，倒是南方还仍有喫酒、喫茶的说法，颇有古人遗风。邻国日本，一直保留了古代汉语中的“喫”字。例如日本第一部茶学专著，即是镰仓时期荣西禅师的《喫茶养生记》，至今的日本城市里，还常常能见到“喫茶店”的招牌，当然这种店不只可以喝茶，也可提供咖啡和简餐。

解释清楚了“吃茶”，咱们再来聊“吃茶人”，这里就要引出一段禅宗著名的公案了。

话说唐宣宗大中十二年（858），八十高龄的从谂禅师行脚到赵州古城，受邀驻锡城东观音院。从谂禅师，是六祖慧能的四世法孙。观音院的院主一琢磨，遇高人不能浪费机会，于是诚邀禅师为当地的僧侣信众讲课指点。

八十高龄的从谂禅师，笑呵呵地答应了院主的邀请。他走到一位信众面前，和蔼可亲地问道：这位施主，你以前到过我们寺院吗？

信众诚惶诚恐，双手合十认真回答：弟子来过。

从谂禅师说：好，好，好，吃茶去。

这位还没反应过来怎么回事，老和尚又转脸问下一位了：施主，你以前来过我们寺院吗？

第二位信众赶紧回答：弟子是第一次来。

从谂禅师说：好，好，好，吃茶去。

这两位信众，你瞧瞧我，我瞧瞧你，一头雾水。

合着甭管来过没来过，都是吃茶去。

简而言之，整个一堂课，从谂禅师就是这三个字：吃茶去。

好不容易等到了下课，观音院的院主忍不住去问：从谂禅师，您这一不讲经二不说法，让所有人都吃茶去。我们这个观音院岂不是要改茶馆了？

从谂禅师突然圆睁二目，大声叫道：院主！

院主下意识地答道：在！

从谂禅师说：吃茶去！

您瞧，还是吃茶去。从谂禅师怪异的言行，确实让当时的僧众不解。关于“吃茶去”三个字，后世更是众说纷纭。

从谂禅师，反复强调“吃茶去”三个字，自然有其奥秘。对于中国人来讲，茶是生活的一部分。中国有不产茶的省，却少有不喝茶的人，上至达官显贵，下到平民百姓，一般人的生活都离不开茶。对于中国人来讲，用紫砂壶可以喝茶，用保温杯也可以喝茶，有条件，喝茶讲究些，没条件，喝茶将就些，总之，茶必须要喝。

茶，就是生活。

吃茶去，就是回归生活。

认真吃茶，就是认真生活。

认真对待生活，积极对待生活，乐观对待生活，就是真正的得道。

吃茶去的奥秘，算是解读清楚了。最后不妨再说几句题外话。赵州从谂的师父，法号普愿，是马祖道一的法嗣。由于他在安徽贵池的南泉寺出家，所以世人称其为南泉普愿。

从谂曾问老师：如何是道？

南泉普愿答：平常心是道。

我也想追问一句：如何是茶道？

以平常之心喝茶，可能就是中国茶道的宗旨。

以茶护佑平常心，可能就是中国茶道的意义。

自此之后，吃茶成了禅宗最为推崇的修道方式。如唐代僧人慧寂在《示法诗》中写道：

> 滔滔不持戒，兀兀不坐禅。
> 酽茶三两碗，意在镢头边。

这首涉茶之诗，讲的也是参禅之法。慧寂告诫世人，如果您的杂念滔滔不绝，即使持戒也如同没持戒。如果您的精神兀兀不定，即使坐禅也等于没坐禅。持戒也好，坐禅也罢，都只是一种形式，不能真的解决什么问题。每天喝茶，看似不是参禅悟道，但其实那一碗酽茶，就如同放在心里边的一把镢头，时时刻刻为我们除去尘心杂念。什么茶能有这么大的功效？其实什么茶都行，只要好好喝茶就行。什么是生活？生活就是一杯茶接着一杯茶。认真对待每一杯茶，认真享受每一杯茶，生活自然顺遂喜乐。

佛印嘱咐苏东坡，这样的好茶，只能与“吃茶人”分享。

那么，什么人算是吃茶人呢？

吃茶人，不是非天价茶不喝的人。

吃茶人，不是非百年老茶不饮的人。

吃茶人，更不是没有名家茶器就喝不了茶的人。

懂得平常心是道，就是合格的吃茶人。

# 郭祥正《卧龙山泉上茗酌呈太守陈元舆》

君不见，欧阳公，在琅琊。

酿泉为酒饮辄醉，自号醉翁乐无涯。

醉来落笔驱龙蛇，电雹万里轰雷车。

浓阴却扫吐朝日，草木妍媚春争华。

斯人往矣道将丧，虽遇绝景谁能夸。

又不见，卧龙山下一泓水，源接银河甘且美。

惜哉无名人不闻，唯有寒云弄清泚。

君携天上小团月，来就斯泉烹一啜。

不觉两腋习习清风生，便欲飞归紫金阙。

挽君且住君少留，人生难得名山游。

汲泉涤砚请君发佳唱，铿金戛玉摇商秋。

斯泉便与酿泉比，泉价诗名无表里。

自愧学诗三十年，缩手袖间惊血指。

君如欧阳公，我非苏与梅。
但能泉上伴君饮，高咏阁笔无由陪。
明年茶熟君应去，愁对苍崖咏佳句。[①]

## 二

郭祥正，是一个令今人感到陌生的名字。历代名家的宋诗选本都少见他的作品，但其实历史上的郭祥正，曾是北宋文坛的一颗耀眼明星。他少年时便受到梅尧臣的夸赞，后来又与王安石、苏东坡交情深厚。北宋末年郭祥正开始慢慢淡出人们的视野，对于他的评价，也出现两极分化的情况。

郭祥正在文坛上的成败功过，不妨交给文学家去评判。对于爱茶人来讲，郭祥正不仅是一位诗人，更是一位知音同好。他一生写作涉茶之诗三十三首，数量比欧阳修、王安石、曾巩等人的茶诗都要多。我们不妨从他的茶诗《卧龙山泉上茗酌呈太守陈元舆》入手，认识一下这位被文坛遗忘的诗人吧。

郭祥正，字公甫（一作功甫），生于宋仁宗景祐二年（1035），卒于宋徽宗政和三年（1113），享年七十九岁。他比王安石小十四岁，比苏轼大两岁，比黄庭坚大十岁，比陈师道大十八岁。但他的卒年却比王安石晚二十七年，比苏轼晚十二年，比黄庭

① 《全宋诗》卷七五五。

坚晚八年，比陈师道晚十一年。从生卒年来看，郭祥正是躬逢盛世的诗人，而且由于他是长寿诗人，几乎见证了苏轼、黄庭坚等人的一生。从时间的角度来看，郭祥正是宋诗发展过程中的重要参与者与见证人。

他不仅恰逢文风鼎盛之时，而且生于文风浓郁之地。郭祥正出生于北宋江南东路的太平州当涂（今安徽当涂），这里是经济和文化都比较发达的地区。前代诗人谢朓和李白的流风余韵，使得这个地方富有人文气息。郭祥正生于书香门第，其父郭维是真宗大中祥符年间的进士，他本人十九岁即中进士，且很早就获得诗名。

据孔凡礼先生考证，郭祥正二十岁时在宣城结识了正丁母忧居乡的梅尧臣，此时的梅尧臣已是名满天下的大诗人，他不但与郭祥正唱和赠答，而且称赞郭说："天才如此，真太白后身也！"[①]称郭祥正为李白转世，并不仅仅因其才高八斗，郭祥正诗歌的语言风格，确有太白遗风，这是他倾慕与学习李白的结果。莫砺锋教授曾指出，郭祥正对于李白的代表作《蜀道难》极为心醉，他不但写了《蜀道难篇送别府尹吴龙图》来模仿，而且对《蜀道难》中开篇就喷薄而出的"噫吁嚱"三字也再三模仿，在《宣诏厅歌赠朱太守》《投别发运张职方》《中秋登白纻山呈同游苏寺丞》《仲春樱桃下同许损之小饮因以赠之》《交难》等诗中

① 《宋史》卷四四四。

都曾用此三字，在《将归行》中竟用了两次。这首七言古诗《卧龙山泉上茗酌呈太守陈元舆》，从结构到气韵都明显是追随李白的《将进酒》。

## 二

这首诗的写作背景，要从郭祥正在福建蒙冤的经历讲起。宋神宗元丰四年（1081），年近四十的郭祥正通判福建汀州。他在福建汀州任上，政绩显赫颇有口碑，但是，宦海沉浮，世事难料，转年秋天，郭祥正竟然蒙冤丢官，滞留在汀州、漳州将近三年。

在此期间，他遇上了一位在物质和精神上都给予其莫大安慰的知己，这便是本诗题目中提到的陈元舆。陈轩，字元舆，建州建阳人，宋仁宗嘉祐年间中进士，元丰年间知汀州。宋哲宗元祐年间为中书舍人，官至龙图阁学士，《宋史》有传。

在汀州任上，陈轩是知州，郭祥正是通判，二人倾心相交。《永乐大典》卷七八九三《临汀志》中记载：

> （郭祥正）通判于汀，与守陈公轩相欢莫逆，每于暇日，联辔郊行，觞咏酬酢，逮今所传诗犹百余篇。

两位文人倾心相交，吟诗作赋，品茗对谈。郭祥正《元舆试北苑新茗》一诗写道：

> 建溪虽接壤，春末始尝茶。
> 旋汲邻僧水，同烹北苑芽。
> 月圆龙隐鬣，云散乳成花。
> 贡入明光殿，分来王谢家。

宋神宗元丰六年（1083）夏，郭祥正因受小人的谗言贬至漳州，陈轩不便送行，还托从弟公域为郭祥正饯行，二人情谊可见一斑。宋哲宗元祐八年（1093）三月，陈轩知庐州，郭祥正跋涉千里，造访这位汀州时的知己，并作有《暮春之月谒庐守陈元舆待制作》一诗。

说完了人名，咱们再来看地名。按臧励龢《中国古今地名大辞典》记载：

> 卧龙山在福建长汀县城中北隅，为县主山。[1]

由此可知，这首茶诗应写作于福建汀州，时间在宋神宗元丰四年至六年之间。

---

①臧励龢等编《中国古今地名大辞典》，商务印书馆，1931年，530页。

## 三

第一部分，“君不见，欧阳公，在琅琊。酿泉为酒饮辄醉，自号醉翁乐无涯。醉来落笔驱龙蛇，电雹万里轰雷车。浓阴却扫吐朝日，草木妍媚春争华。斯人往矣道将丧，虽遇绝景谁能夸”，讲的是茶会的环境。

卧龙山有一泓清泉，这一次茶会的画面，就在此处徐徐展开。北宋年间，最有名的泉水莫过于醉翁亭畔的酿泉。为什么呢？因为酿泉之边，醉翁亭上，欧阳修写就了千古名篇——《醉翁亭记》。正如郭祥正诗中所说，《醉翁亭记》一经问世，便如一声惊雷震动了北宋文坛。

欧阳修的这篇美文到底有多大名气呢？《醉翁亭记》写出来后，文字就刻在了亭旁的石碑上，引来众人观摩。这要是现在，大家必定要掏出手机将碑文拍下来，拿回家去细细研读，但是当时没这技术，大家又想带走碑文，怎么办呢？那就要拓印。

碑文怎么拓？将宣纸贴在石碑上，然后用毛毡做成的拓包轻轻捶打纸张，使之务必紧贴碑面的文字，让每个字都严丝合缝地印在纸张上，然后在宣纸上涂抹黑墨或者朱墨，使碑刻之字在纸上得以清晰的呈现，拓完之后将纸张揭起，拓本就做成了。

一传十，十传百，来要拓本的人越来越多，以致附近寺庙里用来做拓包的毛毡都用光了。僧人们没辙了，只好将自己床铺上的毛毡贡献出来制作拓包，结果游客是满意了，僧人们却睡了光板儿床。

不仅文人喜欢，那时商人也都争相求购《醉翁亭记》的拓本。他们走到一处“税关”时，就给税官送一本《醉翁亭记》的拓本。税官一高兴，商人就可以顺利过关了。欧阳修的《醉翁亭记》到底有多火，您大概心里有数了吧？

欧阳修已于宋神宗熙宁五年（1072）去世，所以作者感慨，面对眼前的山水，还有谁能写出如《醉翁亭记》一般的绝世好文呢？

第二部分，“又不见，卧龙山下一泓水，源接银河甘且美。惜哉无名人不闻，唯有寒云弄清泚。君携天上小团月，来就斯泉烹一啜。不觉两腋习习清风生，便欲飞归紫金阙”，讲的是茶会的情景。

这一部分，由虚入实，正式进入茶会的场景。陈轩带来的团饼佳茗，配上卧龙山的一泓清泉，二者可谓相得益彰。宋代文人普遍认识到了佳茗需配好水的道理。那时环境较好，运输保鲜技术不高，能够临泉汲取鲜水，自然更为理想。现如今污染严重，即使有户外的泉水，取用也需十分慎重。这份泉水烹茶的乐趣，恐怕只能通过茶诗来畅想了。

幸好，制茶工艺不断进步，茶汤风味愈加迷人，一杯好茶下肚，两腋生风，飞归仙境，倒也不难。

第三部分，“挽君且住君少留，人生难得名山游。汲泉涤砚请君发佳唱，铿金戛玉摇商秋。斯泉便与酿泉比，泉价诗名无表里。自愧学诗三十年，缩手袖间惊血指。君如欧阳公，我非苏与梅。但能泉上伴君饮，高咏阁笔无由陪。明年茶熟君应去，愁对苍崖咏佳句”，讲的是茶会的感悟。

“挽君且住君少留，人生难得名山游”两句，立意上与《将进酒》中“人生得意须尽欢，莫使金樽空对月”两句相同，都有珍惜当下的含义。郭祥正劝说陈元舆为卧龙山的清泉作文，以使得此泉可与醉翁亭旁的酿泉齐名。欧阳公，自然是指欧阳修。苏与梅，指的是欧阳修的诗友苏舜钦和梅尧臣。这首诗的开篇就提到了欧阳修与酿泉，这首诗的结尾又提到欧阳修与酿泉。

欧阳修在酿泉边喝的可是美酒啊，此时的郭祥正，为何三句话不离《醉翁亭记》呢？难不成他馋酒了？

我们还是到欧阳修的《醉翁亭记》中来寻找答案吧。欧阳公到滁州，是贬谪而不是升迁。他在文中说：“醉翁之意不在酒，在乎山水之间也。山水之乐，得之心而寓之酒也。”[①]欧阳修为什么要“醉”呢？

欧阳修的文，写的是醉翁亭；郭祥正的诗，赞的是卧龙山。他们难道仅仅是因为山好水好风景好而文思泉涌飘飘欲仙吗？不是。欧阳修是贬官滁州，郭祥正是蒙冤汀州。在他们的眼中，

---

①洪本健校笺《欧阳修诗文集校笺》，1021页。

与官场险恶、人心叵测相比，那琅琊山上的小亭，那卧龙山中的清泉，有一种纯粹的优美；在他们的心里，与职场诡谲、宦海沉浮相比，那亭中的酒宴，那泉边的茶会，有一种简单的可爱。一个人，遇到的人越多，经历的事越多，也就越渴望简单与纯粹。

醉，从字面上解读，可以是醉酒，也可以是醉茶；醉，从根本上思考，既不是醉酒，也不是醉茶，那是一种状态，一种渴望沉醉于美好事物的状态。郭祥正在茶诗中将陈元舆比作醉翁，可他自己在茶事中不也是一个醉翁吗？

只不过，这位醉翁之意不在酒，也不在乎山水之间，而在乎茶水之间。

茶水之乐，得之心而寓之茶也。

我们每一个爱茶人，又何尝不是醉翁呢？

醉在其中，乐在其中。

# 苏轼《和蒋夔寄茶》

我生百事常随缘，四方水陆无不便。
扁舟渡江适吴越，三年饮食穷芳鲜。
金齑玉脍饭炊雪，海螯江柱初脱泉。
临风饱食甘寝罢，一瓯花乳浮轻圆。
自从舍舟入东武，沃野便到桑麻川。
剪毛胡羊大如马，谁记鹿角腥盘筵。
厨中蒸粟堆饭瓮，大勺更取酸生涎。
柘罗铜碾弃不用，脂麻白土须盆研。
故人犹作旧眼看，谓我好尚如当年。
沙溪北苑强分别，水脚一线争谁先。
清诗两幅寄千里，紫金百饼费万钱。
吟哦烹噍两奇绝，只恐偷乞烦封缠。
老妻稚子不知爱，一半已入姜盐煎。

人生所遇无不可，南北嗜好知谁贤。
死生祸福久不择，更论甘苦争蚩妍。
知君穷旅不自释，因诗寄谢聊相镌。[①]

## 一

苏东坡，实际并不叫苏东坡，苏是他的姓，东坡是他的号，轼才是他的名。什么是轼呢？其实就是古时车厢前面用作扶手的横木。诸位不禁要问，这家长是怎么想的，竟然用车辆零部件给孩子命名？

诸位的疑问，恐怕同样是少年苏轼的困惑。为了说明此事，苏轼的老爸苏洵特意写了一篇《名二子说》。苏洵道：儿啊，我之所以给你取名为轼，就是提醒你，才华横溢必然导致锋芒毕现，锋芒毕现必然会招致明枪暗箭，希望你在今后要向车轼学习，虽然身处车子的显要位置，却能注意掩饰和保护自己。你这一辈子能做一个看似无用、实际有用的人，就是老爸最大的心愿了。

苏洵的担忧，后来全部成了现实。苏轼一生之所以风波不断，一个很重要的原因就在于个性坦率、锋芒外露，遇到问题，面对矛盾，如鲠在喉，不吐不快。他创作诗文更是口无遮拦，

① 王文诰辑注、孔凡礼点校《苏轼诗集》，中华书局，1982年，653页。

只要心中有不同的想法和观点，都恨不得一气儿全说出来。当然您可以说，这正是他的可爱之处，也是我们大家喜欢他的地方。但苏轼的性格，的确给自己带来了很多的麻烦。

苏轼到底有多么不会掩饰自己呢？通过他对王安石变法的态度，我们就可以大致体会了。所谓的王安石变法，实际上是宋神宗的宏图大梦，但是苏轼对于新政并不看好，他竟然对皇帝说了这样一段话：

> 譬如乘轻车，驭骏马，冒险夜行，而仆夫又从后鞭之，岂不殆哉！臣愿陛下解辔秣马，以须东方之明，而徐行于九轨之道，甚未晚也。(《拟进士对御试策》) [1]

这段话什么意思呢？苏轼在告诫皇帝：现在的变法，就好比有人在深更半夜坐着马车奔跑在山间小路上，前面是骏马狂奔，后面是马夫拼命地鞭打，随时都有车毁人亡的危险。马夫必须解下马鞍，喂饱骏马，等到天亮后再上路慢行，只有这样才能化险为夷。请问，谁是那匹疯狂的骏马？谁是那个心急的马夫？苏轼真的太敢说了。

宋神宗很大度，不仅没有生气，反而希望苏轼能留下来参与新政。但是，苏轼一系列反对变法的言论，以及或明或暗的

---

①孔凡礼点校《苏轼文集》，中华书局，1986年，304页。

嘲弄之语，让王安石非常恼火和气愤。这些言论，会助长反对派的气焰，会给变法造成阻碍。在变法派看来，苏轼必须离开朝廷。您看，苏轼不但没有韬光养晦，反而将自己完全暴露在敌人的炮火下了。苏轼，根本当不成车轼，苏洵给他取的这名字，算是白起了。

三十六岁的苏轼，从京城外放到杭州任通判。三年任满后，又被调往密州（治所在今山东诸城）任知州。那么苏轼外放当官是否顺利呢？远离朝廷的苏轼心情又如何呢？我们都可以从这首《和蒋夔寄茶》中寻找答案。

## 二

宋神宗熙宁八年（1075），正在密州任职的苏轼，接到了蒋夔寄来的好茶。这位蒋先生是何许人也？他是苏家兄弟二人共同的好朋友。蒋夔到代州任教授，苏辙还曾写有《送蒋夔赴代州学官》相赠。这时收到好友寄来的好茶，苏轼不禁感慨万千。为什么？因为这份好茶，和密州的环境太不相称了。

密州虽然离京师不远，但经济落后，环境恶劣。苏轼在密州担任知州，最重要的工作不是抓贼而是抓虫。当时密州蝗灾严重，直接影响到了粮食收成。苏轼不敢怠慢，从早到晚都奔忙在田间地头，一心扑在灭蝗的工作之中。

可是，由于当时生产技术水平的限制，在巨大的天灾面前，人力的抗击显得那么微不足道。苏轼任职的那几年，与密州邻近的数千里地区全部陷入了严重的饥荒，穷苦的百姓甚至连逃荒也无处可走，饿殍遍野，养不活的小孩子就抛弃在路边。苏轼在密州的另一项工作，就是到处去捡弃婴，但光靠自己的力量显然是不够的，苏轼设法拨出数百担粮米，单独储存，专门用于收养这些可怜的弃儿。

在密州任职期间，苏轼自己的生活水平也大幅度下降。密州是一个很穷的地方，主要生长麻、枣、桑等树。苏轼在他《后杞菊赋》的序言中写道：

> 余仕宦十有九年，家日益贫，衣食之奉，殆不如昔者。及移守胶西，意且一饱，而斋厨索然，不堪其忧。日与通守刘君廷式，循古城废圃，求杞菊食之，扪腹而笑。[①]

您瞧把苏轼给饿的，都跑到荒园中找枸杞和菊花来吃了，简直有点三年困难时期的意思了。当然，苏轼这种“求杞菊食之”的行为，实际上是模仿晚唐陆龟蒙的风雅之举。至于《后杞菊赋》中“以杞为粮，以菊为糗”[②]的生活窘态，自然也有诗人夸大的成分。但是，密州与苏轼之前生活过的地方，无论在物质生活上还是精神生活上，存在巨大反差却是客观事实。在

---

①孔凡礼点校《苏轼文集》，4页。

②同上。

荒凉贫瘠的密州，蒋夔寄来的好茶，又能喝出什么样的滋味呢？我们一起来看正文。

## 三

第一部分，“我生百事常随缘，四方水陆无不便。扁舟渡江适吴越，三年饮食穷芳鲜。金齑玉脍饭炊雪，海螯江柱初脱泉。临风饱食甘寝罢，一瓯花乳浮轻圆”，这是在回忆杭州的生活。

“便”，在这里读骈，解释为安逸。苏轼开篇就给这首茶诗定下了主题。那么如何百事随缘？又如何安逸随便？我们把这两句先放下，接着往下读。

苏轼来密州之前，在杭州任了三年的通判，这三年的生活，简直是人间天堂。别的不提，单论杭州的饮食，就足以令苏轼回味一生。“金齑玉脍”，是杭州的一种美味。《大业拾遗记》曾记载了这道佳肴的制作方法：

> 鲈鱼白如雪，取三尺以下者作之，以香菜花叶相间，和以细缕金橙食之，所谓金齑玉脍，东南之佳味也。[1]

以南方人特有的精细，将肥美白嫩的鲈鱼，切成吹弹欲破的

---

①王文诰辑注、孔凡礼点校《苏轼诗集》，654页。

薄片，配以翠绿的香菜，撒上金黄的橙丝，这就是色香味俱全的“金齑玉脍”。据说王安石误食了鱼食而不自知，苏轼可不一样，他是十足的美食家，吃着洁白晶莹的大米，品着刚刚出水的河鲜海味，酒足饭饱再来上一盏好茶。苏轼虽然是因与当政者政见不同而外放杭州，却常常因美食而充满了陶然自得的幸福感。

第二部分，“自从舍舟入东武，沃野便到桑麻川。剪毛胡羊大如马，谁记鹿角腥盘筵。厨中蒸粟堆饭瓮，大勺更取酸生涎。柘罗铜碾弃不用，脂麻白土须盆研”，这是在描述密州的生活。

“东武”，即是琅琊郡东武县，与“桑麻川”一样，都是代指密州。“鹿角”，是一种小鱼。“饭瓮”，即是将肉埋在饭下的一种食物。杭州的家常便饭，到了密州却成了奢求。密州荒瘠的大地，物产本来就不够丰富，再加上连年蝗旱，庄稼、菜蔬无不歉收，因而食物奇缺。早已习惯了鲜食美味的苏轼，如今却不得不学着像本地人一样吃饭瓮，有时还得入乡随俗，加上一勺酸酱下饭。虽然这些食物很粗鄙，但在密州已经算是美食了。

“柘罗铜碾”，是点茶法中的器具。“脂麻白土”，是煎茶法里的佐料。宋代将点茶法看作阳春白雪，将煎茶法视为下里巴人。在杭州饮茶，是“一瓯花乳浮轻圆”的讲究；在密州喝茶，就只能是“脂麻白土须盆研”的将就。这样的生活变化，真是让人感慨。

第三部分，“故人犹作旧眼看，谓我好尚如当年。沙溪北苑强分别，水脚一线争谁先。清诗两幅寄千里，紫金百饼费万钱。

吟哦烹噍两奇绝，只恐偷乞烦封缠”，讲的是蒋夔寄茶。

“沙溪”，与壑源临近，都是当时建州的茶区，虽然这两处相隔不过数里，但茶叶品质却差距悬殊。沙溪茶的价格，不过是壑源茶的一半而已，于是就有很多人以沙溪茶冒充壑源茶销售。其实宋代建州的沙溪茶与壑源茶，就如同今天武夷的正岩与半岩一样，鱼龙混杂，容易上当。北苑贡茶，比壑源茶更好，与沙溪茶差距更大。

“水脚”，是宋代斗茶中的专业术语。蔡襄《茶录》中记载，建安斗茶，较量的就是茶泡沫的持续时间。水痕先出现者，淘汰出局；泡沫持续时间最久者，就算获胜，所以当时描述两个人斗茶的成绩，就说相差“一水”或“两水”。

苏轼以“沙溪北苑强分别，水脚一线争谁先”两句，表明了自己对于茶事的精通，其寓意与白居易“不寄他人先寄我，应缘我是别茶人”完全相同。蒋夔了解苏轼，知道他既爱茶也懂茶，于是，远隔千里，花费万钱，寄来佳茗。苏轼精心收藏，恐怕被身边的人要走，这种“只恐偷乞烦封缠”的心理，如今的爱茶人读到，肯定要会心一笑了吧。

第四部分，“老妻稚子不知爱，一半已入姜盐煎。人生所遇无不可，南北嗜好知谁贤。死生祸福久不择，更论甘苦争蚩妍。知君穷旅不自释，因诗寄谢聊相镌”，讲的是人生的感悟。

苏轼对这份好茶爱如珍宝，生怕有个闪失，但是，怕什么就来什么，有一天，苏轼没在家，“老妻稚子”将好茶翻出来，加入老姜咸盐，“咕嘟咕嘟”给煎煮了。苏轼的家乡四川，一直保留着唐代以来的煎茶习惯，他在《寄周安孺茶》一诗中，也有“姜盐拌白土，稍稍从吾蜀”[①]的说法。虽然老婆孩子按老家的方法饮茶，不能算是错事，但是如此精美的北苑茶，就这么加着姜盐给“咕嘟”着煮了，还是有点糟践呀。

老婆孩子这么糟践好茶，苏轼会不会着急呢？还真没有。因为如果要着急，苏轼早就要急死了。回想当年，他与弟弟在京城一举成名，那种风光无限的感觉，就像晋朝著名的文学家陆机、陆云兄弟一样。可是如今呢？仕途奔波近二十年了，满脸尘埃，一身疲惫，却一无所成。岁月无情，理想日远，人生之路越走越窄，年少时一度在他眼前闪现的锦绣前程，已如天边的云霞，可望而不可即了。

面对密州这样的生活，很多人会抱怨，很多人会迷茫，很多人会消沉，但是苏轼并没有这样。他是如何走出人生低谷的呢？担任密州太守期间，苏轼开始重读《庄子》。庄子在书中以充满诗意的笔调，塑造了一种与自然合一的理想人格。具备这种理想人格的“至人”，在心灵上、在精神上不依赖于任何外在的条件，纯任自然，获得绝对自由，从而超越于生死、贵贱、贫富、毁誉之上。这首《和蒋夔寄茶》中，便处处闪耀着庄子思想的光辉。

---

① 王文诰辑注、孔凡礼点校《苏轼诗集》，1165页。

“人生所遇无不可”一句，体现的是庄子乐天的态度。《庄子·大宗师》中，有“安时而处顺，哀乐不能入也”[①]两句，也就是俗语所说的知足而常乐。苏轼没有说大话，他在之后的人生低谷中，总能做到随遇而安。例如他贬官黄州时，利用当地居民看不上的猪肉，发明了美食东坡肉；他贬官惠州时，利用大家丢弃不要的羊骨，发明了美食羊蝎子。苏轼达观的人生态度，使得他在失去官职、失去前途乃至失去自由时，却从未失去快乐。

“南北嗜好知谁贤”，透露的是庄子齐物的思想。庄子认为，感觉经验，千差万别，譬如人喜欢吃牛羊肉，可鹿、蜈蚣、猫头鹰则分别喜欢吃草、蛇和老鼠；人人都说毛嫱、丽姬美艳绝伦，可鱼、鸟、麋鹿见了她们则或沉水、或高飞、或逃散。由此可见，一切都是相对而言。既然如此，我们何必计较祸福得失？何必争论甘苦美丑？美丑，并没有客观的标准，福祸，也不过是主观的判断。老妻稚子误煎了一点好茶，又算得了什么呢？

苏轼写下这首诗，既是对蒋夔表示感谢，也是与好友共享人生智慧。苏轼知道，自己的话蒋夔一定可以听得懂，因为他也是爱茶之人。

天下爱茶人，都懂得一个道理：苦尽甘来。

茶汤的甘苦，可以互相转换。人生的苦与乐，也不过在一念之间。

---

①王夫之著、王孝鱼点校《庄子解》，中华书局，2009年，139页。

# 苏轼《杭州故人信至齐安》

昨夜风月清，梦到西湖上。

朝来闻好语，扣户得吴饷。

轻圆白晒荔，脆酽红螺酱。

更将西庵茶，劝我洗江瘴。

故人情义重，说我必西向。

一年两仆夫，千里问无恙。

相期结书社，未怕供诗帐。

还将梦魂去，一夜到江涨。[①]

---

①王文诰辑注、孔凡礼点校《苏轼诗集》，1090页。

## 一

宋神宗元丰二年（1079）七月，正在湖州任上的苏轼大祸临头。他以谤讪朝廷的罪名被押解京城接受审讯。他的政敌们欲借此将其置之死地。

经过包括王安石、范镇、张方平在内的诸多大臣极力营救，加之皇帝的有意袒护，苏轼在监狱里关了一百零三天后，于腊月二十九日结案并释放。这便是宋代历史上极为有名的“乌台诗案”。

苏轼出狱时，距离除夕夜仅剩一天，来不及过年，即被押解上路。元丰三年（1080）二月初一，苏轼抵达目的地——黄州。这是一座偏远萧条的江边小镇，任何人走到这里，都不免会产生一种被遗忘、被抛弃的凄凉感。此时的苏轼“责授检校尚书水部员外郎，充黄州团练副使，本州安置，不得签书公事”。这是什么意思呢？“水部员外郎”，全称为“尚书省工部水部司员外郎”。“检校”则是代理或寄衔的意思，并非正任之官，只是个虚衔；“团练副使”，散官名，从八品，常用于安置责降官；“不得签书公事”，表明苏轼无权参与公事，只是个空头职位；至于“本州安置”，即表明他是由当地州郡看管的犯官。

到达黄州时，苏轼已经四十五岁了。回首往事，不禁令他唏嘘，幼年在家乡闭门苦读；青年到京城一举成名，皇帝誉他为宰相之才，重臣尊他为座上之宾，风光无限，前途光明，经天纬地的事业，似乎唾手可成；又怎能料，人过中年会走到这样荒凉的小镇，走进这样难堪的境地？想到此处，苏轼不禁苦笑，写下一首《初到黄州》，诗云：

自笑平生为口忙，老来事业转荒唐。
长江绕郭知鱼美，好竹连山觉笋香。
逐客不妨员外置，诗人例作水曹郎。
只惭无补丝毫事，尚费官家压酒囊。[①]

二十余年的仕宦生涯中，苏轼多次大谈理想与抱负，今天回头看，似乎也不过是为着谋生糊口在奔走而已。既为口食而忙，黄州就不乏鱼美与笋香嘛。作为一名因言事和写诗获罪的犯官，这就是不错的待遇了。梁朝的何逊、唐代的张籍，都曾做过水部员外郎，或许这个职位，本来就是为诗人准备的呢！我苏轼到此，不用做任何工作，还白拿朝廷一份工资，真是惭愧呀惭愧！

这就是苏轼，无时无刻不忘幽默，随时随地勇于自嘲。林语堂先生曾写道："我想，若把自我嘲笑这种能力称之为沦落的人类唯一自救的美德，该不是溢美之词吧。"[②]苏轼在黄州时期的苦闷，很大程度上是靠着自嘲来排解。与此同时，朋友们的关怀，亦是苏轼生活中的温暖陪伴。这首《杭州故人信至齐安》，

①王文诰辑注、孔凡礼点校《苏轼诗集》，1031页。

②林语堂著、张振玉译《苏东坡传》，203页。

便是在这样的背景下写作而成。

## 二

“齐安”，是黄州的旧称。在黄州时，苏轼在经济上相当困难，曾经大手大脚的诗人，必须算计着过日子了。他每月初一取出四千五百文钱，等分成三十份，然后全部挂上房梁。每天起床第一件事，就是用叉子挑取一百五十文钱，作为一天的全部开销。然后再将叉子藏起来，以杜绝超额支出。苏轼太缺钱了，但比起银钱，苏轼更缺朋友。

苏轼是一个离不开朋友的人，但是初到黄州，没有他认识的人，也没有人认识他，苏轼在这座小城里，找不到一个可以交谈的对象。这时候别说来个朋友，有个冤家对头也行啊，可是都没有。在黄州定惠院寓居时，他写下了一阙《卜算子》：

> 缺月挂疏桐，漏断人初静。谁见幽人独往来，缥缈孤鸿影。　　惊起却回头，有恨无人省。拣尽寒枝不肯栖，寂寞沙洲冷。[1]

苏轼太寂寞了，真希望能联系上往日的老朋友。可是，这

---

①刘石导读《苏轼词集》，103页。

些老朋友还会和自己联系吗？苏轼心里没底。乌台诗案，他的许多朋友都受到牵连，并受到不同程度的处分。王诜身为驸马都尉、皇亲国戚，与苏轼往来最密，收受讥讽文字最多，案发后泄露机密，“奏事不实”，被削除一切官职爵位；苏辙也受牵连贬官筠州；王巩与苏轼交往密切，虽无具体罪状，也被远谪宾州；其余收受有讥讽文字而不主动上缴的二十二人，张方平、李清臣各罚铜三十斤，司马光、范镇、陈襄、李常、孙觉、黄庭坚等各罚铜二十斤。朝廷中的政敌，借此放出信号：谁和苏轼交朋友，就让谁倒霉。

朋友们并没有怪罪苏轼，更没有忘记苏轼。范镇、张方平、司马光、李常等，尽管都受到了处分，却依然关心着身处黄州的苏轼。他们时常书信通问，李常更是利用调任之便，四年之中，两次绕道前往黄州看望苏轼。钱塘主簿陈师仲在“乌台诗案”中也曾受到株连，但他毫不介意，不仅一再主动给苏轼写信，而且热心地收集苏轼的诗文，并将其中密州、徐州时期的作品分别编为《超然》《黄楼》二集，连苏轼自己都感叹说，陈师仲真是敢于“犯众人之所忌”呀。

苏轼在杭州任职三年，结交了很多好朋友。这一日，杭州老友王复、张弼、辩才、无择等人，托人给苏轼送来了一件“快递”。苏轼打开一看，不禁大为感动，于是动笔写下了这首《杭州故人信至齐安》。杭州故人，到底寄来了什么好东西？

## 三

第一部分,“昨夜风月清，梦到西湖上。朝来闻好语，扣户得吴饷”，讲的是好茶的来历。

苏轼自从在杭州任职起，就深深爱上了这座城市，他甚至相信，自己前生可能就是杭城人，所以到黄州后，他经常梦回杭州。这一夜，他又做了一个游览西湖的美梦，没想到，醒来以后竟然就收到了杭州朋友寄来的土特产，真可谓好梦成真。

第二部分,“轻圆白晒荔，脆酽红螺酱。更将西庵茶，劝我洗江瘴”，讲的是朋友的馈赠。

这份来自杭州的“快递”里，都有什么好东西呢？苏轼打开一看，简直乐得合不拢嘴：又大又白的荔枝干，又脆又香的红螺酱，这都是在黄州吃不到的美味。现如今天南地北的美食，您只要动动手指下个单，没几天就寄到家门口了。当年既没有方便的网购，也没有发达的物流，想吃到这些美食全靠朋友惦记。苏轼收到“快递”的高兴程度，是习惯网购的今人无法真切体会的。

最让苏轼高兴的是，朋友还寄来了好茶。好茶，有钱也不见得买得到，何况苏轼现在根本没钱。初到黄州的两年，苏轼自己很难弄到好茶，几乎全靠朋友的接济。元丰四年（1081），苏轼在给好友吴复古的信中写道：

寄惠建茗数品，皆佳绝。彼土自难得茶，更蒙辍惠，惭悚惭悚。[1]

苏轼宦海半生，结交了不少茶友，现如今，这些朋友有了好茶还能惦记着他，这让苏轼倍感温暖。

第三部分，“故人情义重，说我必西向。一年两仆夫，千里问无恙”，讲的是友人的惦念。

现如今从浙江杭州到湖北汉口，高铁不到五个小时，要是坐飞机就更快了，连两个小时都用不了。古代可没这么方便，人们的出行成本极高。一来一回，起码几个月，谈何容易呢？杭州的王复、张弼、辩才、无择等人，虽然想去黄州看望苏轼，却迟迟不能成行。但他们每年都会雇人挑着精心挑选的礼物，到黄州看望苏轼，一年两次，风雨无阻。平时在杭州聊起苏轼，大家都不约而同地向西眺望。因为黄州在杭州之西，苏轼正在那里受难。实话实说，苏轼的朋友们够意思。

第四部分，“相期结书社，未怕供诗帐。还将梦魂去，一夜到江涨”，讲的是友情的可贵。

苏轼之所以被审查被贬官，皆是诗文惹的祸，仅是在杭州任职期间的作品就有数百首接受审查。出来混，总是要还的，所以，苏轼就将这些惹祸的诗戏称为“诗帐”了。

---

① 孔凡礼点校《苏轼文集》，中华书局，1986年，1735页。

苏轼《杭州故人信至齐安》（耿国华书）

# 杭州故人信至齐安

苏　轼

昨夜风月清，梦到西湖上。
朝来闻好语，扣户得吴饷。
轻圆白晒荔，脆酽红螺酱。
更将西庵茶，劝我洗江瘴。
故人情义重，说我必西向。
一年两仆夫，千里问无恙。
相期结书社，未怕供诗账。
还将梦魂去，一夜到江涨。

时至今日，杭州的那些朋友，竟还期待着和苏轼结社吟诗。苏轼感叹道：你们的胆子太大了，就不怕这些诗句又被人拿来做文章吗？就不怕以后又要被我牵连吗？

其实，不是胆子大，而是友情深。这首诗中，苏轼用层层递进的手法，赞颂了朋友们的高情厚谊。“轻圆白晒荔，脆酽红螺酱。更将西庵茶，劝我洗江瘴”两句，是友谊的第一层级，即物质上的馈赠。“一年两仆夫，千里问无恙”，是友谊的第二层级，即情感上的惦念。“相期结书社，未怕供诗帐”，是友谊的最高层级，即精神上的支持。

苏轼身为贬官，经济上捉襟见肘。

苏轼拥有友谊，精神上富有四海。

苏轼在黄州的几年，来看望他的朋友络绎不绝。元丰六年，王巩遇赦北归，绕道来到黄州与苏轼相见。随行有一位侍妾名叫柔奴，眉目娟丽，歌喉美妙，从小生长在京师。王巩南迁，家属都留在南都岳父张方平家，而柔奴毅然陪同前往，三年来与王巩同甘共苦，无怨无悔。来到黄州后，苏轼问她：“广南风土应是不好？”柔奴回答道：“此心安处便是吾乡。”苏轼十分敬佩这位品格超凡的女子，感激她在生活上、精神上给予密友王巩的照顾与慰藉，为其写下了一首《定风波》：

常羡人间琢玉郎，天应乞与点酥娘。自作清歌传皓齿，风起，雪飞炎海变清凉。　万里归来年愈少，微笑，笑时犹带岭梅香。试问岭南应不好，却道，此心安处是吾乡。[①]

有好茶，有好友，此心安处是吾乡。

①刘石导读《苏轼词集》，111页。

# 苏轼《记梦回文二首并叙》

十二月二十五日，大雪始晴。梦人以雪水烹小团茶，使美人歌以饮。余梦中为作《回文》诗，觉而记其一句云：乱点余花唾碧衫。意用飞燕唾花故事也，乃续之为二绝句云。

酡颜玉碗捧纤纤，乱点余花唾碧衫。
歌咽水云凝静院，梦惊松雪落空岩。

空花落尽酒倾缸，日上山融雪涨江。
红焙浅瓯新火活，龙团小碾斗晴窗。[1]

---

①王文诰辑注、孔凡礼点校《苏轼诗集》，1103页。

## 一

这首茶诗写于何时呢？一切还要从苏轼在黄州时遭遇的三次住房危机讲起。宋神宗元丰三年（1080）二月初一日，苏轼抵达黄州。他面临的第一个难关，就是住房问题。他虽名义上是官，但实际上是犯官，所以没有资格住官舍。苏轼和陪同的儿子苏迈只能借住在城里的定惠院，并与寺中的僧人一起搭伙吃斋。虽然住持和尚对他们礼遇有加，但这是一座小庙，吃住条件都相当一般。与苏轼在汴京、杭州等地的生活相比，黄州定惠院的日子只能用“清苦”二字来形容了。

一天沐浴之后，苏轼出门散步，不知不觉来到定惠院东面的小山坡上。在满山杂树当中，盛开着一株海棠。他简直不敢相信自己的眼睛，这种原产于故乡四川的名贵花木，怎么会出现在黄州？当地人根本不知道海棠的贵重，任由她孤独地开放在杂乱的桃李当中。苏轼触景生情，自伤身世，激动嗟叹之余，写下一首名为《寓居定惠院之东，杂花满山，有海棠一株，土人不知贵也》的长诗，其中写道：

江城地瘴蕃草木，只有名花苦幽独。
嫣然一笑竹篱间，桃李漫山总粗俗。
也知造物有深意，故遣佳人在空谷。

自然富贵出天姿，不待金盘荐华屋。[①]

和高洁非凡的海棠相比，漫山遍野的桃李也显得粗俗。海棠的高洁出于自然，不靠金盘华屋抬高身价。那寂寞的空谷，不就是黄州吗？那高洁的海棠，不就是苏轼吗？这首诗看似咏花，实际是诗人自身境遇与品格的真实写照。

光阴荏苒，转眼已到五月。苏辙按照弟兄二人在徐州时的约定，护送苏轼家里老小二十余人来到黄州。一大家人有男有女，住在定惠院显然不合适了。但是苏轼既买不起房，也分不到房，一大家子人，难不成要露宿街头吗？幸好苏轼人缘好，朋友多。五月二十九日，在鄂州知州朱寿昌的帮助下，苏轼一家住进了紧靠长江的临皋亭。这里可不是真的亭子，而是一座产权属于官府的水路驿站。临皋亭并不大，苏家二十多口人住起来十分拥挤，但总算是有片瓦遮顶，苏轼在黄州有了立锥之地。

按今天的标准，临皋亭是典型的蜗居，但苏轼却说，这是千金难买的江景房，闲来无事，临窗眺望，浩浩江水，阵阵清风，不亦乐乎。他在《临皋闲题》中写道："江山风月，本无常主，闲者便是主人。"[②]在苏轼看来，多少佳景名胜都被"忙人"匆匆错过，现如今我苏轼成了闲人，正好做这些大好江山的主

① 王文诰辑注、孔凡礼点校《苏轼诗集》，1036页。

② 王松龄点校《东坡志林》，中华书局，1981年，79页。

人。蜗居黄州的苏轼，虽寂寞，却自悦。他在生活遭际上不如常人，但在精神生活上超出常人。不得不说，苏轼就是苏轼。顺便说一句，德国哲学家马丁·海德格尔所说“心境愈是自由，愈能得到美的享受”，与苏轼的思维非常相近。不知道这位德国人，是否读过苏轼的诗。

苏轼到黄州一段时间后，当年的老朋友陆续前来探望。临皋亭本已拥挤不堪，来了朋友根本无法招待，所以当得到东坡几十亩荒地时，苏轼便决定修建五间泥瓦房，以改善自己住房紧张的问题。这座粗朴的农舍，在元丰五年正月的大雪中落成，苏轼在正厅的四壁画满雪景，将其命名为雪堂。后世将这里与东坡、赤壁并举，视为苏轼在黄州时的三大精神象征。其实那一场冬雪，从元丰四年十二月下旬便开始下了。《记梦回文二首》，便写于那场跨年的大雪之中。

## 二

十二月二十五日，连下了几天的鹅毛大雪，终于停了下来。这一天，苏轼换上最好的衣服，去参加一场茶会。这场茶会相当讲究，茶用的是极品贡茶小龙团，水用的是无根甘露冰雪水，不仅如此，茶会上还有美女相伴，时而饮茶，时而吟唱。苏轼高兴极了，当场作诗二首相赠美人。正在欢歌笑语之际，苏轼忽然被人叫醒，这才知是南柯一梦。

美梦如同佳茗，余韵十足，久久不散。苏轼躺在床上，回味着刚才的每一个细节。茶，记得，水，也记得，唯独给美人作的诗，怎么也想不起来了。苏轼绞尽脑汁，只想起“乱点余花唾碧衫”一句，那是用了汉代赵飞燕的典故。据《赵飞燕外传》中记载：

> 合德尤幸，号为赵婕妤。婕妤事后，常为儿拜。后与婕妤坐，后误唾婕妤袖，婕妤曰：“姊唾染人绀袖，正似石上华，假令尚方为之，未必能若此衣之华。”以为石华广袖。

赵飞燕与杨玉环齐名，都是中国历史上有名的美女。有一次，她误将口水吐到了妹妹赵合德的衣袖上。人家不仅不让她赔偿，反倒说这是神来之笔，宫廷中的能工巧匠，都做不出这种“唾碧衫”的纹饰。这就像一条20世纪80年代的喇叭裤，我穿上是老土过时，可明星穿上就是复古时尚。审美是一件主观的事情，时尚更是谁也说不清。

望着窗外的雪景，借着美梦的余韵，苏轼提起笔来，续写出两首绝句。换句话说，这两首茶诗写于半梦半醒之间。

说清了题目中的“记梦”，再来聊聊后面的“回文”。所谓“回文”，即回文诗，就是一首诗顺读倒读都能成诗。某些汉语词汇，可以正读也可以倒读，例如“上海”可倒读为“海上”，而“北京”可倒读为“京北”。所谓“回文诗”，实际上是巧用这种汉语特性加以创作。晋代的傅成写过两首这种诗，六朝诗中也偶有回文诗出现。晚唐诗人皮日休、陆龟蒙，喜欢标新立异，热衷追求诗体的变化和新颖。在皮、陆二人的诗集中，都有一卷“杂体诗”，具体来说，包括杂言诗、齐梁诗、四声诗、双声叠韵诗、离合诗等，回文诗，也被归于杂体诗当中。

## 三

《记梦回文二首》写的都是梦境中的茶会，但描写的角度又有不同之处。

第一首，是由动到静：

> 酒至半酣，微醺的佳人，用玉腕捧出玉碗。
> 茶筅快速地抖动，茶汤激烈地腾翻。
> 沫饽飞溅，濡湿了佳人的碧衫。
> 歌声渐息，宁静笼罩着庭院。
> 一切热闹，似乎都已消散。
> 只听见，松上的积雪，坠落在空岩。

第二首，是由静到动：

> 大家在雪日畅饮，直到喝空了酒缸。

日上三竿，融化的雪水，缓缓汇入大江。

有人提议，何不用雪水烹茶，风雅之举，千古流芳。

于是乎，生起炉火，准备茶盏，碾碎龙团。

此时此刻，一束冬日阳光，照进小窗。

《记梦回文二首》意境优雅，直白的解读难免扫兴，于是笔者试着将其改写为带有辙韵的现代汉语，但仍不及原诗韵味之万一。所以倒读后的诗文，便仅列出来供读者参考，不敢再做画蛇添足之举。两首诗文倒读如下：

岩空落雪松惊梦，院静凝云水咽歌。

衫碧唾花余点乱，纤纤捧碗玉颜酡。

窗晴斗碾小团龙，活火新瓯浅焙红。

江涨雪融山上日，缸倾酒尽落花空。

总体来看，回文诗句子越长难度越大，句子越短难度越小。从诗歌创作角度来说，五言回文诗较易，七言回文诗较难，绝句较易，律诗较难。苏轼的《梦记回文二首》是七言绝句，在回文诗里并不算简单，而且同样主题的回文诗，能够连写两首，那就更不简单了。

实话实说，这样精彩的回文茶诗，可能只有才华横溢的苏轼写得出来。但我们之所以喜爱苏轼，却不仅仅因为他善于吟诗作文，更是因为他在人生的低谷中依然能够保持洒脱旷达的自我。

苏轼曾在《与王元直二首》(其一）中，感叹“黄州真在井底”。的确，苏轼的政敌们就是要把他扔在井底，而且这口井还是污水井。贬谪黄州，对苏轼不仅是处分，更是污辱和折磨。可苏轼就是苏轼，他从官场这口污水井里，吸了一肚子浊水，却以自己的人格修养、艺术造诣、思想境界，蒸馏了那浊水，最终变浊为清，滋润自己，滋润他人，滋润后世，滋润整个中国文化。

《记梦回文二首》的可贵之处，不是因创作于雪中，也不是因创作于梦中，而是因创作于困境之中。苏轼的才华，确实让我们倾倒，苏轼的洒脱，更令我们敬重。

# 苏轼《问大冶长老乞桃花茶栽东坡》

周诗记苦荼，茗饮出近世。
初缘厌粱肉，假此雪昏滞。
嗟我五亩园，桑麦苦蒙翳。
不令寸地闲，更乞茶子蓺。
饥寒未知免，已作太饱计。
庶将通有无，农末不相戾。
春来冻地裂，紫笋森已锐。
牛羊烦呵叱，筐筥未敢睨。
江南老道人，齿发日夜逝。
他年雪堂品，空记桃花裔。[1]

---

① 王文诰辑注、孔凡礼点校《苏轼诗集》，中华书局，1982年，1119页。

## 一

苏轼被贬黄州，生活陷入了困境。俗话说一文钱难倒英雄汉，堂堂大才子，竟然也要算计着过日子了。通过《杭州故人信至齐安》一诗，我们可以感受到朋友们对苏轼的慷慨援助。千里迢迢，送来荔枝干、红螺酱、西庵茶，真可谓高情厚谊。朋友们寄送的美食佳茗，一方面从精神上鼓励着苏轼，另一方面从物质上接济了苏轼。

黄州期间，苏家“廪入既绝，人口不少”，光靠朋友们的接济，显然不足以养活一大家子人。此前，读书做官是苏轼唯一的谋生手段。这时苏轼想道：要是自己能有一块土地，男耕女织，自给自足，该有多好。宋神宗元丰四年（1081），苏轼告诉好友马正卿，自己想找一块儿农田种地。这位马先生，既热心又有能力，他跑了许多部门，终于为苏轼申请下来黄州城东的一块废弃营地。这地儿真不小，足足有数十亩。

有人说，苏轼岂不是成了小地主了？情况可没有那么乐观。这数十亩地，荆棘丛生，瓦砾遍地，极为贫瘠，根本算不上良田，只能称为废墟。开荒种田，苏轼请不起长工，只能靠自己和家人朋友。这时的苏轼，成了真正的农夫，他手持铁锹、锄头等农具，整治这块早已贫瘠荒芜的旧营地。这位大诗人，成了身体力行的拓荒者、耕种者。

经过连续多日的辛勤开垦，这片荒地终于稍有起色。站在坡垅上，苏轼根据地势和土性，初步做了一个规划：低下潮湿的地方可以种上稻子，东部就种些枣树和栗树吧。江对岸的王文甫，早已答应要送一批桑果树苗给他。竹子是苏轼平生所偏爱的植物，自然也很想种上一些。当然，最好再种上几株茶树。这样，自己就不愁没有好茶喝了，于是乎，就有了这首《问大冶长老乞桃花茶栽东坡》。

## 二

北宋的大冶县，隶属兴国军，距离苏轼所在的黄州大约一百多里路。据《名胜志》记载：

> 桃花寺，在兴国州南十五里桃花尖之下。寺有泉，甘美，用以造茶，胜他处，号曰“桃花绝品”。[①]

由此可知，桃花茶即是大冶桃花寺的特产。宋代的王琪写有一首《桃花茶》，诗云：

> 梅花既扫地，桃花露微红。
> 风从北苑来，吹入茶坞中。[②]

---

①王文诰辑注、孔凡礼点校《苏轼诗集》，1119页。

②王文诰辑注、孔凡礼点校《苏轼诗集》，1119页。

苏轼是爱茶之人，自然也想将名茶引入东坡。且慢，东坡在哪里呢？其实就是马正卿争取来的那块无名荒地。如前文所述，苏轼的这几十亩坡地位于黄州城东，所以称为东坡；但东坡的含义，又不止于这一层，应该说，东坡之名，是苏轼追星的产物。

早在唐宪宗元和十年（815），宰相武元衡遇刺身亡，身为谏官的白居易上表主张严缉凶手，被认为是越职言事，降职为江州司马，又迁为忠州刺史（今重庆忠县）。忠州城东有一山坡，白居易于公事之余常到坡上植树种花。以“东坡”为题咏对象，白居易写下了诸如《东坡种花》《东坡种树》《别东坡花树》等众多诗歌，其中《步东坡》最为有名，其诗曰：

> 朝上东坡步，夕上东坡步。
> 东坡何所爱，爱此新成树。①

饱经宦海沉浮的苏轼，对白居易晚年“知足保和”的处世思想大加赞赏。白居易在忠县东坡种花，苏轼在黄州城东种田，于是乎，这块无名废田就被苏轼命名为东坡了。

耕种在东坡的日子，苏轼开始自称为东坡居士。唐宋自称居士的文人有不少，例如李白自称青莲居士，白居易自称香山

---

①谢思炜《白居易诗集校注》，中华书局，2006年，878页。

居士，欧阳修自称六一居士，李清照自称易安居士，当然，名气最大的还是东坡居士。

所谓居士，有两种解释。其一，指信仰佛教在家修行之人；其二，指有德才而隐居不仕的人。苏轼属于哪一类居士呢？都是，也都不是。苏轼喜欢参禅悟道，但不是狂热的宗教徒；苏轼不爱官场宦海，但也不是避世的隐居者。在黄州的苏轼，首先是一个普通的劳动者，和如今在职场奔波的我们一样，需要养家糊口。与此同时，他又不是一个平凡的劳动者，因为他善于在辛劳生活中寻找无穷的乐趣。

苏轼苦中作乐的能力，仅在饮食一事便可见一斑。杭州繁华，黄州落后，两地生活水平不可同日而语，但苏轼就是苏轼，随时随地都能发现美味，并创造大快朵颐的机会。在黄州务农时，他发明了著名的东坡肉，并煞有介事地写下了一篇颂文，其文如下：

> 净洗锅，浅着水，深压柴头莫教起。黄豕贱如土，富者不肯吃，贫者不解煮。有时自家打一碗，自饱自知君莫管。[1]

苏轼在黄州的生活当然还是很苦，但再苦的日子，他都善于苦中作乐。在艰苦的环境中寻找乐趣，那才是真潇洒。生活

---

①苏轼《仇池笔记》卷下。

中所面临的每一次挑战，都在检验我们潇洒的底线。东坡居士并不清心寡欲，也不消极避世。他潇潇洒洒地过好每一天。东坡居士的那份潇洒，让人钦佩，更让人向往，可能正因如此，我们更爱叫他苏东坡，而不是苏轼或苏子瞻。

## 三

第一部分，“周诗记苦荼，茗饮出近世。初缘厌粱肉，假此雪昏滞”，讲的是饮茶的历史。

所谓周诗，即指《诗经》。《诗经》中涉及“荼”字共有七处：

《邶风·谷风》：“谁谓荼苦，其甘如荠。”

《大雅·绵》：“周原膴膴，堇荼如饴。”

《郑风·出其东门》：“出其闉阇，有女如荼。”

《豳风·七月》：“采荼薪樗，食我农夫。”

《豳风·鸱鸮》：“予手拮据，予所捋荼。”

《周颂·良耜》：“其鎛斯赵，以薅荼蓼。荼蓼朽止，黍稷茂止。”

《大雅·桑柔》：“民之贪乱，宁为荼毒。”

参考沈泽宜《诗经新解》中所述，这七处“荼”字的意思分别为苦菜、茅草秀出之花和陆地秽草。换言之，《诗经》中的

“荼”都不是“茶”。一直到唐代，饮茶的习惯才在全国流行，并与文化紧密结合在了一起。所以苏轼在诗中，才有“茗饮出近世”之说。轻描淡写的两句话，即可见出苏轼在茶学方面的造诣。

“初缘厌粱肉，假此雪昏滞”是说最初饮茶是为了化油除腻，除昏祛滞。

第二部分，“嗟我五亩园，桑麦苦蒙翳。不令寸地闲，更乞茶子蓺”，讲的是种茶的原因。

东坡本是废地，拓荒工作实属不易，幸亏有马正卿、潘丙、郭遘、古耕道等朋友的帮助，最终大功告成。不过这时候种稻子已经来不及了，但地不能荒着，只好先种麦子，这样今年也能有些收成。苏轼在《东坡八首》(其五）中写道：

良农惜地力，幸此十年荒。
桑柘未及成，一麦庶可望。

由此可见，桑与麦，都是东坡的当家作物。

这时候苏轼发现，田园林下还有些空地。种粮食不可能了，种茶倒是正合适。

“蓺”，音同艺，解释为种植。通过诗文可知，苏轼向大冶长老处求来的是茶子，而不是茶苗。正如陆羽《茶经》所说：“蓺而不实，植而罕茂。”唐宋时，都是以播种的方式种植茶树。至于压条、扦插等无性繁殖的技术，应用在茶树栽种上是很晚近的事了。

第三部分，“饥寒未知免，已作太饱计。庶将通有无，农末不相戾”，表现的是苏轼的幽默。

化油解腻、消食祛滞，是茶的功效。有人不禁要问：像苏轼这种饭都吃不饱的人，种什么茶树呢？三杯茶下肚，东坡居士非得醉茶不可。

“农末”，即农商。“戾”，音同利，解释为违背。面对质疑，苏东坡不慌不忙地说：“我种茶可不光是自已喝，我可以拿到市场上换钱嘛。”您瞧，苏轼从茶客变成了茶农，又从茶农变成了茶商。种田、植树、经商下海，这在一般士大夫看起来可不是什么体面的事情，可到了苏东坡这里，一切都是那样举重若轻。东坡居士的潇洒，不是摆摆样子，而是直面人生。

第四部分，“春来冻地裂，紫笋森已锐。牛羊烦呵叱，筐筥未敢睨”，显示出对茶的珍视。

“紫笋”，本是唐代湖州的名茶，这里代指佳茗。“筥”，音同举，是盛物的圆竹筐。“筐筥”，这里代指采茶之人。冬去春来，万物生发，桃花茶也萌生了嫩芽，苏东坡视如珍宝，一方面禁止牛羊近前啃食，另一方面更要提防别人偷采。这可不是苏轼小气，而是还不到采茶的时候。陆羽《茶经》中说，茶树栽种“法如种瓜，三岁可采”。桃花茶树刚刚萌发，起码要再过三四年，才能够采制好茶。

第五部分，“江南老道人，齿发日夜逝。他年雪堂品，空记桃花裔”句，讲的是美好的愿望。

“江南老道人”，到底是谁呢？其实苏轼一生都与道士有缘。他八岁入学，老师张易简就是一位道士。成年后，他的朋友中也有不少道士，例如在《赤壁赋》里出场的杨世昌，便是苏轼的一位道门好友。

深受道家学说影响的苏轼，写诗时常以道士自居。例如《海上道人传以神守气诀》一诗中，他便自称为海上道人；除此之外，他还自称过铁冠道人。由此推断，“江南老道人”可能指的就是苏轼自己。

苏轼在黄州时已经年近五旬，这个年龄在当时已经算是老人家了。苏轼说自己已经年迈，真希望他年有机会品尝上自己种下的桃花茶，到时候也忘不了大冶长老的赐茶之恩。

那么，苏轼喝到了黄州东坡的桃花茶了吗？此诗写于宋神宗元丰四年，苏轼于元丰七年四月离开黄州，改任汝州团练副使，短短三年，小茶苗恐怕还不能采制佳茗，所以我推断，苏轼怕是没有喝到过自己亲手栽种的桃花茶。“他年雪堂品”的美好愿望，终究未能实现。

苏轼在黄州种桑种麦也种茶，他虽名为团练副使，实际上已成了土里刨食的农民。苏轼每日辛劳耕作，虽筋疲力尽，却神清气爽。当年陶渊明自耕自种于斜川，不也是如此吗？苏轼认为，黄州就是斜川，自己恐怕就是陶渊明转世。在种下桃花茶的第二年，他在《江城子》中写道：

> 梦中了了醉中醒，只渊明，是前生。走遍人间，依旧却躬耕。昨夜东坡春雨足，乌鹊喜，报新晴。　雪堂西畔暗泉鸣，北山倾，小溪横。南望亭丘，孤秀耸曾城。都是斜川当日境，吾老矣，寄余龄。[①]

“不为五斗米折腰”，是陶渊明最著名的金句，可这句话似乎也不全对。苏轼种下茶子时，不也需要弯腰吗？苏轼收获麦子时，更是要弯腰了。甭管什么农活，您只要干上一天，保证都累得直不起腰。

但是，此折腰非彼折腰。在田地里折腰，只要休息一天，腰身又可以站得笔直；在官场上折腰，你的腰却每时每刻都是弯的。艰辛的农活，会劳损身体；混沌的官场，会扭曲灵魂。东坡上栽茶树的苏轼，欣然对土地折腰，却不肯对命运低头。

---

①刘石导读《苏轼词集》，上海古籍出版社，2009年，83页。

# 苏轼《次韵曹辅寄壑源试焙新茶》

仙山灵草湿行云，洗遍香肌粉未匀。
明月来投玉川子，清风吹破武林春。
要知玉雪心肠好，不是膏油首面新。
戏作小诗君一笑，从来佳茗似佳人。①

## 一

苏轼的茶诗很多，数量超过了唐代的白居易，在北宋文人中名列前茅。苏轼的茶诗，不光是文学作品，更是茶学作品，若将他的七十多首茶诗汇编成册，简直就是一部文学化的茶学著作了，从这个角度来讲，苏轼茶诗的价值，长久以来被忽

①王文诰辑注、孔凡礼点校《苏轼诗集》，1696页。“新茶”，也有的本子作“新芽”。

略了。

就拿这首《次韵曹辅寄壑源试焙新茶》来说吧，金句频出，流传广远，是苏轼最有代表性的茶诗之一。该诗不仅文风舒朗清新，更承载着深刻的茶学内涵及人生智慧，值得爱茶之人反复研读。

这首茶诗，写于北宋哲宗元祐五年（1090）。这时的苏东坡在做什么呢？宋神宗元丰八年（1085），苏轼五十岁。三月五日，神宗病逝，哲宗即位。五月六日，苏轼被任命为朝奉郎、登州知州，官阶七品。九月十八日，苏轼被任命为礼部郎中，官阶六品。宋哲宗元祐元年（1086），苏轼五十一岁。三月十四日，免试为中书舍人，官阶四品。九月十二日，被任命为翰林学士、知制诰，官阶正三品。短短的十七个月里，苏轼便从一个地处偏远之州的失意贬官，直升为中央三品大员，距离宰相只有一步之遥。元祐初年的苏轼，可谓风光无限。

自宋哲宗元祐元年起，苏东坡不知不觉间在汴京生活了四年。这四年，对他而言，是神仙般的日子，不仅与弟弟苏辙朝夕相处，重拾“风雨对床”的旧梦，夫人王闰之、侍妾朝云以及两个幼子苏迨、苏过都陪伴身边。此外还有那么多杰出文士从游门下，辇毂之下，人才济济，使苏东坡成为名副其实的文坛盟主。

只是朝廷里那班小人内心阴暗，又开始为苏东坡罗织新的罪名。按林语堂先生的说法，此时的苏东坡觉得自己仿佛正走在群蛇滋生的阴暗的山谷，他决心要逃出去[1]。于是，苏东坡屡次请退，主动要求到地方任职。朝廷终于在元祐四年（1089）三月，同意他以龙图阁学士出知杭州，领军浙西。

这是一个多大的官呢？苏轼当时的管辖范围，包括今浙江杭州以及衢江、富春江、钱塘江以西，上海市以及江苏镇江、金坛、宜兴以东地区，大体相当于浙西路最高行政长官。重回杭州后的八月，他同好友莫君陈在雨中泛舟小饮，吟出一首绝句《与莫同年雨中饮湖上》：

到处相逢是偶然，梦中相对各华颠。
还来一醉西湖雨，不见跳珠十五年。[2]

宋神宗熙宁七年（1074），苏轼因反对王安石变法而离开朝廷，到杭州任通判一职。后来遭小人陷害，身陷“乌台诗案”当中，险些丢了性命。十五年后，苏轼反而成了浙西路最高行政长官。官场无常，令人唏嘘。

## 二

讲完了作者的经历，我们再来看看题目。

---

①林语堂著、张振玉译《苏东坡传》，湖南文艺出版社，2018年1月，265页。

②王文诰辑注、孔凡礼点校《苏轼诗集》，1647页。

曹辅，字子方，海陵人。宋哲宗元祐三年（1088），他自太仆丞为福建转运判官，苏东坡曾为此作《送曹辅赴闽漕》一诗。后来曹辅从福建卸任，曾到杭州探望苏轼，并作有《真觉院瑞香花中同游西湖》。由此可知，苏、曹二人是联系密切的知己好友。曹辅在茶区为官，苏轼又是爱茶之人。近水楼台先得月，曹大人便将闽地出产的好茶，寄赠给好友苏轼，从而，就有了这首茶诗中的经典之作。

那么曹辅寄来的是什么茶呢？壑源茶。壑源，隶属于宋代著名的北苑茶区。《苕溪渔隐丛话》中记载：

> （北苑茶）入贡之后，市无货者，人所罕得。惟壑源诸处私焙茶，其绝品亦可敌官焙。……盖壑源与北苑为邻，山阜相接，才二里余，其茶甘香，特在诸私焙之上。①

北苑是官焙，壑源属私焙，二者相隔，仅仅一千多米而已。虽然有官私之别，但北苑茶与壑源茶都是宋代出名的好茶。

至于题目开头的“次韵”二字，则是“和诗”的一种方式。曹辅送来壑源茶时，依照当时的惯例附诗一首，以作说明之用。苏轼便根据曹辅这首诗的“韵”作了这首《次韵曹辅寄壑源试焙新茶》。《苏轼诗集》中，收录“次韵诗”众多，这里就不一

①胡仔纂集、廖德明校点《苕溪渔隐丛话（后集）》，83页。

一赘述了。

## 三

讲完了作者和题目，我们可以来看正文了。

开头两句“仙山灵草湿行云，洗遍香肌粉未匀”，讲茶山的环境。既然是茶诗，那么“仙山灵草”肯定说的是茶了。至于“湿行云”，讲的是茶山中的天气。宋玉《高唐赋》中曾有两句：

> 旦为朝云，暮为行雨。①

一时晴，一时雨，不正是茶山中多变的气候吗？多云，常雨，造就了茶树最适宜的生长环境。雨水打湿茶树，本是寻常景象，苏轼却用“洗遍香肌粉未匀”一句来形容，以“美人出浴”比喻“雨湿茶树”，美感尽显。

三四句“明月来投玉川子，清风吹破武林春”，讲收茶的心情。

“玉川子”，是唐代诗人卢仝的别号。卢仝曾在《走笔谢孟谏议寄新茶》中写有“手阅月团三百片”一句，北宋初年王禹偁《龙凤茶》中，也有“圆似三秋皓月轮”一句，由此可见，“明

---

①萧统编、李善注《文选》，中华书局，1977年，265页。

月”常用来代称团饼茶。

苏轼将曹辅寄来的好茶比作“明月”，再将自己比作“卢仝”。您瞧，苏轼不愧是才子，情商就是高，不显山不露水，先是表扬了朋友的茶好，顺带着还夸了自己。如今普洱茶饼、白茶饼亦很流行，“明月来投玉川子”一句又有了时代新意。如今收到饼茶时，发朋友圈时用这句诗最恰当。至于您是不是要自比“玉川子”，那便悉听尊便了。

五六句“要知玉雪心肠好，不是膏油首面新”，讲茶叶的辨别。

这两句，看似讲人，实是说茶。所谓“膏油首面新”，是北宋流行的一种茶叶造假方式。当时“壑源茶”口碑好，卖价高，于是乎就有人用“沙溪茶”来作伪冒充。宋代黄儒《品茶要录》中记载：

> 凡壑源之茶售以十，则沙溪之茶售以五，其直大率仿此。然沙溪之园民，亦勇于为利，或杂以松黄，饰其首面。凡肉理怯薄，体轻而色黄，试时虽鲜白不能久泛，香薄而味短者，沙溪之品也。凡肉理实厚，体坚而色紫，试时泛盏凝久，香滑而味长者，壑源之品也。

沙溪茶中“饰其首面”的“松黄”，其实就是松花粉。宋人点茶，茶汤以白为美，加入松黄的茶，也能点出鲜白的茶汤。

但真的假不了，假的也真不了，靠松黄“添彩”的茶汤，不仅“鲜白不能久泛”，而且“香薄而味短”。

眼中的美感，不足以证明好坏。

耳中的故事，不足以论证昂贵。

口中的茶汤，才是我们最终的判断依据。

苏轼对茶绝不是简单的喜爱，或可以说，苏轼对茶喜爱的表达方式，是醉心于茶学当中，从采摘制作，到烹点鉴赏，苏轼样样精通。这两句诗，既揭示了辨茶的不二法门，也展现出苏轼的茶学修为。

这两句既是辨茶，也是鉴人。有些人穿着光鲜打扮时髦，但是思想空洞甚至谈吐粗俗，真是金玉其外败絮其中。现如今的“小鲜肉”，绝称不上美男子；美剧中的“肌肉男”，也不见得是大丈夫。苏轼眼中的美，不局限于视觉之美，更应兼具人格之美。中国这样的文明之邦，一直崇尚这种超越物理力量的精神之美。

最后两句“戏作小诗君一笑，从来佳茗似佳人”，是本诗的重点，也是流传最广的佳句。到底什么是好茶？这是很多人心中都有的问题。苏东坡的答案是：“从来佳茗似佳人。”

佳茗和佳人，到底哪里相似？

答：都没有硬性标准。

人人心中，皆有佳人，或高或矮、或胖或瘦，不一而论。人人心中，又都没有一个准确的“佳人标准”。寻找心中的佳人，不是单位招聘，哪能预设出刻板条件？寻觅心中的好茶，不是评定职称，哪能困扰在条条框框里？

人人心中，皆有好茶。现在有一些人，张嘴就说：我是非老普洱不喝，或是非母树大红袍不饮。我奉劝他，多读读苏轼的这首茶诗。我们饮一杯茶，总说是身心愉悦。茶事的享受，一部分来自物质层面，一部分来源于精神层面。过分追求那种“唯一”的答案，有时候反而会落入俗套。佳人与佳茗，都没有绝对的标准。

佳茗和佳人，还有哪里相似？

答：都需要用心对待。

有些人总是质疑：喝茶就喝茶嘛，还需要上课学习吗？

答：当然需要。

爱一个人，需要了解她的经历，知道她的好恶，怕冷还是怕热？爱酸还是爱甜？只有用心对待一个人，才能更好地相处。

爱一款茶，需要了解她的历史，知道她的工艺，侨销茶还是内销茶？轻发酵还是重发酵？只有深入了解一款茶，才能更好地诠释它。

从来佳茗似佳人，苏轼一句可封神。

# 苏轼《种茶》

松间旅生茶，已与松俱瘦。
茨棘尚未容，蒙翳争交构。
天公所遗弃，百岁仍稚幼。
紫笋虽不长，孤根乃独寿。
移栽白鹤岭，土软春雨后。
弥旬得连阴，似许晚遂茂。
能忘流转苦，戢戢出鸟咮。
未任供春磨，且可资摘嗅。
千团输大官，百饼炫私斗。
何如此一啜，有味出吾囿。[①]

---

①王文诰辑注、孔凡礼点校《苏轼诗集》，2225页。

## 一

茶诗当中，写饮茶的多，写制茶的少，毕竟，饮茶是文人的事，制茶是农人的事。陆羽《茶经》中，辟出“二之具”“三之造”两章详述制茶流程，确实有超越一般文人茶书的格局。写诗的文人，大都四体不勤五谷不分，自然对书斋中的雅事熟悉，而对茶田里的农事陌生了。至于写种茶的诗，那更是凤毛麟角，因此，宋代苏轼的这首《种茶》，题材上就显得尤为珍贵。

大多数人印象中的苏轼，都是一位文采飞扬的风流才子，闷来饮宴，就是“明月几时有，把酒问青天”[①]；馋虫兴起，又是“日啖荔枝三百颗，不辞长作岭南人”[②]；闲暇无事，还要“左牵黄，右擎苍，锦帽貂裘，千骑卷平冈”[③]……可见，苏轼是一位文学家，也是一位生活家。

诸位看官，千万不要对生活家产生误会。

生活家的特点，不是将美好生活过得舒心，而是将糟心日子过得精彩。

论生活，苏轼极不顺心。论性格，苏轼乐天知命。

读这首《种茶》之前，有必要了解一下苏轼的糟心生活。

---

①刘石导读《苏轼词集》，49页。

②王文诰辑注、孔凡礼点校《苏轼诗集》，2194页。

③刘石导读《苏轼词集》，40页。

古代文人的生活走向，其实大半与宦海沉浮相关，苏轼也不例外。宋仁宗嘉祐二年（1057），苏轼中进士时年仅二十一岁，是名副其实的少年得志，但进入官场后，苏轼却历经坎坷，而且被卷入到北宋党争当中。

既然是党争，就难以说对错是非了。本着非我族类其心必异的想法，对非自己一方的政敌毫无理由地加以迫害，便是党争的本来面貌。苏轼本是君子不党，怎奈却稀里糊涂地成了所谓的“元祐党人”。

按照《苏轼诗集》的记载，推测这首《种茶》应是作于宋绍圣三年（1096）丙子正月到绍圣四年（1097）丁丑四月之间，这时的苏轼身处广东惠州。

至于东坡居士为何来到岭南蛮荒的惠州，便是本诗的写作背景了。

事情要追溯到北宋元祐九年（1094）四月十二日，哲宗皇帝下诏改年号为“绍圣”。古代王朝的年号，一方面用字要吉祥，另一方面透露着朝廷的政策走向。所谓“绍圣”，意为继承神宗朝的政策方针，换言之，所谓的“变法派”即将得志，所谓的“保守派”则要遭难。

果不其然，改元不久后吕大防、范纯仁等“保守派”被罢职，章惇、安焘等“变法派”出任要职。可这些重回朝堂的变法派，早已把王安石新法的革新精神和具体政策抛弃，而把打击“元祐党人”作为主要目标，几近报复式地发泄他们多年来被排挤弃用的怨气。

短短两个月内，当时朝廷在任的三十多名高级官员被贬到岭南等边远地区。被认为是“元祐党人”的苏轼，自然也在贬谪之列，而且是一年之内连贬五次。

苏轼在绍圣年间的第一次贬谪，是在闰四月初三日。诏书下达，取消苏轼端明殿学士及翰林侍读学士称号，撤销定州知州之任，以左朝奉郎知英州军州事，也就是说，把正在华北定州任职的苏轼，一口气贬到岭南的英州。英州，就是如今的广东英德，北宋年间那里可没有美味的英德红茶，只有一片蛮荒贫瘠的土地而已。

苏轼在绍圣年间的第二次贬谪，是在第一道诏书下达后不久。朝廷认为“罪罚未当”，于是又传新命，再降为左承议郎，仍知英州。之前的左朝奉郎，是正六品上的官职，这次的左承议郎，是正六品下的官职。由此可见，对于苏轼的打压是锱铢必较。

苏轼在绍圣年间的第三次贬谪，是在苏轼奔赴英州的途中。这次的诏书，是“诏苏轼合叙复日不得与叙复”的命令。这是什么意思呢？原来宋代贬降官员受处罚达到一定年限后，或有恩命，允许逐步恢复部分待遇，称为“叙复”或者“复官”。事先明确“不得叙复”者，则不在考虑范围之类了。这道诏书就是取消了苏轼叙复的资格，就是让他永无翻身之日。

苏轼在绍圣年间的第四次贬谪，是在苏轼到达安徽当涂之时。这次诏书宣布，责授建昌军司马，惠州安置，不得签书公

苏轼《种茶》（耿国华书）

## 种　茶

苏　轼

松间旅生茶，已与松俱瘦。
茨棘尚未容，蒙翳争交构。
天公所遗弃，百岁仍稚幼。
紫笋虽不长，孤根乃独寿。
移栽白鹤岭，土软春雨后。
弥旬得连阴，似许晚逐茂。
能忘流转苦，戢戢出鸟咮。
未任供春磨，且可资摘嗅。
千团输太官，百饼炫私斗。
何如此一啜，有味出吾囿。

事。这次贬谪的地方，由英州换到了更远的惠州。与此同时，苏轼从外放的州官变成了“不得签书公事”的犯官。与其说是去惠州赴任，倒不如说是去服刑了。但苏轼的政敌，仍然觉得不够解恨。

苏轼在绍圣年间的第五次贬谪，是在苏轼抵达庐陵之时。这次诏书宣布，苏轼贬为宁远军节度副使，仍惠州安置。节度副使听起来挺厉害，但其实是比司马还低的官职。苏轼以花甲之年，历时六个月，跋涉七千里，于绍圣元年十月二日到达惠州。

## 二

既然已经被贬惠州了，苏轼怎么还有闲心种茶呢？东坡先生种茶，已经不是第一次了。想当年被贬黄州，生活也是异常艰难，真可以说要钱没钱，要房没房。可就在那种情况下，苏轼还是找大冶桃花寺的和尚要来茶子，在黄州城外的东坡细心栽种。南宋高宗朝的进士周紫芝到东坡访古时，还曾喝过当年苏轼种下的茶，据说是“色香味俱绝”[①]。

对于连吃饭、住房都成问题的人来说，饮茶实在是一件奢侈的事情。正如苏轼在《问大冶长老乞桃花茶栽东坡》中所说

①周紫芝《太仓稊米集》卷三十五，《景印文渊阁四库全书》集部第八〇册，台湾商务印书馆，1986年影印，247页。

“饥寒未知免，已作太饱计”。

惠州比起黄州更偏远更落后，这里市井寥落，每天只能杀一只羊供给全城。苏轼是贬官，不敢与当地官绅抢买这种紧俏商品。话说回来，就是真让苏轼买，他也买不起。但是苏轼一点也不着急，他和屠夫商量，用很少的钱买下没人要的羊脊骨。回家后，苏轼将羊脊骨放在锅里用水煮熟，趁热漉出后，浸上米酒撒上咸盐，再上火慢慢炙烤后大快朵颐。苏轼极其得意这项发明，在给弟弟苏辙的信中沾沾自喜地说道：

> 意甚喜之，如食蟹螯，率数日辄一食，甚觉有补。①

当然苏轼也承认，这种吃法有一个缺点，那就是容易惹狗不高兴（《与子由书》）。狗为什么不高兴？因为苏轼跟他们抢骨头呗！被贬惠州的苏轼，竟然还有闲心边啃羊蝎子边逗闷子呢！从这个角度来说，苏轼在惠州种茶这事儿，就不难理解了吧？把清苦窘迫的日子过得有滋有味，是一种能力，更是一种智慧。

---

①孔凡礼点校《苏轼文集》，中华书局，1986年，1837页。

## 三

这首诗的前四句："松间旅生茶，已与松俱瘦。茨棘尚未容，蒙翳争交构"，写的是茶树的生长环境。

松林之间，不知何时生长出一株茶树。这里强调是"旅生"，即表明了此茶树非人工有意栽种。唐宋之间，茶产业多处于粗犷原始的状态，茶树多是野外生长，茶农也是靠天吃饭。想在房前屋后移栽成片的茶园，却由于培管技术不足，茶树往往长得并不理想。因此才有了陆羽《茶经》中所说"野者上，园者次"的情况。但苏轼发现的这株野外的"旅茶"，情况并没有那么幸运。"茨棘"，即是蒺藜与荆棘。"蒙翳"，遮蔽、覆盖，此处指藤蔓。旁边生长着这么多杂七杂八的植物，这株茶树的命运岌岌可危。

接下来的四句："天公所遗弃，百岁仍稚幼。紫笋虽不长，孤根乃独寿"，写的是茶树的生长状态。

这株茶树简直是苍天不佑，投错了胎似的长在了这堆植物之中，结果自然是长势不良，紫笋般的优质茶芽长不出来。但可贵的是，这株茶树并没有枯死，仍然顽强地活在"茨棘"与"蒙翳"之间。

以上八句，叙述了一株长势不佳的茶树，

这株茶树，不正是苏轼自己吗？茶树生在松林，才子处于朝堂。"茨棘"与"蒙翳"，暗喻朝廷里的奸佞小人。历经磨难，苏轼的赤子之心不改，身处岭南蛮荒之地，虽已无力回天，却要做到“孤根独寿”。

见茶树，如见自身。

叹茶树，亦叹自身。

下面的四句：“移栽白鹤岭，土软春雨后。弥旬得连阴，似许晚遂茂”，情况有了转机。

苏轼与这株茶树可谓是惺惺相惜，自己遭受小人的排挤就罢了，总不能看着孤高的茶树也被野草困死，于是他将这株茶树移栽到白鹤岭上，细心加以呵护。恰逢天公作美，地力肥沃，茶树的长势越来越好。

其实诗中提到的白鹤岭，正是苏轼在惠州的新家。虽然苏轼是以贬官的身份到达惠州，却还是受到了地方上的特殊礼遇。朝廷上的事没人说得清，苏轼的文章才情却真的让天下人钦佩。

他起初被安排住在三司行衙的合江楼，度过了短暂的愉快时光。但苏轼深知合江楼这样的住宿条件，对于他这样的贬官来讲是违反规定的享受，绝非长久之计。另一方面，苏轼也觉得五道诏书贬官惠州，自己估计是北归无望了，于是苏轼准备在惠州买地安家，让长子苏迈全家和幼子苏过的家眷搬过来同住。

宋绍圣三年（1096）三月，苏轼买下白鹤岭上的几亩地。这里本是白鹤观的旧址，位于归善县城后面，环境清幽，闹中取静。苏轼依据地势，建屋二十间，凿井四十余尺。王文诰《苏文忠公诗编注集成总案》中记载：

> 堂前杂植松、柏、柑、橘、柚、荔、茶、梅诸树。[1]

松间旅生的茶树，可能便是移植在了白鹤峰苏宅之堂前。

下面的四句："能忘流转苦，戢戢出鸟咮。未任供春磨，且可资摘嗅"，讲的是茶树移栽白鹤岭之后的情况。

比较之前的"紫笋虽不长"，这时已经是"戢戢出鸟咮"。"鸟咮"就是鸟嘴，与"紫笋"一样，指的都是细嫩的上等茶芽。

茶树移栽白鹤岭，得以茁壮生长。

苏轼移居白鹤岭，也获片刻安宁。

在白鹤岭苏宅架设房梁的那天，苏轼依据当地习俗亲自撰写了《白鹤新居上梁文》，祝词最后写道：

> 伏愿上梁之后，山有宿麦，海无飓风。气爽人安，陈公之药不散；年丰米贱，村婆之酒可赊。凡我往还，同增福寿。[2]

这篇上梁文，便是诗中"能忘流转苦"的真实写照。元代

---

①王文诰撰《苏文忠公诗编注集成》，清道光三年刻本，3页。

②孔凡礼点校《苏轼文集》，1989页。

诗论家杨载曾说："咏物之诗，要托物以伸意。"[①]也就是说，高明的咏物诗，既是写物，又不止写物。那么，这首《种茶》是写茶树？还是写苏轼？既是写茶树，也是写苏轼。人与茶，完全融为一体了。苏轼把茶树拟人化了，又把自己拟物化了。物中有人，诗中有情，便是这首诗的绝妙之处。

最后的四句："千团输大官，百饼炫私斗。何如此一啜，有味出吾囿"，写的是作者的心境。

"私斗"，说的是北宋流行的斗茶。在饱经悲欢离合的苏轼看来，无论是斗茶胜出的茶王，还是特供宫廷的贡茶，他已经不放在眼里了。即便是喝到了，又何必沾沾自喜呢？再好的茶，裹挟上争名夺利的人心，又"何如此一啜"呢？岭南白鹤岭的生活虽然艰苦，却已远离了官场政局的是是非非。

清代纪昀评价这首诗："委曲真朴，说得苦乐相关。"[②]

何为苦？何为乐？

琐事缠身，再乐也是苦。

身心自由，再苦也是乐。

---

①吴景旭撰《历代诗话》，《景印文渊阁四库全书》集部第四二二册，台湾商务印书馆，1986年影印，692页。

②王文诰撰《苏文忠公诗编注集成》，22页。

# 苏辙《和子瞻煎茶》

年来病懒百不堪，未废饮食求芳甘。
煎茶旧法出西蜀，水声火候犹能谙。
相传煎茶只煎水，茶性仍存偏有味。
君不见闽中茶品天下高，倾身事茶不知劳。
又不见北方俚人茗饮无不有，盐酪椒姜夸满口。
我今倦游思故乡，不学南方与北方。
铜铛得火蚯蚓叫，匙脚旋转秋荧光。
何时茅檐归去炙背读文字，遣儿折取枯竹女煎汤。[1]

---

①苏辙著，曾枣庄、马德富校点《栾城集》，上海古籍出版社，1987年，98页。

## 一

苏辙，字子由，四川眉山人。他是位列“唐宋八大家”之一的文学家，也是官至尚书右丞的政治家，但是大家提起他，第一反应一定是——苏轼的弟弟。

苏洵共生过六个孩子，但只有女儿苏八娘和儿子苏轼、苏辙幸存，其余的三个都夭折了。苏轼本不是长子，他还有一个名叫景先的哥哥，但苏景先八岁时就死了，因此，苏辙就只有苏轼这么一位兄长了。

他们兄弟二人，人生轨迹可总结为“三同”，即幼年时同堂读书，青年时同年中榜，成年后同朝为官。苏辙性格内向，一直将开朗潇洒的兄长视为领袖，苏轼也极其喜爱弟弟苏辙，将其视为一生中最亲近和最挂念的人。

苏轼有一首非常著名的《水调歌头·明月几时有》，其中“但愿人长久，千里共婵娟”[①]两句，经常被误以为描写的是男女相思之情，可实际上是熙宁九年（1076）中秋，苏轼酒后写给弟弟苏辙的话。一个人喝得酩酊大醉时想到的人，一定是在他生命中占绝对重要地位的人，苏辙对于苏轼的重要性，也就不言而喻了。

苏氏兄弟的情谊，通过数据看得就更明白了。遍检《苏轼

---

①刘石导读《苏轼词集》，40页。

文集》，其中写给苏辙的诗词多达一百五十首；苏辙更甚，仅在贬居雷州一年间写作的二十九首诗中，就有二十五首是和兄之作。虽然宦海的沉浮使兄弟二人常常分隔两地，但是频繁的诗词唱和使兄弟二人的精神从未分离。

子瞻，是苏轼的表字。苏辙的这首《和子瞻煎茶》，正是兄弟二人和诗中的一首精彩之作。

## 二

这首茶诗的题目中，“煎茶”二字格外引人注目。有人不禁要问：不是说唐人煎茶宋人点茶吗？怎么北宋的苏辙煎起茶来了呢？

的确，煎茶是唐代代表性的饮茶方式。白居易《谢李六郎中寄新蜀茶》中“汤添勺水煎鱼眼，末下刀圭搅麴尘”[①]一句，便是对煎茶极为生动的描写。另外，白居易“坐酌泠泠水，看煎瑟瑟尘”[②]，刘禹锡“新芽连拳半未舒，自摘至煎俄顷余”[③]，讲的自然也是煎茶。至于刘言史《与孟郊洛北野泉上煎茶》，题目里更是明确有“煎茶”二字了。

时代发展，社会进步，宋代衍生出了新的饮茶方式——点

①谢思炜撰《白居易诗集校注》，1325页。

②同上，1588页。

③陶敏、陶红雨校注《刘禹锡全集编年校注》卷九，岳麓书社，2003年，592页。

茶。纵观宋人茶书，不管是蔡襄《茶录》，还是宋徽宗《大观茶论》，所述均为点茶法。说宋代流行点茶，可谓千真万确，但若是说宋代只有点茶，那就不符合实际情况了。点茶与煎茶，是并存于两宋的饮茶方式。这就如同现在川渝火锅走红京城是实事，可也不是说老百姓就不吃铜锅涮肉了。比喻不见得恰当，诸位明白这意思就行了。

宋人眼中的点茶与煎茶，不仅有形式上的差别，更有感觉上的不同。煎茶，毕竟是唐人真爱的饮茶方式，所以站在宋人立场上看，煎茶自然是有古风的行为。宋神宗熙宁五年（1072），当时王安石变法如火如荼，其中一项便是改取士之法。苏轼在杭州监试，便作了《监试呈诸试官》等，以表述自己的不同意见。同时，苏轼也做了《试院煎茶》一诗，其中“未识古人煎水意”一句，看似论古今茶事之别，实则暗讽王安石的变法。

那么，宋代文人在何时会煎茶？又在何时会点茶呢？苏辙为何专为已经“过时”的煎茶法写作一首茶诗呢？

## 三

第一部分，“年来病懒百不堪，未废饮食求芳甘”，讲的是作者煎茶时的心绪。这一年病懒不堪，干什么都提不起兴致，萌生了退意。

第二部分，“煎茶旧法出西蜀，水声火候犹能谙”，讲的是宋代煎茶与蜀地的关系。

宋代茶文化中，只要一提到煎茶，肯定与蜀地蜀人相关。作为蜀地学子的代表，苏轼苏辙兄弟都很热衷于煎茶。苏轼的茶诗中，前有《试院煎茶》，后有《汲江煎茶》，而苏辙一生只写了九首涉茶之诗，其中就有这首《和子瞻煎茶》。诗中所谓“煎茶旧法出西蜀”，似乎是在说宋代擅长煎茶的都是川渝人。我们知道，苏氏兄弟就是四川人，这样的说法，是否有老王卖瓜自卖自夸的嫌疑呢？还真不是。苏辙的这种说法，似乎在宋代文人中达成了共识。苏轼在《试院煎茶》中有“又不见，今时潞公煎茶学西蜀”[①]的句子。“潞公”，就是文彦博，当时朝廷的股肱之臣。文彦博曾在蜀地为官，因此才学会了煎茶。南宋诗人陆游，也有《效蜀人煎茶戏作长句》一诗，放翁说得更明白了，我玩煎茶就是跟蜀人学的。时至今日，蜀地自然也不用煎茶法了，但是四川人却仍是爱茶更懂茶，个个都是“水声火候犹能谙”的品茶高手。

第三部分，“相传煎茶只煎水，茶性仍存偏有味。君不见闽中茶品天下高，倾身事茶不知劳。又不见北方俚人茗饮无不有，盐酪椒姜夸满口”，讲的是煎茶的方法。

按苏辙的说法，宋代饮茶有两大流派：其一，就是兴起于福建的点茶法，特点是流程繁复，技艺精巧。喜欢点茶的人，乐在其中；不爱点茶的人，不堪其劳。其二，就是盛行于北方

---

①王文诰辑注、孔凡礼点校《苏轼诗集》，371页。

的“调饮法”，特点是口味多样，配料丰富，茶汤里要加入盐、酪、椒、姜等佐料，怎么听，这都有点像胡辣汤。喜欢煎茶的人，一天不喝就难受；不喜欢煎茶的人，喝了一口就难受。

保存并流行于蜀地的煎茶，是不同于“闽中”与“北方”的另类存在。宋代煎茶到底与大名鼎鼎的点茶有何不同之处呢？

煎茶与点茶，有三大不同之处。

其一，手法不同。所谓煎茶，是将细研作末的茶，投入滚开的水中煮。至于点茶，是预将茶末调膏于盏中，然后用滚水冲点。您要是觉得有点抽象，咱们就再换个说法：点茶类似于冲黑芝麻糊，煎茶类似于煮方便面。

其二，茶器不同。按苏辙的说法，煎茶的核心是煎水。唐代陆羽《茶经》中，煎水多是用鍑。但“鍑”在两宋似乎并不太流行，宋代涉茶诗词中常见的煎水器是“铫”与“铛”。例如苏轼《次韵周穜惠石铫》中，便有“铜腥铁涩不宜泉，爱此苍然深且宽。蟹眼翻波汤已作，龙头拒火柄犹寒。姜新盐少茶初熟，水渍云蒸藓未干。自古函牛多折足，要知无脚是轻安”①的句子。陆游《效蜀人煎茶戏作长句》中有“正须山石龙头鼎，一试风炉蟹眼汤”②的句子。这里的“鼎”，非是用鼎煎水，应是铛或铫的雅称。煎水的铛或铫，需放在风炉上加热，所以石铫与风炉，就常常同时出现在“煎茶”主题的茶诗中。

---

①王文诰辑注、孔凡礼点校《苏轼诗集》，1275页。

②陆游撰、钱仲联校注《剑南诗稿校注》，上海古籍出版社，1985年，2104页。

其三，口味不同。煎茶，非清饮而是调饮。苏轼在《寄周安孺茶》中写道："如今老且懒，细事百不欲。美恶两俱忘，谁能强追逐。姜盐拌白土，稍稍从吾蜀。"[1]可见姜、盐、白土，都是蜀人喝茶的佐料。但煎茶的佐料，似乎还不止这几样，苏轼的弟子黄庭坚在《煎茶赋》中写道：

> 汹汹乎如涧松之发清吹，皓皓乎如春空之行白云。宾主欲眠而同味，水茗相投而不浑。苦口利病，解胶涤昏，未尝一日不放箸，而策茗碗之勋者也。余尝为嗣直瀹茗，因录其涤烦破睡之功，为之甲乙：建溪如割，双井如挞，日铸如勢。其余苦则辛螫，甘则底滞，呕酸寒胃，令人失睡，亦未足与议。或曰："无甚高论，敢问其次。"涪翁曰："味江之罗山、严道之蒙顶、黔阳之都濡高株、泸川之纳溪梅岭、夷陵之压砖、临邛之火井，不得已而去于三。则六者亦可以酌兔褐之瓯、瀹鱼眼之鼎者也。"或者又曰："寒中瘠气，莫甚于茶。或济之盐，勾贼破家。滑窍走水，又况鸡苏之与胡麻。"涪翁于是酌岐雷之醪醴，参伊圣之汤液，斮附子如博投，以熬葛仙之垩，去蘱而用盐，去橘而用姜，不夺茗味，而佐以草石之良，所以固太仓而坚作强。于是有胡桃、松实、庵摩、鸭脚、勃贺、蘼芜、水苏、甘菊，

[1] 王文诰辑注、孔凡礼点校《苏轼诗集》，1162页。

> 既加臭味，亦厚宾客，前四后四，各用其一，少则美，多则恶。发挥其精神，又益于咀嚼。盖大匠无可弃之材，太平非一士之略。厥初贪味隽永，速化汤饼，乃至中夜，不眠耿耿，既作温齐，殊可屡歃，如以六经，济三尺法，虽有除治，与人安乐。宾至则煎，去则就榻，不游轩后之华胥，则化庄周之蝴蝶。[1]

由此可知，黄庭坚的煎茶里还加了胡桃和甘菊等物料，这怎么听着都有点黑暗料理的意思，但黄山谷似乎觉得味道不错，几碗下肚，就已经“庄周梦蝶”了。

第三部分，“我今倦游思故乡，不学南方与北方。铜铛得火蚯蚓叫，匙脚旋转秋荧光。何时茅檐归去炙背读文字，遣儿折取枯竹女煎汤”，写出了煎茶的妙处。

正如此诗开篇中所讲，尔虞我诈的官场将人折腾得病懒不堪，苏辙不由得萌生退隐之意，向往归乡过田园生活。他饮茶时既不学南方，亦不效北地，而是更倾心于煎茶法。您要问原因何在？自然是因为“煎茶旧法出西蜀”了。美不美，家乡水，亲不亲，故乡人，思乡的游子，怀念家乡的口味，是人之常情。

当然，苏辙此时舍点茶法而取煎茶法，也不只因思乡之情。正如扬之水先生指出的那样，煎茶与点茶之间，隐隐有着清与俗

① 刘琳、李勇先、王蓉贵校点《黄庭坚全集》，四川大学出版社，2001年，302页。

之别。在茶器具上，煎茶用的是铫子与风炉，点茶用的是汤瓶与燎炉，二者差别很大，铫子与风炉是复古的组合，汤瓶与燎炉是时尚的搭配。从这个角度看，享受煎茶的生活就更具有古意了。

另一方面，铫子与风炉更为轻巧便携，而且与燎炉用炭不同，风炉通常用更易取得的薪柴。正如唐代刘言史《与孟郊洛北野泉上煎茶》中所写："荧荧爨风铛，拾得坠巢薪。"[①]也如苏辙这首《和子瞻煎茶》中所说："遣儿折取枯竹女煎汤。"由于所用器具不同，煎茶与点茶适应的场景也不一样。点茶，多用于宴会及大型雅集；煎茶，多用于二三知己的小聚与清谈。因此从某种程度上看，点茶官气十足，煎茶更具山林野趣。此时的苏辙，被职场所困，自然就更向往煎茶了。

读了《和子瞻煎茶》后，可知"唐煎宋点"的概念不免片面，宋代茶事活动，既有点茶法，亦有煎茶法。文人也绝非只点不煎，或是只煎不点。宋代的煎茶与点茶，并非对立而是共处。饮茶方式的选择，既与饮什么茶有关，也与在哪里饮茶、与何人饮茶有关。

普洱六堡，不妨大壶闷泡；闽台乌龙，必须小壶细品。书房茶室，不妨常备若琛杯；办公室高铁站，那就得靠保温杯了。总而言之，喝茶是件灵活的事，既要因人而喝，也要因地制宜，更得因茶施教。

---

① 《全唐诗》卷四六八。

# 黄庭坚《双井茶送子瞻》

人间风日不到处，天上玉堂森宝书。
想见东坡旧居士，挥毫百斛泻明珠。
我家江南摘云腴，落硙霏霏雪不如。
为君唤起黄州梦，独载扁舟向五湖。[①]

## 一

如果把宋代文坛比喻成江湖，那苏东坡的地位，即是一代宗师。他的地位有多高呢？像黄庭坚、秦观、晁补之、张耒等人，皆是当时的青年才俊，可他们都心悦诚服地投身到苏门之下，时人称之为“苏门四学士”。后来又有人将陈师道以及李廌

---

①刘尚荣点校《黄庭坚诗集注》，中华书局，2003年，219页。

加上，并称为“苏门六君子”。

在苏门弟子当中，最有乃师风范的就是黄庭坚。这师徒二人，有三大共通之处。首先，二人诗词造诣都极精深。苏轼自不必说，黄庭坚后来也自立门户，开创了“江西诗派”。其次，二人书法艺术都极精绝。黄庭坚与苏轼相提并论，同列在“苏黄米蔡”四大家当中。第三，二人都极其醉心茶事。有证据吗？当然。我们看一位文人爱茶的程度，不妨数一数他创作茶诗的数量。苏轼一生写作涉茶之诗七十八首，远超他的前辈欧阳修、王安石，也胜过他的平辈曾巩、苏辙。而黄庭坚写作茶诗的数量，比苏轼还要多。

黄庭坚的一生写了多少首涉茶之诗呢？学界的统计数字不尽相同。20世纪90年代初，马舒先生曾说黄庭坚以茶为主题的诗有四十多首，其他涉及茶事者何止百首[①]？黄杰博士则认为，黄庭坚现存茶诗九十六首[②]。钱时霖先生统计的数字最多，认为黄氏有茶诗一百二十七首[③]。以上三组数字，均是以《全宋诗》为基础统计出来的。数量上之所以有出入，恐怕是个人对于茶诗的定义不完全一致所造成的。但不管怎么数，黄庭坚写作茶诗的数量都超过了苏轼，稳居北宋文人中的冠军宝座。顺便提

①《茶的历史与文化：90杭州国际茶文化研究会论文选集》，浙江摄影出版社，1991年，135页。

②黄杰著《两宋茶诗词与茶道》，浙江大学出版社，2021年，152页。

③钱时霖、姚国坤、高菊儿编《历代茶诗集成·宋金卷》，上海文化出版社，2016年，874页。

一句，北宋的文学作品中，除去茶诗也开始出现茶词。苏轼一生写了涉茶之词五首，有开风气之先的功绩。黄庭坚承继乃师，创作了十一首涉茶之词。

黄庭坚的茶诗数量众多，质量又如何呢？我们不妨就从这首《双井茶送子瞻》中领略一二吧！

## 二

黄庭坚一百多首茶诗，为什么偏偏选这首诗呢？因为此诗对于黄庭坚意义重大。首先，双井茶是他一生酷爱的佳茗；其次，苏子瞻（即苏轼）是他一生敬爱的师友。用双井茶送子瞻，就是将最喜爱的茶送给最敬爱的人。正如流行歌曲中唱的那样：特别的爱，给特别的你。这背后的故事，咱们慢慢聊。

黄庭坚，字鲁直，号山谷道人。洪州分宁（今江西修水）人。双井茶，就是他家乡的特产，也是他最爱的香茗。其实黄庭坚的文坛前辈欧阳修，就曾写过著名的茶诗《双井茶》，其中“长安富贵五侯家，一啜犹须三日夸”的句子，可说是对双井茶有极高的评价，简直可以直接拿来当广告词。但据说黄庭坚听到后，却对朋友说：“所寄欧阳文忠《双井》诗，词意未当双井之价，或恐非文忠所作。”[1]您瞧，人家都把双井茶夸成这样了，

①郑永晓整理《黄庭坚全集辑校编年》，江西人民出版社，2011年，976页。

黄庭坚还不满意呢，他觉得没夸到位，没夸痛快，没夸过瘾。由此可知，双井茶在黄庭坚心目中，地位实在太高了。

说清了黄庭坚与双井茶的关系，我们再来聊黄庭坚与苏子瞻的缘分。子瞻，就是苏东坡的字。古人写诗时称对方的表字，是一种尊重中带有亲近的感觉。洪炎编的黄庭坚诗集，开篇就是写给苏轼的《古诗二首上苏子瞻》。遍查整部诗集，黄庭坚写给苏轼或提及苏轼的诗多到不胜枚举，可见苏轼是黄庭坚人生中一位极其重要的人。

苏轼对于黄庭坚到底有多重要呢？我们还是回到黄庭坚的诗集中去寻找答案吧。黄庭坚的诗集，被分为《内集》和《外集》。《内集》中，专收他在三十四岁受到苏轼知遇之后所创作的诗歌，而较年轻时创作的诗歌或与儒家思想不太一致的诗歌，则一律收入《外集》当中。遇到苏轼简直就是黄庭坚人生的分水岭。因苏轼的提携，黄庭坚在诗坛中声名鹊起；因苏轼的点拨，黄庭坚在艺术上突飞猛进。黄庭坚对于苏轼的感情，恐怕正如《北国之春》中唱的那样：我衷心地感谢你，一番关怀和情意……如果没有你，给我鼓励和勇气，我的生命将会失去意义……

黄庭坚与苏轼，缘分真的不浅，他的舅舅李常曾是苏轼的老上司，他的岳父孙觉是苏轼的好友。宋神宗熙宁五年（1072），黄庭坚与苏轼建立了联系，但长期只是书信往还，真正见面是元祐元年（1086）末到元祐二年初的事情了。这时候，苏轼已经年过半百，黄庭坚也过了不惑之年。元祐二年的春天，黄庭坚把家乡刚寄来的双井新茶送给苏轼，并写下了这首《双井茶送子瞻》。

## 三

开篇的四句“人间风日不到处，天上玉堂森宝书。想见东坡旧居士，挥毫百斛泻明珠”，表露出黄庭坚对苏东坡的崇敬之情。

此诗写作之时，苏轼正在京师任翰林学士。这里所说的人间风日到不了的地方，便是对雅士名儒才得以入内的翰林院的美称。苏轼在翰林院，端坐的不是一般的厅堂，而是宛若仙境的玉堂；观看的不是一般的图书，而是琳琅满目的宝书。苏东坡在此文思如泉涌，挥毫泼墨如泻明珠。在黄庭坚眼中，苏轼不是朝廷的大学士，而是天上的文曲星。

黄庭坚写诗作文，活着的人里最崇拜苏轼，死了的人里最痴迷杜甫。他对杜诗的哪一点最醉心呢？黄庭坚说：“老杜作诗，退之作文，无一字无来处；盖后人读书少，故谓韩杜自作此语耳。古之为文章者，真能陶冶万物，虽取古人之陈言入于翰墨，如灵丹一粒，点铁成金也。”[1]

杜诗是否真的处处有来历呢？这倒不见得。但黄庭坚确实

---

①胡仔纂集、廖德明校点《苕溪渔隐丛话》，人民文学出版社，1962年，56页。

这样认为，也确实想学他这一点，所以历来读黄庭坚诗的人，都时刻提防着他那些看似平常的诗句里，埋伏着什么冷僻的典故。有人在读“人间风日不到处”一句时，愣是找出了《梁四公记》里“罗子春为梁武帝入龙洞求珠，得食如花药膏饴，食之香美，赍食至京师，得人间风日，乃坚如石，不可食”[1]的典故。这样牵强附会的注释，读诗的人就更糊涂了。其实读诗和品茶一样，不较真不解其味，太较真大煞风景。度，很重要。

接下来的四句“我家江南摘云腴，落硙霏霏雪不如。为君唤起黄州梦，独载扁舟向五湖”，显示出黄庭坚对家乡好茶的热爱之意。他眼中的双井茶，不是一般的树叶，而是富于仙气的灵腴。而这样的好茶，不能用碾，而要用硙。硙为何物？其实就是石磨。碾与硙，不都是碎茶的工具吗？但在黄庭坚眼里，二者可是大为不同。

纵观黄庭坚涉茶的诗文，凡说到建茶，一般仍用茶碾；但提及双井茶，那必然要配以茶硙。除这句“我家江南摘云腴，落硙霏霏雪不如”外，另一首《又戏为双井解嘲》中，也有“山芽落硙风回雪，曾为尚书破睡来”[2]的句子，在《与范长老》一信中，也特别提到“更分新双井去，计院中或有佳硙也”[3]。

---

①任渊、史容、史季温注《山谷集诗注》，《景印文渊阁四库全书》集部第五三册，台湾商务印书馆，1986年影印，84页。

②郑永晓整理《黄庭坚全集辑校编年》，413页。

③郑永晓整理《黄庭坚全集辑校编年》，1048页。

碾与硙，区别到底在哪里呢？硙的上部压力大，碎茶较为省力。北宋时，硙的使用还不甚普遍，黄庭坚算是先行者之一。到了南宋陆游的诗中，茶硙已经屡见不鲜了。南宋末年审安老人《茶具图赞》中，既有名为金法曹的茶碾，也有名为石转运的茶硙，也许当时两者并用，茶饼需又碾又磨吧。

“为君唤起黄州梦，独载扁舟向五湖”两句，黄庭坚为苏东坡勾起了一段回忆。黄州梦，到底是什么呢？此事说来话长。“乌台诗案”之后，苏轼被贬黄州。他将小城东面的荒坡命名为“东坡”，并在此建了“雪堂”，自耕自种，交友会客，丝毫没有被政敌的打压击垮。有一天，苏东坡与黄州的朋友们夜饮江上，醉了又醒，醒了再喝，不知不觉，酒局散场时已是夜里三更。苏东坡等人夜归，发现小家童早已鼾声如雷，怎么叫门都不来应答。苏东坡拄着手杖，静听江涛，乃作歌词，与朋友们大歌数过而散。词如下：

> 夜饮东坡醒复醉，归来仿佛三更。家童鼻息已雷鸣。敲门都不应，倚杖听江声。　　长恨此身非我有，何时忘却营营。夜阑风静縠纹平。小舟从此逝，江海寄余生。[1]

第二天，这首《临江仙》就在小城里传开了，而且是越传

---

① 刘石导读《苏轼词集》卷二，96页。

越邪乎。有人说苏轼真的找了一只小舟，顺水漂流离开黄州了。郡守徐君猷闻言大惊，怎么说苏轼也是犯官，在自己的管辖范围内跑了，那自己也要担责。于是徐大人赶紧跑到苏家查看，结果发现，苏东坡正在呼呼大睡呢。

黄庭坚写作这首茶诗时，苏轼已彻底平反昭雪，离开黄州小城，回到大宋都城，到底是福还是祸？摆脱犯官身份，当上翰林学士，到底是苦还是乐？黄庭坚借一份双井茶重提旧事，难不成此时的苏东坡还需要“江海寄余生”吗？

当然需要。

但苏轼所说的“江海寄余生”，不是真的要辞去工作抛下家人，自己去个荒岛上生活，那不是“江海寄余生”，那叫鲁滨逊漂流记。当年的徐君猷实在是多虑了，经过人生的起起伏伏，苏轼早已不是意气用事的书生了，怎么会动不动就出逃呢？那不是勇敢面对，而是消极躲避。

真正的江海寄余生，是忘却蝇营狗苟。

真正的江海寄余生，是安心喝一杯好茶，是安心睡一个好觉。

真正的江海寄余生，是在世事纷乱时，还能够身体倍儿棒吃嘛嘛香。

苏东坡，懂这个道理。

黄庭坚，更懂苏东坡。

# 陆游《临安春雨初霁》

世味年来薄似纱，谁令骑马客京华。
小楼一夜听春雨，深巷明朝卖杏花。
矮纸斜行闲作草，晴窗细乳戏分茶。
素衣莫起风尘叹，犹及清明可到家。[①]

## 一

若论写作茶诗的数量，唐代诗人中白居易是第一，宋代诗人里陆游为魁首。陆游本是高产的诗人，有“六十年间万首诗”的成就。据原浙江诗词学会名誉会长戴盟先生统计，在《剑南诗稿》中涉及茶的作品达到了二百多首。这样算起来，陆游写

①陆游著、钱仲联校注《剑南诗稿校注》，1347页。

作的茶诗数量是白居易的四倍多。

研究宋代茶事，不读陆游不行。

研究中国茶诗，不读陆游不行。

陆游，字务观，号放翁，越州山阴（今浙江绍兴）人。宋徽宗宣和七年（1125），他父亲携眷由水路赴京城，十月十七日，一个暴风雨的早晨，陆游诞生在淮河舟中。

关于陆游名与字的由来，有着一段有趣的故事。相传在他出生的前夕，陆母曾梦到北宋大词人秦观。大才子都来托梦，这岂不是说自己肚子里的孩子长大后也会才华横溢吗？因此陆游的父母，就在秦观表字“少游”中取了一个“游”字，作为自己儿子的大名了。这个故事真假难辨，但陆游在《题陈伯予主簿所藏秦少游像》一诗中也谈及此事，诗中写道：

> 晚生常恨不从公，忽拜英姿绘画中。
> 妄欲步趋端有意，我名公字正相同。[①]

由此可见，陆游对于自己与秦少游名字暗合一事，确实十分自豪。

陆游在诗歌上的成就，绝对不输给秦少游。他与同时期的

①陆游著、钱仲联校注《剑南诗稿校注》，3749页。

杨万里、范成大、尤袤齐名，并称“南宋四大家”。尤袤现存的诗很少，后人谈论得多的实际上就是陆、杨、范三家了。三人以陆游、范成大、杨万里的次序，于北宋最后三年内依次出生。他们既是同龄人，也是好朋友，但仕途发展却大相径庭。杨、范二人同于宋高宗绍兴二十四年（1154）中进士，顺利进入官场。范成大更是一度官居参知政事，算从文学词臣达到了宰执大臣的人生巅峰。只有陆游的宦海生涯，真可说一波三折，一直坎坷困顿。陆游到底遭遇了哪些困难？我们慢慢聊。

宋高宗绍兴二十三年（1153），二十九岁的陆游到当时南宋的首都杭州参加两浙转运司锁厅试。当时的主考官陈之茂很欣赏陆游的才华，准备将其取为本场第一名。就在“锁厅元”的帽子马上要砸在陆游脑袋上时，一场大祸正在悄悄逼近。原来秦桧的孙子秦埙也参加这次考试，秦桧当然想让自己的孙子当第一名，这就与主考官陈之茂发生了意见分歧。要说陈之茂还真是有骨气，最终愣是将秦埙压到第二，还是让陆游当了第一。您要以为事情就此结束了，那可就太低估秦桧了。等到礼部试时，秦桧竟授意考官黜落陆游，并找借口要治陈之茂的罪。说来也巧，秦桧不久后竟然去世了，陈之茂因此躲过一劫，但陆游却失去了由科举取得功名的机会。直到孝宗即位后，因陆游“力学有闻，言论剀切”，赐了他一个进士出身。这时的陆游已三十八岁，距离参加科举考试落榜已过了近十年。

此后的陆游，一直过着宦海漂泊的生活。巧合的是，他有几次外任的官职与茶有联系。第一次是在绍兴二十八年（1158），陆游三十四岁时被任命为福州宁德县主簿。如今白茶的主要产区福鼎，就在宁德的管辖范围之内。当然，南宋时那地方虽然产茶，可还没有白茶呢。淳熙五年（1178），陆游五十四岁时任提举福建路常平茶事，办公地点就在既出建茶也出建盏的建安。转过年来，陆游又调任提举江南西路常平茶盐公事，后来朝廷又拟定他做提举淮南东路常平茶盐公事，但最终在一些臣僚的反对下作罢。就在这一年，朱熹做了提举浙东常平茶盐公事。陆游很高兴，还写了一首《寄朱元晦提举》。

虽然都做过提举茶盐公事，但朱熹的茶诗很少，而陆游的茶诗极多。由此可见，影响文学创作的不光是经历，也是作者的性格使然。陆游为何如此爱茶？饮茶对于他坎坷的职场生活又有什么样的特殊意义呢？这些问题的答案，还要从陆游一生创作的二百余首茶诗中去寻找。在众多茶诗中，《临安春雨初霁》是较有名的一首，钱钟书先生在《宋诗选注》中也选了这首七律，可见此诗不只有茶学意义，也具有较高的文学价值。我们就沏一杯好茶，一起来品读这首《临安春雨初霁》吧。

## 二

话说北宋末年，徽、钦二帝被俘北去，一时间群龙无首。老将宗泽等人，拥立赵构即位于河南商丘，改元建炎，从此开始了南宋的统治。不久后金兵南下，赵构又奔到扬州，最后在临安（今浙江杭州）正式建立了朝廷。其实在南宋初年，很多大臣更倾向于定都建康（今江苏南京）。例如张浚就认为：“东南形势，莫如建康。人主居之，可以北望中原，常怀愤惕。至如钱塘，僻在一隅，易于安肆，不足以号召北方。”[①]而陆游也曾说：“江左自吴以来，未有舍建康他都者……车驾驻跸临安，出于权宜，本非定都。”[②]舍弃临安，定都建康，是南宋主战人士的一致主张。不仅张浚和陆游有此观点，像岳飞、李纲、胡铨等都持此观点。话自然是好话，怎奈不对赵构的心思，他更想偏安一隅，所以一直未迁都建康。

题目中的“临安”，点明这首茶诗是创作于南宋的都城。常年在外做官的陆游，为何要回到首都观雨呢？淳熙七年（1180），陆游被给事中赵汝愚参了一本，于淳熙八年（1181）卸职回家，投闲置散一待就是五年。直到淳熙十三年（1186），朝廷才又起用陆游知严州，这时的放翁已经六十二岁了。他需在受命后赶到临安觐见谢恩。陆游到达临安时正是春季，雨后初晴，风光淡沱，似真似幻，于是在临安城的客舍里，他写下了这首《临安春雨初霁》。

---

①《宋史》卷三百六十一。

②陆游《渭南文集》卷三，中华书局，1976年，2000页。

## 三

“世味年来薄似纱，谁令骑马客京华”两句，讲的是无奈。“世味”，指人世滋味，社会人情，也可大致理解为当官的情绪与兴味。“世味年来薄似纱”的潜台词，就是不想当官想回家。可是不但不能回家，还必须骑着马一路奔波，赶到京城谢主隆恩。陆游心里八成在说：我都六十二了，还得骑马客京华，我到底图点啥？

都说阴雨天让人悲伤，陆游是不是写诗这天因为下雨偶然心情低落呢？恐怕不是。后来他离开临安到任严州了，这种情绪反而表现得更为强烈了。他在《官居戏咏》这组诗中写下“说著功名即自羞，暮年世味转悠悠”“寂寞已无台省梦，诸公衮衮自飞腾”[①]等句子，可见情绪是低到了极点。这时陆游心中当官的兴味，怕是比十冲水后的铁观音茶汤还要淡呢。

为什么会如此呢？陆游一生的理想，是“上马击狂胡，下马草军书”[②]的生活。当年入蜀八载，只有乾道八年（1172）三月至十一月的一段生活与理想符合，但也不能算尽如人意。东归后，陆游还想参与军事，却又被迁往建州、抚州等地为官。在抚州任上刚刚有点政绩，又被弹劾回了家，一待就是五年。陆游这一次到严州为官，临行前，孝宗对他说了一段话：

---

①陆游著、钱仲联校注《剑南诗稿校注》，1389页。

②陆游著、钱仲联校注《剑南诗稿校注》，357页。

严陵山水胜处，职事之暇，可以赋咏自适。①

这时的宋孝宗早已无意恢复中原，并且把满腔报国热情的陆游当作只会歌咏风花雪月的文人看待，陆游又怎么能不寒心呢？

“小楼一夜听春雨，深巷明朝卖杏花”两句，讲的是闲情。正在陆游心情烦闷的时候，一场春雨悄无声息地下了起来。因为这场雨，路上的行人车辆少了，喧闹的城市安静了。因为这场雨，诗人不能出门办事了，恐怕也不会有人登门叨扰了。这时诗人突然发现，不大不小的春雨，击打着屋檐街道上，发出的声音竟有别样的韵律和情趣。天微微亮时，这场春雨似乎停了，巷子里传来了贩卖杏花的一声声叫卖。宋朝的遗老陈著在《本堂集》卷三十一中有一首七言古诗，题为《夜梦在旧京忽闻卖花声有感至于恸哭觉而泪满枕上因趁笔记之》。由此可见，陆游听到的杏花叫卖声，是南宋临安城的一道旖旎风光。

陆游这两句诗很妙，完全是从听觉的角度去描写春雨初霁的景象，这是今人很难做到的。并不是今人想不到这样写，而是根本听不到这样的声音。就拿叫卖来说，老北京称之为“货声儿”，真是一道亮丽的市井风光。我小时候见过一位叫臧鸿的老人，他整理挖掘了数百种老北京吆喝，还出版了光盘，人称“叫卖大王”。但那已经是把叫卖表演化了，真正的吆喝势

① 《宋史》卷三百九十五。

必要被淘汰。为什么呢？满大街呼啸而过的汽车，小商贩一条肉嗓子喊出的声音，谁能听得见啊。连叫卖声都听不见，又何况是雨声呢。现代人大都特别欣赏“小楼一夜听春雨”的状态，那是因为现代人忙忙碌碌，缺少闲情和闲心，使得这几乎成了不可能实现的理想化状态。2022年上海疫情期间，城市运行停摆，不少朋友都居家隔离了。有一位朋友兴奋地告诉大家，他第一次发现原来小区里有这么多种鸟，每一种的叫声都不同。您瞧，现代都市人要想来点听觉享受，恐怕必须在非常态化下才能有。

“矮纸斜行闲作草，晴窗细乳戏分茶”两句，讲的是闲适。在这样春雨绵绵的日子里，陆游准备做点闲事打发时间。今天的“分茶”，是指从公杯里给客人倒茶。宋代的“分茶”，指的则是点茶。“作草”，既不是种草坪，更不是制草鞋，而是写草书。分茶，是一种闲适生活的体现。这我们很容易理解。但草书似乎与优哉游哉的状态联系不上。我们今天总认为，龙飞凤舞的草书一定是忙里偷闲时一种省时省力的书写方法，但实际情况并非如此。据说草书大家张芝“下笔必为楷则，号‘匆匆不暇草书’”[1]。换言之，张芝繁忙时都写楷书，而并非草书。北宋流行两句谚语说：“信速不及草书，家贫不办素食。”[2]为什么

① 《晋书》卷三十六。

②杨亿口述、黄鉴笔录、宋庠整理《杨文公谈苑》，上海古籍出版社，1993年，123页。

会这样呢？因为草书看似凌乱简略，实际上比楷书还讲章法，需要时间琢磨。所以陆游在这里，才用了“闲作草”三个字。他在《乌夜啼》词中也说“弄笔斜行小草”，可见书写草书与点茶品茶一样，是陆游在空闲时才作的消遣。

“素衣莫起风尘叹，犹及清明可到家”两句，讲的是感悟。晋代陆机《为顾彦先赠妇》中，有“京洛多风尘，素衣化为缁”两句，意思是说京城里乌烟瘴气，待久了把诗人的品格都玷污了。本诗中“素衣莫起风尘叹”一句，显然用的是这个典故。陆游此番进京，真可以说是心灰意冷。最后两句似乎是在安慰自己，虽然京城的官场如此不堪，但忍一忍就过去了，八成清明节时就可以回家了吧？可见这时的陆游对官场已经没有什么留恋了。

“小楼一夜听春雨”，让陆游参悟到了许多。拼搏奋斗了几十年，朝局还是那个朝局，官场还是那个官场，而自己却早已不是那个自己了，当年是风华正茂的帅小伙，现如今是年过花甲的老头子了。几十年的职场打拼，到底让自己获得了什么呢？忙到最后，连喝喝茶写写字的时间都没有了。这样的生活，真的有意义吗？这时的陆游不想待在职场，只想回家，或者应该这样说，这样的陆游只想让自己的生活慢下来。怎么能让自己慢下来呢？陆游选择做两件事：写字和品茶。他发现，越认真写字，人的状态越能慢下来；越认真品茶，人的状态越能慢下来。反过来也可以说，越慢，字写得越漂亮；越慢，茶品得

矮紙斜行閑作草
晴窗細乳戲分茶

陆游《临安春雨初霁》（耿国华书）

## 临安春雨初霁

陆　游

世味年来薄似纱，谁令骑马客京华。

小楼一夜听春雨，深巷明朝卖杏花。

矮纸斜行闲作草，晴窗细乳戏分茶。

素衣莫起风尘叹，犹及清明可到家。

越美妙。

在临安的春雨里，陆游明白了一个道理：越慢，看到的越多；越慢，品到的越多；越慢，得到的也就越多。

# 陆游《啜茶示儿辈》

围坐团栾且勿哗，饭余共举此瓯茶。
粗知道义死无憾，已迫耄期生有涯。
小圃花光还满眼，高城漏鼓不停挝。
闲人一笑真当勉，小榼何妨问酒家。[1]

一

陆游是极有名气的诗人，前一篇已经介绍，此处不再多费笔墨。倒是这首茶诗的题目《啜茶示儿辈》，值得多说几句。诚然，大家对于其中“示儿”二字并不陌生，因为陆游写作的名篇《示儿》，早已选入中学语文课本，其中“王师北定中原日，

①陆游著、钱仲联校注《剑南诗稿校注》，上海古籍出版社，1985年，3880页。

家祭无忘告乃翁”的句子，可谓是众所周知。诗人心系天下的爱国情怀，每每令人动容。

然而，知道那首《示儿》的人很多，读过这首《啜茶示儿辈》的人却很少。前者写于南宋嘉定三年（1210），后者写于南宋开禧二年（1206），两首诗相隔不过四年，都属于陆游晚年的作品，我们不妨将这两首诗对照着读吧。

所谓“示儿”，可解释为向儿孙展示，也可引申理解为教育与警醒儿孙。名篇《示儿》中，所传递的自然是爱国情怀；茶诗《啜茶示儿辈》里，陆游又想传达什么样的人生智慧呢？

## 二

起首的两句：“围坐团栾且勿哗，饭余共举此瓯茶”，描述的是茶聚的开场。

所谓“团栾”，可直译为圆月，后用得多了，便也引申为团圆之意。清代纳兰性德的《塞上篇》，就有“问君何事轻离别，一年能几团栾月”的诗句。元代张养浩《普天乐》曲中，有“山妻稚子，团栾笑语，其乐无涯”的用法。

饭后一家人围坐，共饮香茶一盏，这样的团圆场景，如今常发生在爱茶人家中。既然是家庭闲聊，气氛自应当轻松些。又为何要求大家“且勿哗”呢？原来诗人有话要说。当年蔡国庆有首歌里唱道：“我们坐在高高的谷堆旁边，听妈妈讲那过去的事情。”在这首诗里，“谷堆”换成了“茶桌”，而“妈妈”换成了“爷爷”。

写作这首茶诗时，陆游已经是八十二岁高龄的老人了。正如庄子所说：“小知不及大知，小年不及大年。”[1]平台小，眼界小，知道的事情自然也就少。站得高看得远，就是这个道理。但问题不止于此，“小年”也比不了“大年”，活的时间长短，也决定心胸与见识。老人饱经沧桑，不经意间的闲话，也会流露出人生的哲理与经验。我每每与智慧的前辈长者聊天，感觉就跟在上课一样。这时候要是再来一杯好茶，那就聊得更嗨了。家庭茶聚之时，陆游老爷子要说些什么呢？我们接着往下看。

三四两句：“粗知道义死无憾，已迫耄期生有涯”，讲的是陆游的人生价值观。

陆游的身体本是十分康健，但随着年龄的增长，自然也要面临着生理机能的衰退。他七十九岁时，开始“目昏颇废观书”[2]；八十二岁，则是“似见不见目愈衰，欲堕不堕齿更危”[3]了。

到了耄耋之年的陆游，自然知道生命的无常与有限。儿孙问陆游：“回顾您的人生，什么是最值得骄傲的成就呢？”陆游笑答：“我不觉得自己是什么大诗人，至于当官从政更是一塌糊涂不值一提。唯有一点，我倒觉得自豪，那就是我起码算是一个

---

①王先谦撰、沈啸寰点校《庄子集解》，中华书局，1987年，2页。

②陆游著、钱仲联校注《剑南诗稿校注》，3198页。

③陆游著、钱仲联校注《剑南诗稿校注》，3771页。

‘粗知道义’的老头。”

陆游通过喝茶时的闲谈，向儿孙传递着自己的价值观。人生在世，不一定要做到出人头地，但一定要粗知道义。明道理，晓大义，知道做人做事要有所为有所不为，这样的一生，才是值得骄傲的。虽然《啜茶示儿辈》是茶诗，但是也传递出了陆游“行正道重大义”的思想。从这一点上看，这首茶诗的立意，并不输给更为著名的《示儿》。

五六两句：“小圃花光还满眼，高城漏鼓不停挝”，讲的是易逝的光阴。

“挝”，音同抓，是击打的意思。园圃中的鲜花，绽放得耀眼夺目。城楼的更鼓，敲打得咚咚作响。光华绚烂的花朵，暗示着欣欣向荣的生命，也可理解为风光无限的生活吧？不停敲打的更鼓，则代表着匆匆流逝的生命。正如清屈复《偶然作》中所说：百金买骏马，千金买美人，万金买高爵，何处买青春。面对千金难买却又不停流逝的青春，陆游对儿孙提出了什么建议呢？

七八两句：“闲人一笑真当勉，小榼何妨问酒家”，给的是人生的答案。

陆游教育儿孙，不妨多向“闲人”看齐，但要注意，学习的对象不是“贤达之人”而是“闲散之人”。陆游在政治上是主战派，在朝廷一直得不到重用。从南宋绍熙元年（1190）至嘉泰元年（1201）的十余年间，陆游一直住在山阴过着田园生活，超然于冗杂的政务之外，自得生活的乐趣。

在陆游看来，既然不能做“达则兼济天下”的贤人，不妨就做一个“穷则独善其身”的闲人。做贤人须有超能力，做闲人得有大智慧。闲与忙，是反义词。时至今日，我们还经常会以“大忙人”一词夸赞别人，有时也会把“忙点儿好”当作口头禅。可殊不知，忙者，心亡也。心都亡了，身体能健康的了吗？心态能平和的了吗？可回过头来看，牺牲了身心而去忙活的那点事，真的有意义吗？我们总说，忙过了这一阵，得好好歇歇了；或者说，挣够了多少钱，我就退休了。但是，事真的忙得完吗？钱真的挣得够吗？正如《西游记·讥世人》中所说：

争名夺利几时休？早起迟眠不自由！
骑着驴骡思骏马，官居宰相望王侯。

钱是挣不完的，官是当不够的，如果总是追名逐利，我们可能真是会一直忙到心亡了。这些年，我们从不缺少对“忙”的追求，却一直缺少对“闲”的教育。我们在让孩子学习数理化、外语、编程的同时，不妨也教他们喝茶、练字和唱歌。别到最后，孩子只会做忙人，不会做闲人。陆游在晚年，能明确鼓励儿孙做闲人，真是了不起的智慧，值得今人学习和借鉴。

《示儿》中的“王师北定中原日，家祭无忘告乃翁”，像是陆游写给世人的教科书。《啜茶示儿辈》中的“闲人一笑真当勉，小榼何妨问酒家”，则是陆游写给儿孙的体己话。

当然，陆游留给儿孙的财富，不只有智慧的警语，更有饮茶的家风。就在写作茶诗《啜茶示儿辈》的第二年，陆游写作了一首《八十三吟》。虽然诗名中不带茶字，却可算是陆游晚年茶诗中的精品，特抄录如下，以飨爱茶之人：

石帆山下白头人，八十三回见早春。
自爱安闲忘寂寞，天将强健报清贫。
枯桐已爨宁求识？弊帚当捐却自珍。
桑苎家风君勿笑，他年犹得作茶神。

开篇提到的“石帆山”，对于陆游有着特殊的意义。据《嘉泰会稽志》记载：

石帆山，在县东一十五里。旧经引夏侯曾先《地志》云：“射的山北石壁高数十丈，中央少纡，状如张帆，下有文石如鹞，一名石帆。”

因是家乡的名胜，陆游对其颇有感情，像《雨中宿石帆山下民家》《赠石帆老人》等多首诗中，都有提及这座名山。写作这首《八十三吟》时，陆游已经是耄耋老人了，这“石帆山下白头人”，说的便是诗人自已了。

冬去春来，物候更迭，陆游已经看了八十三回。总结自己的一生，又有什么可以分享给儿孙后辈的话呢？想来想去，似乎就只有“自爱安闲忘寂寞”一句了。只要心态好，少些功名利禄又怕什么呢？没有珍馐美味，咱们就粗茶淡饭；没有骏马豪车，咱们就安步当车。结果怎么样？粗茶淡饭不得“三高”，安步当车锻炼身体。看起来老天爷是公平的，总是会“天将强健报清贫”！这里“自爱安闲忘寂寞”一句，又正与茶诗《啜茶示儿辈》中“闲人一笑真当勉”的心态相合。我们不妨将《八十三吟》，视作《啜茶示儿辈》的续篇来读，以便更好地参悟陆游的人生智慧。

后面的两句，则是连用了两则典故。

“枯桐已爨宁求识”一句，典出《后汉书·蔡邕传》：“吴人有烧桐以爨者，邕闻火烈之声，知其良木，因请而裁为琴，果有美音，而其尾犹焦，故时人名曰‘焦尾琴’焉。”陆游将自己比喻成那燃烧殆尽的枯桐，却已不盼着出人头地了。活了八十三岁，名利与健康孰轻孰重，老爷子拎得清。

“弊帚当捐却自珍”一句，典出《东观汉记·光武帝纪》：“一旦放兵纵火，闻之可为酸鼻。家有敝帚，享之千金。”后人将“敝帚自珍”作为成语，比喻自己的东西即使不好也格外珍惜。

老爷子珍惜的到底是什么呢？原来是桑苎家风。据《新唐书》卷一九六《陆羽传》载：

上元初，更隐苕溪，自称桑苎翁，阖门著书。

陆游倾慕陆羽，又恰巧与茶圣同姓，因此他曾在诗中多次提及“桑苎”二字，譬如《自咏》中有“曾著《杞菊赋》，自名桑苎翁”一句，《过武连县北柳池安国院煮泉，试日铸、顾渚茶，院有二泉，皆甘寒，传云唐僖宗幸蜀，在道不豫，至此饮泉而愈，赐名报国灵泉云》中有“我是江南桑苎家，汲泉闲品故园茶”一句，《同何元立、蔡肩吾至东丁院汲泉煮茶》中则说：“一州佳处尽裴回，惟有东丁院未来。身是江南老桑苎，诸君小住共茶杯。”

陆羽的《茶经》，是陆游经常读的书，他在《书况》中说“琴谱从僧借，茶经与客论”，《雨晴》里有“孰知倦客萧然意，《水品》《茶经》手自携”，《戏书燕几》中有“《水品》《茶经》常在手，前身疑是竟陵翁”的诗句。《野意》中“《茶经》每向僧窗读，菰米仍于野艇炊”一句，表明陆游即使在远客他乡成都时，《茶经》也是身边常备的书籍。

《宋史》中称陆游卒于南宋嘉定二年（1209），享年八十五岁。钱大昕在《陆放翁年谱》中，根据《直斋书录解题》考证出陆游卒于南宋嘉定三年（1210），享年八十六岁。无论如何，在“人生七十古来稀”的中国古代，陆游绝对算得上是一位长寿老人。陆游的康健与寿高，与他所倡导的“桑苎家风”有着极为密切的关系。

什么是“桑苎家风”呢？

中国古人很早就认识到了茶的保健功效。自唐代《新修本草》开始，中国的医书中必要将茶收录其中。浙江中医药大学的林乾良教授，在20世纪80年代首次提出了“茶疗”的观点。陆游一生保持的饮茶习惯，对于他的健康长寿有着积极的影响，

茶对于人的益处，不止于强身健体，更在于疗愈心性。“自爱安闲忘寂寞，天将强健报清贫。枯桐已爨宁求识，弊帚当捐却自珍”，这里面句句讲的都是心态。积极健康的心态，才是健康长寿的秘诀。我们饮到一杯好茶，经常说是身心愉悦。身体的舒爽，归因于茶的物质作用；心情的愉悦，归功于茶的精神效力。换句话说，茶汤的厉害之处，就是对人身心的全方位滋养。

桑苎家风，既是个人独处时“自爱安闲忘寂寞”的心态。

桑苎家风，也是亲友团聚时“饭余共举此瓯茶”的温馨。

一杯茶，让静思独处开朗豁达。

一杯茶，让亲友欢聚融洽温馨。

桑苎家风长存，自是福寿康宁。

# 范成大《四时田园杂兴六十首》(其一)

蝴蝶双双入菜花，日长无客到田家。

鸡飞过篱犬吠窦，知有行商来买茶。[①]

## 一

唐宋茶诗当中，涉及买卖茶叶主题的诗词特别少。为什么呢？一方面，沾钱难免市侩，就与风雅离得远了，文人墨客都不愿意写；另一方面，买卖这事儿，文人很少亲力亲为，所以根本不熟悉，就是想写也写不好。可是还真有一位大诗人，创作了一首涉及茶叶交易的茶诗，为我们研究宋代茶叶的流通提供了宝贵资料。这位大诗人是谁呢？他就是范成大。

---

①范成大《石湖居士诗集》，上海古籍出版社，1981年，373页。

范成大，字致能（也有说字至能），吴郡吴县（今江苏苏州）人。他晚年居于苏州石湖别墅之地，自号石湖居士，故也称他为范石湖。范成大生于北宋钦宗靖康元年（1126）六月初四日，比陆游小一岁，比杨万里大一岁。关于他的家世情况，可谓众说纷纭。有人说他是范蠡之后人、范仲淹的族孙，即使这是真的，到了范成大这辈人，估计也只能算是非常疏远的同宗了。可范成大的母亲出身确实不凡，是北宋名臣蔡襄的孙女。由此可见，范家不会是一般的士族，不然又怎么能迎娶到名门之女呢。范成大的父亲范雩，北宋宣和六年进士，官至左奉议郎、秘书郎。范成大于南宋绍兴二十四年（1154）顺利考中进士，时年二十九岁。

在同时代的几位大诗人当中，范成大仕途成就最高。他于南宋淳熙五年（1178），除权吏部尚书，拜参知政事。这是他由文学词臣走到了宰执大臣的仕宦高峰。但这时他与孝宗的政见已有分歧，所以范成大的参知政事仅做了两个月而已。

说到范成大的落职，就要讲一个与今天这首茶诗相关的故事了。宋孝宗为什么不想让范成大当宰执了呢？据说理由是范成大这个人“不知稼穑之艰”[1]。什么意思呢？就是说他不了解农村工作。中国是农业大国，不懂“三农”问题，怎么能当宰相呢？范成大一听，气不打一处来，于是就以农村生活为题写了

①丁传靖辑《宋人轶事汇编》，中华书局，1981年，923页。

一组共六十首的《四时田园杂兴》。咱们今天赏析的这首茶诗，就是其中之一。

这个故事是不是真的？谁也说不好，谁也不好说。假设这真是宋孝宗罢免范成大的理由，那这位皇帝一定没仔细研究过范成大的诗。其实范成大很早就开始创作农村题材的作品了。例如他写道："不知忧稼穑，但解加餐饭。遥怜老农苦，敢厌游子倦。"[①]这里不仅有对农民的体恤，也有身为知识阶层的自惭与反省。

甭管《四时田园杂兴》是不是写给宋孝宗看的，但这组诗确实征服了千千万万的读者。诚如周汝昌先生所说，这六十首诗是范成大享盛名、定身价的代表作。正因如此，范成大成了后世公认的田园诗人。

范成大的《四时田园杂兴》组诗，是中国古代田园诗的集大成者。"兴"，音同幸。"杂兴"，即有感而发，随事吟咏的诗。诗人以自己对江南农村的仔细观察和亲切感受，用轻灵的笔触、明畅的语言，描绘了一年四季的景物变化和农民们的生活、劳动和风俗。这组诗写得很美，写得很细，被今人誉为12世纪中国江南农村的风俗画。范成大长期生活在南方，田园生活里自然少不了茶；又因是田园生活，茶事自然不同于书斋里的阳春白雪，而是带上了世俗的烟火气，这正是这首茶诗的难得之处。

---

① 范成大《石湖居士诗集》，23页。

## 二

“蝴蝶双双入菜花”一句，明确点出了时令。范成大的《四时田园杂兴》组诗，实际并非四个部分而是五个部分，即春日、晚春、夏日、秋日和冬日，每部分十二首，共为六十首。这里讲的这首茶诗，来自《晚春田园杂兴十二绝》之中。油菜花开，遍地金黄，蝴蝶成双成对在花间飞舞，这是典型的晚春田园风光。晚春时节，会有什么样的茶事发生呢？我们接着往下读。

“日长无客到田家”一句，写出了农村的实际情况。晚春的村庄，似乎十分寂静。白日渐长，却整天没客人到来。我们知道，农村生活单调，串门聊天是最大的消遣。可是天气这么好的晚春里，为什么反而这样冷清呢？这时我们再反观首句，蝴蝶优哉游哉地在菜花中飞舞，一下子就把周遭环境衬托得更静了。读者不禁要问，农民们都去哪儿了呢？

原来农村的晚春，是相当繁忙的季节。比范成大稍晚些的南宋诗人翁卷，在《乡村四月》一诗中写道：

> 绿遍山原白满川，子规声里雨如烟。
> 乡村四月闲人少，才了蚕桑又插田。[①]

---

①《全宋诗》卷二六七三。

春末夏初，正是农忙之时，村民们刚结束了养蚕收茧的紧张劳动，又开始忙活着下田插秧了，所以晚春的农村，自然不会有什么串门的客人了。

正在这时候，安静被打破了。什么叫“鸡飞过篱犬吠窦”呢？其实就是我们俗话说的鸡飞狗叫。怎么突然这么热闹呢？一定是有人来了。那是谁来了呢？接下来作者明确地回答：“知有行商来买茶。”请注意，这里可没有主人出门迎客的镜头。那么，主人连门都没出，怎么知道是买茶的客商来了呢？

您可别忘了，这里是远离城市的山村，环境闭塞人烟稀少。偶尔来个串门的客人，都是房前屋后的邻居。既然是熟人，自然鸡犬也不会大惊小怪。如今鸡犬躁动，便可以推测是来了生人。春末夏初，估计就是来买茶的。“鸡飞过篱犬吠窦，知有行商来买茶”两句，看似轻描淡写，却把山村生活写得活灵活现。一般的文人雅士写不了这样鲜活的句子，这正是范成大了不起的地方。

其实最后“知有行商来买茶”一句，文本上历来存在争议。例如《宋诗钞》作“卖茶”而非“买茶”；钱钟书《宋诗选注》也依了《宋诗钞》的这个版本。那么行商来山村，到底是买茶还是卖茶呢？范成大《夔州竹枝歌》中写道：

白头老媪簪红花，黑头女娘三髻丫。

背上儿眠上山去，采桑已闲当采茶。[1]

采桑的时节刚忙过去，采茶的时节又到了。农业生产的节奏，不是老板安排，而是老天安排。老板还能沟通，老天可没得商量。农谚里“人误地一时，地误人一年”就是这个道理。我们都知道，古代茶叶以细嫩为贵，可天气回暖，茶芽一个劲儿地猛窜，眼瞧着就要粗老了。为了与时间赛跑，只能是全家老少齐上阵，连小媳妇和老婆婆都忙活着采茶，家中的小孩子没人照顾，只能背在身上。这首小诗为我们展现出南宋山村采茶的景象，也表现出采茶人的辛劳。

由此可知，采茶制茶应与采桑养蚕一样，是当时南方农村较为普遍的副业，茶是南方农村用来换钱的营生，自然不会再为此事花钱，所以《宋诗钞》应是误将“买茶”写成了“卖茶”。毕竟，卖茶还是要去城镇，乡村是没有生意的。精明的商人，不会犯这样的错误。

接下来还有一个问题，为何是山民等着行商来收茶，而不是自己拿出去卖呢？您看现在就有不少茶农自产自销，人家的口号特别吸引人：没有中间商赚差价。这种产销一体化的模式确实不错，可宋代的茶农却是想都不敢想。北宋自开国始，就施行了榷茶制度。什么是榷茶呢？其实就是茶叶专卖制度。这

---

①范成大《石湖居士诗集》，220页。

实际上是一种茶叶税制，只是税金不明说，而是寓税于其中了。

榷茶制度，是对茶商和茶农的双向管控。茶商，不能直接向茶农收购，而是要先向朝廷购买茶引，然后再按照茶引标明的额度去收茶。茶农，也不允许自己买卖茶叶，而是要向朝廷指定的机构或商家出售。违反榷茶制度，就是贩卖私茶，那可是重罪。所以诗中的农家，是在家中坐等茶商收茶，而不是挑着茶叶进城去卖。范成大的一首七绝，将南宋的榷茶制度生动地反映出来，这是此诗文学意义之外的茶学价值。

但范成大的这首二十八个字的七绝，对于农家茶事也有言之未尽的地方。明代初年的诗人高启写过一首农民卖茶的《采茶词》，倒是可为范成大这首小诗做个注脚，其文如下：

雷过溪山碧云暖，幽丛半吐枪旗短。
银钗女儿相应歌，筐中摘得谁最多。
归来清香犹在手，高品先将呈太守。
竹炉新焙未得尝，笼盛贩与湖南商。
山家不解种禾黍，衣食年年在春雨。①

付出了这么辛苦的劳动，采茶人却没有机会享受上等香茗。那最为上等的“高品”茶，要呈送给养尊处优的达官显贵来尝

①高启《高太史大全集》卷二,《四部丛刊》初编，商务印书馆，1929年影印。

鲜。那些官僚喝茶是否给钱呢？诗中没有提及，我们也不好揣测，但想必是类似《卖炭翁》中“半匹红纱一丈绫，系向牛头充炭直”[①]的做法。面对官府的巧取豪夺，采茶人只能逆来顺受。

好不容易打发走了官府中人，赶紧忙活着生火焙茶。这次制好的新茶，还是轮不到自己享受，都要卖给前来收购茶叶的商人。为何不自己留下半斤慢慢喝？确实舍不得。适宜生长茶树的地方，多是山林坑涧，那些地方虽能出好茶，却根本没法种植粮食作物。所以与一般农家栽种“禾黍”不同，茶农一年的生计都压在这小小的树叶上了，制成的好茶，哪里舍得自己享用，自然要都卖出去才好。

我在广东省潮州市凤凰镇访茶时，接触了许多年长的茶农。据这些老人回忆，三四十年前，上等的凤凰单丛或是浪菜、水仙，都要卖给国家的茶叶收购站，自己只喝精制茶叶时挑剩下的粗老叶片。有谁硬性规定不许茶农喝好茶吗？并没有。只是自己真的不舍得。高启最后一句“衣食年年在春雨”，道出了茶农的艰辛处境。

正所谓：谁知盘中餐，粒粒皆辛苦。

其实要珍惜的不光是一餐一饭，还有那一盏香茶。

---

①谢思炜校注《白居易诗集校注》，中华书局，2006年，393页。

# 杨万里《澹庵坐上观显上人分茶》

分茶何似煎茶好，煎茶不似分茶巧。
蒸水老禅弄泉手，隆兴元春新玉爪。
二者相遭兔瓯面，怪怪奇奇真善幻。
纷如擘絮行太空，影落寒江能万变。
银瓶首下仍尻高，注汤作字势嫖姚。
不须更师屋漏法，只问此瓶当响答。
紫微仙人乌角巾，唤我起看清风生。
京尘满袖思一洗，病眼生花得再明。
汉鼎难调要公理，策勋茗碗非公事。
不如回施与寒儒，归续茶经传衲子。[①]

①杨万里《诚斋集》卷二。

## 一

提起杨万里，可能有些人会感到陌生，但要是念出“小荷才露尖尖角，早有蜻蜓立上头”[①]两句，大家就会感到无比亲切了吧？这两句脍炙人口的诗，就是出自杨万里的七绝《小池》，这首诗曾入选小学课本。

其实大诗人杨万里，也是一位创作过六十余首茶诗的爱茶人。在解读今天这首茶诗前，我们不妨重新认识一下这位著名的南宋诗人。杨万里，字廷秀，号诚斋野客，所以也被称为杨诚斋。他是吉州吉水人，生于南宋建炎元年（1127），比陆游小两岁，比范成大小一岁。他祖上没有人做官，家世可以说得上清寒。

“南宋四大家”之一的杨万里，曾提举广东常平茶盐，掌管岭南一带的茶政。不知道是不是受到这段工作经历的影响，他的一生可谓离不开茶。关于杨诚斋对茶的感情，我们可以从他众多的茶诗中窥见一二。例如《食蒸饼作》中有“须臾放箸付一莞，急唤龙团分蟹眼”两句，说诗人吃完饭就要喝茶；又如《过平望》中有“午睡起来情绪恶，急呼蟹眼瀹龙芽”两句，说诗人睡醒午觉也要喝茶；再如《秋圃》一诗中，有“连宵眠不着，犹自爱新茶”的句子，您瞧，新茶来了熬夜也要尝尝，杨万里

①杨万里《诚斋集》卷七。

是够爱茶了吧？

杨万里一生写作涉茶之诗六十一首，不论是数量还是质量，在两宋文人中都可圈可点。他的茶诗不仅有较高的文学欣赏价值，也为后人研究宋代茶史提供了珍贵的史料。例如这首《澹庵坐上观显上人分茶》中，杨万里为我们详细记述了一种宋代独特的饮茶方式——分茶。诸位不禁要问：到底什么是分茶？又该如何分茶呢？您别急，咱们慢慢聊。

宋人分茶，今人饮茶时也分茶，但古今的分茶可是两套完全不同的动作。今人分茶，离不开一种叫公杯的茶器，具体而言，泡茶人先将泡茶器中的茶汤倒入公杯里，使内中物质充分融合；随后，泡茶人再执公杯，为饮茶者分别斟茶。这样人人饮到的茶汤口感一致，绝不会厚此薄彼，所以公杯也叫公道杯，又可称为匀杯，都是赞其有分茶均匀之功。那么宋人又是如何分茶的呢？这要从宋代不同于今日的饮茶方式说起。

我们都知道，唐代流行煎茶，宋代重视点茶。所谓煎茶，是将碾碎且筛分后的茶末，直接投入滚汤中煎煮。所谓点茶，是先炙盏，然后舀取茶末，在盏中调作膏状，接下来操作者一手执汤瓶倒水冲点，一手以银质茶匙或竹制茶筅在盏中不断搅动。由于宋代点茶是先预分茶末，然后再分别调膏，最后分别冲点，所有动作都是分别进行，所以就有了分茶之称。

今天我们常说泡茶或沏茶，宋人却常说分茶或点茶。正如泡茶与沏茶意思相同一样，分茶与点茶也几乎是一回事。例如陆游《临安春雨初霁》“矮纸斜行闲作草，晴窗细乳戏分茶”两句中，分茶即是点茶之意，“戏分茶”就是悠闲地点茶。有学者解释分茶时，罗列了各家不同解释十多条，让读者越看越迷糊，其实这是简单问题复杂化了。对于今天的爱茶人来说，只需知道在绝大部分情况下分茶与点茶是同义词就可以了。

既然说是“绝大部分情况下”，那岂不是还有特例？没错。有的时候，分茶又特指有相当水平的宋代茶艺——茶百戏。而这个特例，在杨万里的这首《澹庵坐上观显上人分茶》当中就有体现。

## 二

“澹庵”，不是一座庵观寺院，而是人名。胡铨，字邦衡，号澹庵，吉州庐陵（今江西吉安）人。他于南宋高宗建炎二年（1128）中进士，授抚州军事判官，绍兴七年（1137）任枢密院编修官，与杨万里同殿称臣。所谓“澹庵坐上”，就是在胡府做客的意思。

“显上人”，又是何许人呢？与杨万里同为“南宋四大家”之一的范成大，曾写有《净慈显老为众行化且示余所写真戏题五绝就作画赞》《寄题西湖并送净慈显老》等诗，其中《寄题西湖并送净慈显老》（其三）涉及茶事，其诗曰：

中秋月了又黄花，卯后新醅午后茶。

别没工夫谭不二，文殊休更问毗耶。[1]

这位与范成大颇有艺缘茶事的杭州净慈寺显老，会不会就是杨万里诗中的“显上人”呢？极有可能是。原因如下：第一，范成大与杨万里只差一岁，是同龄人加好朋友。第二，两人都长期在南宋的都城杭州生活，故此他们的朋友圈一定有很多交集。范成大笔下的“净慈显老”，很可能就是杨万里遇到的老禅师“显上人”。

当然，这只是笔者的大胆推测，仅供诸位读者参考。

## 三

第一部分，“分茶何似煎茶好，煎茶不似分茶巧。蒸水老禅弄泉手，隆兴元春新玉爪”，是这次观演前的介绍。

现如今提起宋代饮茶方式必说点茶法，其实作为唐代遗风的煎茶法，在两宋仍然流行。例如北宋苏轼的《试院煎茶》里，就有“君不见昔时李生好客手自煎，贵从活火发新泉。又不见今时潞公煎茶学西蜀，定州花瓷琢红玉”。前句中的“李生”，即李约，是唐人；后句中的“潞公”，即文彦博，是宋人。可见，

①范成大《石湖居士诗集》，424页。

唐代的煎茶到了宋代并未失传，仍是当时士大夫阶层的流行饮茶法。其实任何一个时代，都是多种饮茶法并行。如今不也是既可以沏茶，还可以煮茶，偶尔不妨再玩个冷泡茶。不同的饮茶方式之间，不仅不矛盾，还可以互为补充，都是为了变着法子地享受茶中之趣。

不同的饮茶方式之间，是否有贵贱优劣之别呢？这样的问题，其实不好回答。我在北京人民广播电台讲茶的那些年，就常常被问：您看到底是泡茶好还是煮茶好？我每次回答时都格外谨慎，生怕一不留神，就得罪了一批人。作为展示者的显上人，可能也问了诚斋同样的问题："杨施主，您看煎茶与分茶，孰高孰低呢？"杨万里不愧是大诗人，回答这种问题太有语言艺术了。他怎么答的呢？杨诚斋说：煎茶与分茶，各有各的妙处。煎茶比分茶好，分茶比煎茶巧。那么我们不禁要追问：煎茶怎么个好法？分茶又怎么个巧法？杨万里没有点透，咱们就先卖个关子。等到这首茶诗拆解完了，您自然就明白了。

新茶与好水均已备妥，显上人的分茶表演即将拉开序幕。

第二部分，"二者相遭兔瓯面，怪怪奇奇真善幻。纷如擘絮行太空，影落寒江能万变"，描述了显上人分茶技艺的绝妙。

由此我们明确得知，杨万里这首诗中的分茶，即是特指茶百戏。到底什么是茶百戏呢？五代陶穀《清异录·茗荈门》中的"茶百戏"条，详细记载了这项技艺的操作方式，原文如下：

> 茶至唐始盛，近世有下汤运匕，别施妙诀，使汤纹水脉成物象者。禽兽虫鱼花草之属，纤巧如画，但须臾即就散灭，此茶之变也。时人谓之“茶百戏”。[1]

这段文字有点简略，我们再来看《清异录·茗荈门》“生成盏”条中的记载：

> 馔茶而幻出物象于汤面者，茶匠通神之艺也。沙门福全，生于金乡，长于茶海，能注汤幻茶成一句诗，并点四瓯，共一绝句，泛乎汤表，小小物类，唾手办耳。檀越日造门求观汤戏，全自咏曰：“生成盏里水丹青，巧画工夫学不成。却笑当时陆鸿渐，煎茶赢得好名声。”[2]

由此可见，茶百戏、生成盏与汤戏其实都是一回事。高手可以利用汤纹水脉，形成花鸟鱼虫飞禽走兽等各种图案，由于宛若在茶汤中作画，所以便有了“水丹青”的说法。

这项技艺，以点茶法为基础，具体而言，就是操作者先磨粉调汤，再用滚烫的热水冲击茶粉，就在沸水点茶之际，另一只手持茶筅搅拌击打茶汤，最终茶粉与沸水交融，泛起厚厚的、软软的、白白的、密密的、像云朵一样层层叠叠的泡沫。

---

① 陶穀撰、孔一点校《清异录　江淮异人录》，上海古籍出版社，2012年，103页。

② 陶穀撰、孔一点校《清异录　江淮异人录》，102页。

一边往茶盏中注入热水，一边用茶匙迅速击打搅拌茶汤，这本是宋代点茶的基本操作。而福全这样的高手，搅拌力度巧妙，时机拿捏得当，茶汤表面就形成了精美的纹路，再经过艺术化的处理，就有了“禽兽虫鱼花草”等各种花样，也就是杨万里诗中“怪怪奇奇真善幻”的景象。想在茶汤表面作画，要以极为熟练的点茶技艺为基础，绝非速成之事，不下一些功夫，根本无法掌握。像《清异录》中能在茶碗中点字作诗的福全和尚，绝对算是顶级高手了。当然，显上人也很厉害，他击打出的茶汤，一会儿如撕碎的棉絮飘在空中，一会儿又像万物的倒影显现在江心，光怪陆离，如梦似幻。

第三部分，“银瓶首下仍尻高，注汤作字势嫖姚。不须更师屋漏法，只问此瓶当响答”，说的是施展茶百戏时的手法。

很多人将宋代茶百戏与今天的咖啡拉花相提并论。我向一位咖啡师请教后才明白，所谓的咖啡拉花，实际上与咖啡关系不大。店员要以全脂牛奶为原料，先打好绵密适当的奶泡，再快速推在咖啡液体表面。由于二者的密度不同，所以短时间内不会相融。只要奶泡稠密，手法利落，漂亮的花纹就可以浮在咖啡上。

但有一点两者确实相同，那就是操作者手法必须要稳。咖啡拉花，讲究行云流水，一气呵成；茶百戏的水流，也必须要水量一致，流速均匀。杨万里在诗中说道，有了显上人水中分茶的执壶，负责打更计时的师傅都可以下班了。这当然是夸张的写法，但说明分茶人汤瓶中的水滴，要像计时器漏壶一样稳当，前后之间，分毫不差。

第四部分，“紫微仙人乌角巾，唤我起看清风生。京尘满袖思一洗，病眼生花得再明”，就全是夸赞这碗茶饮下后的妙处了。飘飘欲仙，病眼再明，这哪里是茶汤，简直是仙丹妙药。

第五部分，“汉鼎难调要公理，策勋茗碗非公事。不如回施与寒儒，归续茶经传衲子”，是说诗人的志趣。“汉鼎”，汉代的鼎，代指权力。“汉鼎难调”，是说官场险恶举步维艰。“茗碗”，就是茶碗，代指茶事。“策勋茗碗”，是说著述茶书。一个“要公理”，一个“非公事”，诗人志趣如何已是不言而喻了吧。杨万里在最后甚至半开玩笑地说：显上人不如将其传给我这个寒儒吧，我回去好好续写《茶经》，将其用文字记载下来，以后可以再传给佛门弟子。

杨万里是否拜师学艺，我们不得而知，但欣赏完显上人的表演，我们确实感受到了分茶之巧。这里的巧，既是描述视觉效果上的奇巧，也是称赞操作过程的灵巧。相比之下，只是“咕嘟咕嘟”一通煮的煎茶，的确缺少观赏性。“煎茶不似分茶巧”，所言非虚。那么，“分茶何似煎茶好”一句，又是什么意思呢？

要解答这个问题，还是要回到茶百戏的原理上来。沙门福全也好，显上人也罢，之所以能够在茶碗上作出亦真亦幻的诗文图画，都有赖于一种叫作茶皂素的物质。如果按科学的表述，这是一种比较复杂的苷类化合物。因其水溶液振荡时，能产生持久性的似肥皂溶液样的泡沫，故有皂苷之名。说通俗点吧，茶皂素就是如今我们沏茶时常能看到的那层沫子。陆羽《茶经》中提到的“沫饽”，说的也是它。茶皂素，味苦而辛辣，可以增加茶汤的层次感，在药理方面具有祛痰消炎、镇痛止咳以及抗菌等多方面的效用。总而言之，茶皂素是茶汤中的好东西。有些人不明就里，总把茶汤上的那层沫子撇掉，实在太可惜了。

古人不懂茶皂素的药理作用，而是更看重它的欣赏价值。刘禹锡《西山兰若试茶歌》中有“骤雨松声入鼎来，白云满碗花徘徊”[1]两句，这“白云”即是茶皂素的雅称。卢仝《走笔谢孟谏议寄新茶》中有“碧云引风吹不断，白花浮光凝碗面”[2]两句，这“白花”也是茶皂素的爱称。但是唐人茶汤里的茶皂素，最多就是形成个云彩花朵而已，宋人茶汤里的茶皂素却能写字绘画，难不成宋代好茶的沫子更多？其实没那么简单。宋人为了能更好地分茶，在茶里动了手脚。

与杨万里同时代的陆游，在《入蜀记》中揭露了宋代制茶的一个秘密。话说这一天，陆游经过镇江，到丹阳楼赴蔡太守的宴会。这位蔡大人颇为喜爱点茶，可茶的品质却不怎么样，点茶效果不太好。这时同席的熊教授是建宁人，生长于茶区的他对茶叶生产里的猫腻门儿清。据熊教授介绍，为了让茶汤多乳，方便分茶乃至于作茶百戏，建州人会在压制茶饼时放入一

①陶敏、陶红雨校注《刘禹锡全集编年校注》，岳麓书社，2003年，592页。

②《全唐诗》卷三八七。

些米粉或薯蓣，后来升级了技术，又改加楮芽，这样与茶的味道更相融，一般人根本喝不出来。

的确，不管是米粉、薯蓣还是楮芽，都无毒无害可食用，但再怎么说，也是往里面掺和了非茶类物质。从本质上说，这与如今饮料里放食用色素没什么区别。诚然，中国饮食文化讲究色香味俱全，但饮茶这件事，茶汤永远是中心，味道永远是本质，视觉的享受只是锦上添花，切不可本末倒置，仅为了沫饽丰富些，就破坏了其纯粹天然的本质，真正的爱茶人恐怕很难接受。

再说了，掺和了米粉、薯蓣、楮芽的茶汤，口感味道上会一点不受影响吗？恐怕很难吧。我们再回看这首茶诗，没有半个字涉及茶汤的味道。显上人的这杯茶，恐怕中看不中喝。诗云："分茶何似煎茶好。"煎茶到底比分茶好在哪？恐怕是煎茶比分茶好喝。就冲这一句含蓄的评语，杨诚斋就不愧是一位懂茶之人。

读到这里您可能会问：既然杨万里看出分茶华而不实，那又为何要求显上人"回施与寒儒"呢？其实在诗里，杨万里并没有点明要高僧"回施"的具体是什么。杨诚斋想学的，是显上人分茶的绝技？还是显上人分茶时摒弃凡尘超然物外的心态？我想人人心中都有属于自己的答案吧？

# 杨万里《过扬子江》(其一)

只有清霜冻太空，更无半点荻花风。
天开云雾东南碧，日射波涛上下红。
千载英雄鸿去外，六朝形胜雪晴中。
携瓶自汲江心水，要试煎茶第一功。[1]

## 一

杨万里于南宋绍兴二十四年（1154）考中了进士。当时他已二十八岁了，算不上是少年得志。您可能会好奇，杨万里的官运如何呢？这就要看和谁比了。要是相较于他的好友陆游，杨万里在官场中还算顺利，职位也不算低，但其实他一生除了

---

①杨万里《诚斋集》卷二十七。

做地方官，在朝中只做到了秘书监，是典型的文学“清秘”之职，和政治核心挨不上边。这主要是因为他终生都是主战派，在南宋朝廷中有点格格不入。除此之外，杨万里曾因上书谏事惹怒过宋孝宗，于是终不得大用，无法施展抱负。

杨万里虽困顿于官场，但在文坛中却驰骋出一片新天地。他是典型的高产作家，一生写诗四千二百首之多，而且他有个好习惯，那就是走到哪儿就写到哪儿。每当他从一个地方离任时，在当地所写的诗就够编一部集子，如同楼钥在《送杨廷秀秘监赴江东漕》里说的那样：“一官定一集，流传殆千卷。”[①]当然，说“千卷”是溢美之词，但杨万里诗文集加在一起有一百三十余卷，仍存于世。

《过扬子江》两首七律，收于他的《朝天续集》当中。杨万里为什么要过扬子江？这一次旅行背后有什么样的故事呢？

## 二

话说南宋初年，高宗皇帝偏居江南，别说是挥兵北进，迎回徽、钦二帝，简直连这半壁江山都难以维持。好不容易盼得高宗让位给了“有志恢复”的孝宗，朝廷风气为之一振，继而掀起了几十年未有的北伐之战。开局不错，连续小胜，却终以大败

①楼钥《攻媿集》卷二。

收场。于是，孝宗又忙着罢免主战派，先割地赔款，再下罪己诏。经过这样一折腾，南宋在金朝面前就更加被动了。杨万里对于南宋朝廷的懦弱痛心疾首。杨万里曾写过题为《读罪己诏》的三首五言律诗，劝诫孝宗不可轻言放弃，必须奋发图强。

到了淳熙十六年（1198），孝宗让位给光宗。转过年来，光宗改元绍熙，杨万里在秘书监任上，借焕章阁学士为接伴金国贺正旦使兼实录院检讨官。什么是接伴金国贺正旦使呢？就是让杨万里接待陪同金国南来的使节。金对于宋来说，是有不共戴天之仇的敌国，金国给宋人的耻辱，也是杨万里这些文人心中难以抹灭的痛楚。因此，充当接待金使的外交官，对于杨万里来说可谓百感交集。正如周汝昌先生在《杨万里选集》中所说："诚斋此一行，写出了一连串有价值的好诗，甚至可以说在全集中也以这时期的这一分集的思想性最集中、最强烈。"[①]在这一系列好诗中，为首的《过扬子江》两首七律，是他第一次要渡长江往北迎接金使时所写。可奇怪的是，杨万里在其中一首中，竟喊出了"要试煎茶第一功"的口号。这是为什么呢？我们一起从正文中找寻答案吧。

---

①周汝昌选注《杨万里选集》，上海古籍出版社，1979年，16页。

杨万里《过扬子江》（耿国华书）

## 过扬子江

杨万里

只有清霜冻太空，更无半点荻花风。

天开云雾东南碧，日射波涛上下红。

千载英雄鸿去外，六朝形胜雪晴中。

携瓶自汲江心水，要试煎茶第一功。

## 三

第一部分，“只有清霜冻太空，更无半点荻花风。天开云雾东南碧，日射波涛上下红”，讲的是扬子江的风貌。

这一部分的一个“冻”字，再加上后文中的一个“雪”字，让我们知道杨万里渡扬子江应是在寒冬时节，所以他笔下的江景，给人一种万物肃杀之感，读起来不免压抑。但这种感受，不仅是自然景物带来的，还有更为深层次的原因。

我们不妨再读一首他同时期写作的《初入淮河》(其一)：

> 船离洪泽岸头沙，人到淮河意不佳。
> 何必桑干方是远，中流以北即天涯。

桑干河，是中国北方的河流。北宋苏辙出使辽国，离开辽境时，还写了“年年相送桑干上，欲话白沟一惆怅”[1]两句。北宋时过了桑干才算出国，可是到了南宋情况就大不同了，朝廷把淮河以北全割让给金国，所以杨万里渡过扬子江奔淮河时，就等于一步步迈向国境线了。按理说，江淮一带的风景是极好的，纵使在冬日也另有一番景色。但正如杜耒《寒夜》中所说的那样：“寻常一样窗前月，才有梅花便不同。”景色的好坏，要

①苏辙著，曾枣庄、马德富校点《栾城集》，上海古籍出版社，1987年，401页。

根据观景人的心态而定。国土沦陷，朝廷羸弱，杨万里的扬子江之行就显得格外沉重了。

第二部分，“千载英雄鸿去外，六朝形胜雪晴中”两句，叹的是人才凋零。

这两句与北宋苏轼“大江东去，浪淘尽，千古风流人物”[①]一样，都是讲人代不留江山空在的道理。但与苏轼不同，杨万里这里怕还有借古叹今的意味。所谓“千载英雄”，指的就是高宗绍兴年间刘、岳、韩、张诸位大将。他们都一心北伐收复失地，堪称国之干城。但是到了光宗朝，当年的老将已凋零殆尽了，还有谁能为国家在疆场拼杀呢？至于“六朝形胜”，本来说的是南北乱世时居于南方的政权，这里是代指南宋朝廷。因为朝中上下无意北伐，只是想着“直把杭州作汴州”[②]而已。那么南宋不就是改头换面的宋齐梁陈吗？杨万里的诗句，壮阔洒脱的文字背后，暗藏的是忧国忧民的爱国之情。细细品味，还有对于南宋朝廷的辛辣讽刺。

第三部分，“携瓶自汲江心水，要试煎茶第一功”，是全诗最让人疑惑的部分。

这首诗通读下来，大家都看得出并不坏。但是最后两句突然转到茶事，还喊出了“要试煎茶第一功”的口号，这与前文的内容全无联系，未免有些突兀。前面几句营造出的悲怆氛

①刘石导读《苏轼词集》，上海古籍出版社，2009年，93页。

②厉鹗辑撰《宋诗纪事》，上海古籍出版社，1983年，1425页。

围，一下子让茶汤给冲淡了。按北京话来说，这两句实在太泄气了。

难不成杨万里是对现实政治灰心了，一脑袋扎进茶汤里，及时行乐去了？他是那样的人么？恐怕不是，杨万里晚年因见韩侂胄当国，誓不出仕隐居南国。家人见他身体不好，却又忧心国事，所以都不敢和他说任何时政消息。有一天，一个远房侄子来看望杨万里，无意间聊起了韩侂胄出兵北伐大败之事，杨万里闻之痛哭失声，不久就去世了。可见金国对于杨万里来说，是终生难以释怀的痛楚。纪昀说杨万里在迎接金使的路上，能够放弃国恨家仇而只领略当下，未免有些太荒唐了。

其实杨万里之所以要煎茶，这里头可是有故事的。原来就在扬子江畔的金山上，建有一座吞海亭。这座亭子修得富丽堂皇，远远望去甚是雄壮，而且亭子选在金山绝顶，视野颇佳，登望尤胜。但在这里修一座亭子，可不是给大宋百姓观景的，而是“每北使来聘，例延至此亭烹茶”[①]，换句话说，吞海亭是专门为招待金国来使而修造的茶亭。

在朝局困顿之际，还花费重金修造茶亭，只为博取金人的欢心，南宋朝廷的那份儿殷勤，实在是够瞧的了。杨万里对修这样的茶亭自然是不满的，但他此行的任务恰恰就是在亭上迎接款待金使。只要茶煎得好，金人喝得舒服，杨万里的使命就

①陆游《渭南文集》，中华书局，1976年，2413页。

算胜利完成。煎香茗，奉仇敌，对于杨万里是一种什么样的刺激呢？当他写出“携瓶自汲江心水，要试煎茶第一功”时，又是一种多么痛苦的心情呢？

茶诗大都是记录煮水煎茗的风雅之事，但这一首《过扬子江》，却简直成了痛彻心扉的伤痕文学。这样的茶诗，在南宋文坛并不是个案。杨万里的前辈诗人韩驹，亲历过宋室南迁的动荡，那茶诗写得更悲怆，且看他的《谢人送凤团及建茶》：

白发前朝旧史官，风炉煮茗暮江寒。
苍龙不复从天下，拭泪看君小凤团。[1]

比起杨万里的忧愤，韩驹的情绪更为激动，喝着茶竟然哭了起来，这又是怎么回事呢？这首诗的写作时间，是靖康之变后的南宋绍兴初年。龙凤团茶，本是北宋皇帝赏赐大臣的珍品，那时的文臣，能得一饼龙凤团茶，可真要兴奋得三天三夜睡不着觉。这种茶在北宋时就很难得，又经过宋金交战这么一折腾，南宋初年龙凤团茶就更少了，简直成了珍玩古董。韩驹拿到友人相赠的小凤团，却高兴不起来，因为当年赐茶的徽、钦二帝，不仅不再是执掌天下的“苍龙”，甚至已沦为了囚犯，物是人非，触景生情，诗人自然是要“拭泪看君小凤团”了。

---

①吴曾《能改斋漫录》，上海古籍出版社，1979年，220页。

国家昌盛，社会安定，是我们细细享受一碗茶汤的前提。

国破家亡，社会动荡，那一碗茶汤就是再香甜，咽下去的也定然是无尽苦涩吧？

# 朱熹《九曲棹歌》

武夷山上有仙灵，山下寒流曲曲清。
欲识个中奇绝处，棹歌闲听两三声。
一曲溪边上钓船，幔亭峰影蘸晴川。
虹桥一断无消息，万壑千岩锁翠烟。
二曲亭亭玉女峰，插花临水为谁容。
道人不复阳台梦，兴入前山翠几重？
三曲君看架壑船，不知停棹几何年。
桑田海水今如许，泡沫风灯敢自怜？
四曲东西两石岩，岩花垂落碧毵毵。
金鸡叫罢无人见，月满空山水满潭。
五曲山高云气深，长时烟雨暗平林。
林间有客无人识，欸乃声中万古心。
六曲苍屏绕碧湾，茅茨终日掩柴关。

客来倚棹岩花落，猿鸟不惊春意闲。
七曲移船上碧滩，隐屏仙掌更回看。
却怜昨夜峰头雨，添得飞泉几道寒。
八曲风烟势欲开，鼓楼岩下水潆洄。
莫言此地无佳景，自是游人不上来！
九曲将穷眼豁然，桑麻雨露见平川。
渔郎更觅桃源路，除是人间别有天。[①]

武夷山，既是有名的茶区，也是有名的景区。早在1979年，武夷山就被列为“国家级自然保护区”。1982年，又被评为“国家重点风景名胜区”。1999年12月1日，联合国世界遗产委员会第23届大会上，与会成员国代表一致通过将武夷山列入《世界文化与自然遗产名录》。武夷山水与武夷茗茶，都可谓举世闻名。某种意义上说，武夷茗茶又因武夷美景而增香三分。

可能是因为常到武夷做茶的缘故吧，身边不少朋友、学生都请我帮忙规划游览武夷山的线路。其实武夷美景虽多，但用两个词即可概括，即唐代孙樵《送茶与焦刑部书》中所总结的“丹山”“碧水”。所谓“丹山”路线，即是从母树大红袍出发，经鹰嘴岩、流香涧，然后峰回路转，过慧苑寺到达慧苑坑，再沿溪而行二十分钟，到达水帘洞三贤祠为止。这一路看的是武

①朱熹《晦庵先生朱文公文集》卷九。

夷坑涧，观的是各色名丛，简直是为爱茶人量身打造。这条路线的缺点就是山路崎岖，腿脚不好的不建议选择。至于“碧水”路线，那就老少皆宜了。游人在武夷山市星村镇码头登上竹筏，一路漂流穿过九曲，最终在一曲溪畔的武夷宫登岸，全程不到二十里水路，快则九十分钟，慢则两个小时。

您要是去看碧水游九曲，我有两件事一定要叮嘱。其一，为保证游玩安全，您一定要穿上一件救生衣。其二，为保证游玩质量，您一定要带上一份导游词。这份导游词，就是今天要拆解的茶诗《九曲棹歌》。这首茶诗的作者，是大名鼎鼎的朱熹。由朱子当讲解员，您这趟旅程保证错不了。为何说这首茶诗是武夷九曲的最佳导游词？朱熹与茶又有什么不解之缘呢？

## 一

朱熹，字元晦，改字仲晦，别号晦庵、云谷老人、沧州病叟等。徽州婺源（今属江西）人。他生于南宋高宗建炎四年(1130)。很少有人知道，作为宋代理学集大成者的朱熹，其实与茶有着双重的缘分。

朱熹与茶的第一重缘分，源自他的父亲朱松。喝茶这件事，往往不是学出来的，而是熏出来的。什么叫熏？拿成语解释就是耳濡目染。我身边不少学生家的孩子，两三岁就能分辨出红绿花茶，有时还会主动找大人要碗六堡喝。这靠的都是家长潜移默化的影响，绝非是给孩子报个什么茶艺兴趣班就能办到的事情。朱熹之父朱松，一生写涉茶之诗十七首，其中多是《次韵尧端试茶》《谢人寄茶》这样的赠答体茶诗。由此可知，朱松不但自己爱茶，而且身边有一个饮茶的圈子，以茶会友的氛围，一定会影响到少年的朱熹。

朱熹与茶的第二重缘分，源自他的家乡建州。朱家本是徽州婺源人，但朱松于北宋徽宗政和八年（1118）任政和尉，举家南迁至福建。朱松死后，少年朱熹迁至建州城南崇安县五夫里求学。南宋绍兴二十三年（1153），朱熹被任命为福建泉州同安县主簿，曾短暂地离开了闽北几年。但任期结束后，朱熹又回到家乡待了二十多年，大部分时间都待在崇安著书讲学。众所周知，建州是宋代最著名的茶区，而崇安县就是今天的武夷山市的前身，所以说朱熹是位茶区子弟绝不为过。

很可能是常年的熏陶吧，朱熹不光酷爱饮茶，甚至还会自己种植茶树。南宋孝宗淳熙十年（1183），朱熹于武夷山隐屏峰下建武夷精舍，开始著书立说，收徒讲学。他在课余亲自种茶，并在《春谷》一诗中写下“武夷高处是蓬莱，采得灵根手自栽”[①]的诗句。后来他又在建阳卢峰的云谷建造竹林精舍（即晦庵），其在《云谷二十六咏·茶坂》中写道：“携籯北岭西，采撷供茗饮。一啜夜窗寒，跏趺谢衾枕。”[②]朱子这次甚至是自己采茶制茶

①朱熹《晦庵先生朱文公文集》卷三。

②朱熹《晦庵先生朱文公文集》卷六。

了，其对茶事的热爱与精通，由此也可知一二了。

## 二

讲清了作者朱熹与茶的不解之缘，咱们该来看看题目了。“棹”，音同赵，是船桨的意思。“棹歌”，即船歌，就是船夫在行舟过程中哼唱的小曲小调。南宋孝宗淳熙十一年（1184），朱熹在武夷五曲隐屏峰下武夷精舍里著书立说，写下了十二首短诗，合称《武夷精舍杂咏》，其中《渔艇》写道：

出载长烟重，归装片月轻。
千岩猿鹤友，愁绝棹歌声。[①]

可见当时的武夷山水间，常常可以听到船夫棹歌。当然这首《九曲棹歌》并非记录当地船夫的口头文学，而是朱熹仿照他们的口吻而写的诗作，其文体与竹枝词类似。

解释清了“棹歌”，我们再来聊几句“九曲”。当年九曲是一条运茶航路，茶叶顺九曲而下可运至福州，沿九曲而上过桐木关可抵江西河口。到了江西河口的武夷茶，南下可达广州港，北上可到恰克图。现如今乘竹筏的码头星村，在明末清初起便

①朱熹《晦庵先生朱文公文集》卷九。

是武夷茶最重要的集散地。当地民谚中，至今还有“茶不到星村不香”一句。由于守着九曲交通的便利，旧时星村商贾云集，来自山西、闽南、潮州、广州等地的茶商络绎不绝。全盛时期的星村，建有五座大型会馆，今日唯有闽西汀州会馆——上天宫留存于世，默默矗立在九曲竹筏码头旁，向世人展示着星村当年的繁盛。现如今的九曲只是武夷山的景点，想当年九曲可是武夷茶的命脉。从这个角度来讲，描写运茶水路的《九曲棹歌》，是极其特别的一首茶诗了。

## 三

这首棹歌行文浅白，本不需要笔者画蛇添足般的解释。所以这里只是结合着朱子的导游词，聊一聊自己游九曲的一点见闻与感想。

古人游九曲溪，是从武夷宫开始按顺序逆流而上，每遭一折，便是一曲。武夷宫前，晴川一带，即为一曲。《九曲棹歌》中头一句“武夷山上有仙灵”中提到的“仙灵”，就是供奉在武夷宫内的武夷君。相传在唐尧之时，有彭武、彭夷兄弟二人来到这里开山治水，造福一方百姓。这哥俩儿的父亲可了不起，那便是活了八百岁的彭祖。后世为了纪念二人的功绩，从他们的名字中各取了一个字，尊为武夷君，武夷山也因此得名。据说早在汉武帝时，朝廷就在一曲这里设坛祭祀武夷君，后来这里建成了武夷宫，香火绵延，长盛不衰。

到了二曲，便一定要看玉女峰。这一奇峰远观宛如少女，亭亭玉立，独对寒潭，似乎正在梳妆，峰顶花卉繁茂，恰似山花插鬓。“插花临水为谁容”，即是由此景而来。人人皆知“桂林山水甲天下”，但我认为武夷山水要更胜一筹。第一点，桂林奇峰可望不可攀，而武夷峰峰可登攀，更有亭台楼阁可供小憩。这样一来，人与自然的关系便更近了。至于第二点，就有点主观色彩了。武夷山坑涧都产好茶，作为爱茶人，望着那山水自然多了几分好感。岩茶因武夷山水更香浓，武夷因岩茶茶汤更出众。名山与名茶，永远是相互成就。

到了三曲往南岸看，小藏峰悬崖峭壁上的船棺和木板至今还凌空悬架。“三曲君看架壑船”一句，讲的就是这里。这里的船棺是何时之物，早已成为历史之谜。连朱熹看过后都发出了“不知停棹几何年”的感慨。由此可见，早在南宋时人们就已经觉得这里神秘莫测，弄不清这些“架壑船”始于何时，更不知是何人所为。

穿过四曲往前走，在水中央能看到一块孤零零的石头，那便是“茶灶”了。朱熹在《武夷精舍杂咏·茶灶》中写道：

仙翁遗石灶，宛在水中央。

饮罢方舟去，茶烟袅细香。[1]

这是朱子最常被人引用的茶诗，讲的是他在茶灶石上开设茶会，以茶会友烹茶品茗的武夷生活写照。当然据我所知，现如今出于安全考虑，茶灶石上是不允许开茶会的了。古人真是好福气，今人只能干着急。

过了“茶灶”所在的五曲，接下来的景点就是六曲北岸的天游峰了。六曲在九曲中最短，但与险峻的天游峰相依偎，景色马上与众不同了。要观赏九曲山水全景，再也找不到比天游峰更适合的地方了。此峰属于六曲，但其实隐于五曲隐屏峰的背后，所以恰在九曲正中。明代旅行家徐霞客曾说：

其不临溪而能尽九曲之胜。此峰固应第一也。[2]

著名茶学家刘勤晋教授曾告诉笔者，游天游峰最好是早晨，若是雨后就更好了。有一年我恰在小雨后登上天游峰，当时水汽不曾完全散去，武夷山水笼罩在云雾当中，宛若仙境，方知刘教授所言非虚。

竹筏经过六曲，行程便算过了一大半。别看只走了十余里

①朱熹《晦庵先生朱文公文集》卷九。

②徐霞客撰，朱惠荣、李兴和译注《游武彝山日记》，《徐霞客游记》第一册，中华书局，2015年，58页。

水路，但因航道曲折难行，竟用了一个多小时。穿过七曲八曲时，游人不禁心中嘀咕：这什么时候是个头呢？这时筏子划过九曲，突然水面变直，一路向西而去，游人的心境也随着水路瞬间开朗了起来。

其实游人穿过九曲的经历，像极了陶渊明《桃花源记》中渔人发现桃花源的过程，都是“初极狭”，经过几番曲折，最终才达到“豁然开朗”的境地。于是朱熹在这篇导游词的最后写道：“渔郎更觅桃园路，除是人间别有天。”

朱熹作为一位理学家，为何要大费笔墨地给武夷九曲写一篇如此精彩的导游词呢？因为在朱子眼中，九曲不是景点，九曲实是人生。没有谁的人生航路能够一帆风顺，可能绝大部分时间都如武夷山水般曲折难行。就拿朱熹来说吧，仕途极其不顺，一生从政的时间累计起来才七年，在朝做官更是仅四十余日，虽怀报国之志，在政治上却无太多的建树。不能当官就做学问吧，可这学问做得也不顺利。南宋宁宗庆元二年（1196）十二月，朱熹遭到政敌们弹劾，他的学说被诬为伪学，他的学术被诬为妖术，他的学生则被诬为逆党。至于朱熹本人，一些大臣认为该按照孔子诛少正卯的先例斩首示众，最后朱熹虽未被定为死罪，但却落了个监视居住的下场，最终黯然去世。这就是中国历史上有名的“庆元党禁”。

人生遇到坎坷，就如同行船来到九曲，大可不必抱怨路途难行。毕竟，来都来了，想走也走不掉，不妨抬头欣赏一下两岸的美景，一曲必有一曲的精彩。当你经历七次曲折而有些失去耐心时，朱子还不忘在八曲处鼓励你说："莫言此地无佳景，自是游人不上来"。打起精神，继续前行，过了九曲就会豁然开朗。经历曲折磨难的人生，一定会别有一番天地。

在朱子眼中，宛如人生的不只有九曲的山水，还有武夷的茶汤。《朱子语类·杂说》中记载了这样一场对话：

> 先生因吃茶罢，曰："物之甘者，吃过必酸；苦者，吃过却甘。茶本苦物，吃过却甘。"问："此理何如？"曰："也是一个道理，如始于忧勤，终于逸乐，理而后和。盖礼本天下之至严，行之各得其分，则至和。"[1]

九曲是先折而后直，茶汤是先苦而后甘，这不都暗含着相通的哲理吗？我们醉心于武夷的九曲，也痴迷于武夷的茶汤，可能因为它们都像极了苦尽甘来的人生吧？

---

①朱熹撰、黎靖德辑《朱子语类》卷一三八。

# 徐照《谢薛总幹惠茶盏》

色变天星照，姿贞蜀土成。
视形全觉巨，到手却如轻。
盛水蟾轮漾，浇茶雪片倾。
价令金帛贱，声击水冰清。
拂拭忘衣袖，留藏有竹籯。
入经思陆羽，联句待弥明。
贪动丹僧见，从来相府荣。
感情当爱物，随坐更随行。[1]

---

① 《全宋诗》卷二六七一。

## 一

“宋诗到了十三世纪的南宋末期，固然没有再出现什么伟大的作家，但是整个诗坛却充满着小诗人，也泛滥着小诗人所写的小诗。”这是日本学者吉川幸次郎在《宋诗概说》中所写下的一段话。这次要讲的这位徐照就是吉川幸次郎口中的一位小诗人，而这首茶诗也正是这样一首小诗。

徐照，字灵晖，一字道晖，号山民，永嘉（今浙江温州）人。陆羽《茶经》中有“永嘉东三百里有白茶山”[①]一句，说的就是徐照的老家。当时永嘉这地方文风很盛，徐灵晖与徐玑（号灵渊）、翁卷（字灵舒）、赵师秀（号灵秀）一起，合称为“永嘉四灵”。这四人当中，赵师秀与徐玑两人做过职位很低的小官，而翁卷与徐照则完全是布衣。《寒厅诗话》中批评他们“间架太狭，学问太浅”[②]，可能也是间接地讽刺几人的出身低寒吧。但“四灵”能写出寻常生活中的趣味。他们主张学唐人，特别喜欢模仿中晚唐那种枯淡的五言律诗，却又没有唐诗的悲哀色彩，显然是继承了苏轼以来达观的人生态度。这使得今人读“四灵”的诗时颇为轻松愉快，似乎也更为亲切一些。

“永嘉四灵”当中，数徐照最爱饮茶，他写的涉茶之诗比那三位都多，共有二十六首传世，其中不乏佳作，如《和翁灵舒

①陆羽著、沈冬梅编著《茶经》，中华书局，2010年，150页。

②顾嗣立撰《寒厅诗话》，《昭代丛书》壬集，清道光吴江沈氏世楷堂刊本。

冬日书事》：

石缝敲冰水，凌寒自煮茶。
梅迟思闰月，枫远误春花。
贫喜苗新长，吟怜鬓已华。
城中寻小屋，岁晚欲移家。[①]

这首诗风格浅淡隽永，很能代表徐照乃至“永嘉四灵”的文风，所以常常收入各种宋诗选本。有学者认为“敲冰”“煮茶”四句，表述了诗人生活清苦的状态。这样说就显然是不理解爱茶人的心思了。敲冰煮茶也好，融雪煎茗也罢，都是爱茶人的一种趣味。不爱茶的人，把这看成是活儿；爱茶的人，把这看成是乐儿。由此可见，研读茶诗若不能共情，是体会不出妙处的。

《谢薛总幹惠茶盏》一诗，一向不太为文学研究者关注，只是当作一般的酬和诗来看待，可实际上，这首茶诗的茶学价值极高，为研究宋代茶器史提供了重要资料。

## 二

唐代感谢友人赠茶的茶诗已有不少，像《谢李六郎中寄新

① 《全宋诗》卷二六七一。

蜀茶》《萧员外寄新蜀茶》《走笔谢孟谏议寄新茶》等，都是这类题材中的名篇。可是感谢朋友送茶器的诗，在唐代五百多首茶诗中却是没有的。别说感谢送茶器的诗了，就是专以茶器为题的诗，也是很少见的，徐夤写下《贡余秘色茶盏》一诗时，已是唐末五代了。

这倒并非唐人轻看茶器，而是事物的发展都要有个过程。饮茶文化只有成熟到一定阶段时，才能形成并生产专门的茶器具。这就如同咱们现代人，开始不懂茶时，甭管纸杯子、塑料杯子还是罐头瓶子，都可以拿来泡茶，但是当对茶有了一定程度的了解与喜爱后，便要开始认真挑选紫砂壶、手绘杯了。唐代茶诗中见不到专门歌咏茶器的诗，那是饮茶文化方兴未艾。宋代相较唐代，饮茶风更盛，品茗之事更精，自然就有了一些专写茶器的茶诗。徐照的这首《谢薛总幹惠茶盏》，可说是极具时代特征的茶诗。

## 三

第一部分，“色变天星照，姿贞蜀土成。视形全觉巨，到手却如轻”，描述的是茶盏的外观。

有人说，徐照是不是太没见过世面了，不就是一只喝茶的盏吗，还至于专门写一首茶诗？简直小题大做。徐照开篇的头两个字，就直接回答了这些质疑。我收到的这件礼物，不是一般的茶盏，而是一件窑变釉的精品。

什么是窑变呢？那是指在窑炉中人们无法控制的突然变化。窑变粗分有两种：一种是瓷器釉色的突然变化，另一种是器型的变化。我的好友颜松柳，是德化白瓷的工艺美术大师，以烧制瓷像而闻名海内外。我在他的工作室看到过两尊达摩造像，就是烧制时发生了器型上的窑变，两尊佛像都稍稍倾斜了一点，结果黏在了一起，成了背靠背的状态。远观两尊佛像，仿佛暗示着世间万物都有一体两面，简直妙不可言。这尊窑变达摩，一直珍藏在颜家，任您出多少钱他也不舍得卖。这就是窑变的魅力。

至于瓷器釉色的窑变，就是诗中所说的“色变”。要想说明白色变的原因，那得先搞清楚一样关键的东西——釉。古人最开始生产的都是陶器，但用久了发现陶器有几个缺点：第一是表面粗糙，手感不好；第二就是吸水过快，一碗粥放在陶碗里，半天后一看成米饭了；第三是不好清洁，容易残留污渍，所以早在三千多年前的商代，我们的先祖就开始用涂釉的方式来装饰完善陶器了。

釉是什么做的呢？其实就是岩石和泥土。后来匠人又发现，窑灰自然降落积在坯体上，也能化合成釉。于是到后来，草木灰也成为制釉的一种原料。每每想到这些取材天然的釉药，我们不得不佩服古代匠人的智慧。釉的发明，是一件不得了的事情：一方面，釉提高了陶器的实用价值；另一方面，釉也为由陶到瓷提供了物质基础。

商代釉陶的釉较原始，基本上是暗淡的青色。渐渐地人们认识到，釉中添加不同的金属能呈现出不同的颜色。自此之后，工匠较有意识地选择一些含铁、铜、钴、锰等金属的原料制成各种颜色釉。例如龙泉青瓷那种让人着迷的青色，其实就是釉中含有的一定比例的氧化铁，经还原烧后变成了低价氧化铁，进而呈现出来的效果。上釉就像给陶瓷化了妆一样，让那些盆、碗、瓶、罐都越来越好看了。

后来工匠们又发现，由于每批釉料成分不同，每炉的温度和火焰气氛不同，最后的成品质感乃至颜色都不尽相同，这就是“色变”了。例如大名鼎鼎的钧窑，就属于窑变系的瓷器。关于钧窑之美，有诗赞曰：“夕阳紫翠忽成岚。”这个“忽”字用得很妙，说明了色变是在刹那间变化产生的，有一种妙趣天成的意味。

这种窑变是偶然现象，后来匠人们在反复实践中找到内在规律，开始有意识地模拟追求这种釉彩效果。这种模拟只是方向性的，具体仍有许多细节不可控制。色变瓷器以“入窑一色，出窑万彩”的特有魅力，而让历代艺术爱好者着迷，因为每一件色变都是独一无二的。晚清许之衡在《饮流斋说瓷》中说：

宋最有名之窑有五，所谓柴、汝、官、哥、定是也。

更有均窑，亦甚可贵。[①]

均窑，即是钧窑。作者把钧窑单列出来说，可见窑变具有与众不同的特色。

宋代的珍贵茶器——天目盏，本质上也是一种窑变瓷。天目盏的烧制，是在石灰釉中加入一定数量的铁，然后在1300℃左右的高温下烧成。由于釉的成分、施釉的技巧和釉的黏度、烧成温度的高低以及冷却速度的快慢等因素的不同，使天目釉的颜色和晶体形状也不尽相同，因此我国古代的天目釉又可细分为“灰被”“黑定盏”“玳皮盏”“星盏”“兔毫”“油滴”“柿天目”等不同类别。徐照说这件茶盏，有如天星照耀夜空般的美感，大体可推测是一件天目星盏。

这样漂亮的色变盏，是哪里生产出来的呢？

作者明确地回答：“姿贞蜀土成。”且慢，宋代的黑釉建盏，不都是建阳窑烧制的吗？怎么四川也能生产呢？由于历代记载的缺失，这一句长久以来都是一个未解之谜。一直到了1953年修筑宝成铁路，人们意外地发现了四川广元窑遗址，才知道宋代四川也可以生产出与福建建窑、江西吉州窑媲美的黑釉瓷。

由“视形全觉巨，到手却如轻”两句可知，四川广元窑烧制的黑釉瓷，制工精巧轻盈，与建窑盏不尽相同，风格上自成

---

①许之衡著《饮流斋说瓷》，黄山书社，2015年，5页。

一家。

第二部分，“盛水蟾轮漾，浇茶雪片倾。价令金帛贱，声击水冰清。拂拭忘衣袖，留藏有竹籯。入经思陆羽，联句待弥明”，形容的是茶盏的贵重。

再好的茶器具，也是实用器而非观赏品。反过来说，要想成为一件好的茶器具，那得能为茶汤加分才行。中看不中用的样子货，就算是名家之作又如何？照样算不得好茶器。“蟾轮”，即是月亮，夸的是茶盏器型规整浑圆。“雪片”，代指的是茶汤上绵密的泡沫。“盛水蟾轮漾，浇茶雪片倾”，描写的是茶盏与茶汤相得益彰。这两句诗非谙熟茶事之人是写不出的，非爱茶之人可能是看不懂的。

这样的茶盏，价格自然是不低的。在饮茶习惯刚刚兴起时，饮茶还没有发展到需要有专门茶器具这一步，用炒菜锅煮水，用吃饭碗喝茶，都是司空见惯的事情。后来随着人们对茶事的不断完善与追求，某些饮茶用具才从日常生活用具中分离出来，并专门或固定地用之于饮茶。在饮食用具之外，再单独配有专门的一套茶器，这在古代绝非普通百姓所能办到的事情。诗中“价令金帛贱”一句，从一个侧面反映出茶器的珍贵。

当然，不是说所有的茶器都很昂贵，但您别忘了，徐照得到的是一只色变茶盏。窑变瓷有偶然天成的不确定性，想得到一只色变精品茶盏，不完全是靠钱能解决的。在色变茶盏面前，贵重的衣服也只有当抹布的份了。擦好了的茶盏，诗人小心翼翼地收藏在竹笼中，一般人可不给用，而要等待“弥明”。弥明，即轩辕弥明，是唐代衡山的一位道士。这个人文采高，有异行，元和年间曾经与刘师服、侯喜一起作《石鼎联句》。徐照在这里，就以“弥明”代指高士。借着先贤陆羽和高士弥明，诗人进一步烘托出茶盏的不凡。

第三部分，“贪动丹僧见，从来相府荣。感情当爱物，随坐更随行”，描写作者对茶盏的珍爱，是全诗的点睛之笔。

“丹僧”，即是高僧。印度、西域一带的佛教僧侣中有的穿红色的衣服，佛教传入中国，这种穿着也跟着传了进来。电视剧《西游记》里的唐僧，不是常穿红色袈裟吗？当然，电视剧不能当研究材料。宋末元初的大画家赵孟頫有《红衣罗汉图》名画传世，可算一个影像证据。为了形容菜太香，于是有了“佛跳墙”；为了表示盏太美，于是有了“僧见贪”。

最后两句，诗人话锋一转，解释说自己珍爱这只茶盏，可不只因为他的经济价值高，而是感念朋友赠物的深情厚谊。这两句，是全诗的点睛之笔，一下子把这首茶诗的标格提了上来：世界上有一种比钱更重要的东西——情。

小时候我们吃饭时，家长总是会要求不许剩饭，但大人并不是说大米很贵，而是说“谁知盘中餐，粒粒皆辛苦”这两句古诗。我母亲曾经到农村插过队，干过好几年插秧种稻的农活，所以她讲起这两句诗就特别生动。我们为什么要讲“粒粒皆辛苦”呢？这样说是为了让孩子感受到，一颗麦一粒米都是农民很不容易才耕种出来的。我们珍惜粮食，不是因为金钱的不舍，而是因为情感的不忍。这是中国文化了不起的地方。

除去李绅的《悯农》，孟郊的《游子吟》讲的也是这个理儿。“慈母手中线，游子身上衣”，老母亲不见得有什么不得了的手艺，更不是用了多么珍贵的布料，但再大牌的衣服，也比不过母亲亲手制的衣服吧？因为有情在里面。

其实衣服也好，茶器也罢，真正让我们珍惜的不是金钱，而是情感。这种情感，可能是徐照诗中所写的友情，也可能是亲情或爱情。可能这件茶器不是别人送的，而是你自己精心挑选的，可用了这么多年，陪您品了这么多好茶，茶器早就变成了无言的好友，那人与器之间，自然也是有情的了。

茶器，一旦有情，就无价了。

# 白玉蟾《茶歌》

柳眼偷看梅花飞，百花头上春风吹。
壑源春到不知时，霹历一声惊晓枝。
枝头未敢展枪旗，吐玉缀金先献奇。
雀舌含春不解语，只有晓露晨烟知。
带露和烟摘归去，蒸来细捣几千杵。
捏作月团三百片，火候调匀文与武。
碾边飞絮卷玉尘，磨下落珠散金缕。
首山黄铜铸小铛，活火新泉自烹煮。
蟹眼已没鱼眼浮，垚垚松声送风雨。
定州红玉琢花瓷，瑞雪满瓯浮白乳。
绿云入口生香风，满口兰芷香无穷。
两腋飕飕毛窍通，洗尽枯肠万事空。
君不见孟谏议，送茶惊起卢仝睡。

又不见白居易，馈茶唤醒禹锡醉。
陆羽作茶经，曹晖作茶铭。
文正范公对茶笑，纱帽笼头煎石铫。
素虚见雨如丹砂，点作满盏菖蒲花。
东坡深得煎水法，酒阑往往觅一呷。
赵州梦里见南泉，爱结焚香瀹茗缘。
吾侪烹茶有滋味，华池神水先调试。
丹田一亩自栽培，金翁姹女采归来。
天炉地鼎依时节，炼作黄芽烹白雪。
味如甘露胜醍醐，服之顿觉沉疴苏。
身轻便欲登天衢，不知天上有茶无。[①]

## 一

武夷岩茶，品类数百，其中又以大红袍、铁罗汉、水金龟、白鸡冠最为贵重，更有好事之人，将以上几种岩茶合称为“四大名丛”。咱们按下前三款不表，单说这白鸡冠。此茶汤色浅淡，滋味细腻，香气轻盈，与其他武夷岩茶迥然不同，颇有些仙风道骨的灵气。据武夷故老相传，这白鸡冠的起源与一座道观有关。

① 《全宋诗》卷三一四〇。

武夷山风景秀丽，为道教第十六洞天，又名升真元化之洞。北宋时武夷山道教极盛，真宗年间（998—1022）山内坑涧之中有宫观三百余处，宛如人间仙境。其中有一座止止庵，始建于晋代，香火绵延千年，北宋东京李陶真、洛滨李铁笛、燕山李镜等世外高人曾在此修行，到了南宋，道教南宗五祖白玉蟾在这里长居，更使得止止庵名声大噪。民国三十年（1941）止止庵一度改为图书馆，现存完整的石砌墙基及“止止壶天”石刻。据说那仙气儿十足的白鸡冠，就是白玉蟾在止止庵中选育而成。

白玉蟾遴选白鸡冠，这事儿听着多少有点玄乎。毕竟，白鸡冠这种乌龙茶的工艺，南宋时还没影儿呢，估计是有人借用白玉蟾的大名，来为白鸡冠增添一些味外之味吧。按说游历武夷山的名人很多，为何单单让白玉蟾给白鸡冠代言呢？一方面，茶名与人名里都有个“白”字，看着就像一家子；更重要的是，历史上的白玉蟾确是一位既爱茶又懂茶的道士。《全宋诗》中收白氏诗六卷，其中有涉茶之诗三十五首。本文讲解的这首《茶歌》多达三百三十字，更是难得的长篇。诗中不仅记录了南宋北苑茶的采、制、品饮等事，更是点明了茶在道教文化中的特殊地位，爱茶之人绝不能错过。

## 二

白玉蟾，生于南宋绍熙五年（1194），祖籍闽清（今属福建)，出生于琼山（今属海南)。他本名葛长庚，乳名玉蟾，后因继雷州白氏为后，才改了白玉蟾这个名字。另外海琼子、海南翁、琼山道人、蠙庵、武夷散人、神霄散吏、紫清真人，也都是他的各种号。他师从陈楠学道，遍历名山，声望日盛。宋宁宗嘉定年间，白玉蟾受到皇帝召见，并赐号紫清明道真人。

白玉蟾醉心茶事，与其长年居于武夷山有一定的关系。正如其在《九曲棹歌十首》(其七）中所写：

> 仙掌峰前仙子家，客来活火煮新茶。
> 主人摇指青烟里，瀑布悬崖剪雪花。[1]

人人懂茶，处处产茶，家家饮茶。武夷浓浓的茶事氛围，自然无形中感染着白玉蟾。

更深层的原因是，茶性与道教文化相契合。请注意，这里说的是道教，而不是作为哲学思想的道家。信奉道教的人，终极目标是什么呢？就是八个字：长生不老，羽化成仙。要达到这个目标可不容易，要怎么做呢？又是八个字：长生之事，功由于丹。换句话说，修仙这事儿，丹是最重要的了。那么，到底什么是“丹”呢？在道教看来，丹分为内外两种。外丹好理解，就是服用的丹药。像明代的嘉靖皇帝，清代的雍正皇帝，

---

①《全宋诗》卷三一三八。

都是外丹的狂热爱好者，一把一把地当饭吃，结果身体越来越差。为什么会这样呢？因为这些皇帝只服用外丹而不修内丹。所谓内丹，就是以人的身体为丹鼎，使精运神，不断修行。这话说得有点玄，按今天的词儿来解释，内丹就是心态。

正所谓："人人本有长生药，自是迷徒枉摆抛。"[①]服外丹，为的是身体健康；修内丹，求的是心理健康，所以道教的丹要内外兼修，这样才能保人身心愉悦。那两位皇帝经常着急生气，再不时吃点来历不明的三无药品，能长寿才怪呢！所以道教的修丹之说并非荒唐，只是后人的行事太荒唐了。

那么饮茶与修丹又有什么关系呢？这关系太密切了。首先，茶汤有益健康，可说是广义上的外丹。正如苏轼《游诸佛舍一日饮酽茶七盏戏书勤师壁》中所说："何须魏帝一丸药，且尽卢仝七碗茶。"[②]又如李光《饮茶歌》中所说："古来饮流多丧身，竹林七子俱沉沦。饮人以狂药，不如茶味真。君不见古语云，欲知花乳清冷味，须是眠云卧石人。"[③]茶虽不是药，但其妙处却远胜丹药。

更为重要的是，饮茶可以调节生活节奏，调整处事心态，调理日常情绪。茶真的有这么神奇吗？这就是如鱼饮水，冷暖自知了。爱茶的您，一定相信我所言非虚吧。饮茶能疗愈心灵，

---

①张伯瑞撰、王沐浅解《悟真篇浅解（外三种）》，中华书局，1990年，322页。

②孔凡礼点校《苏轼诗集》，中华书局，1982年，508页。

③《全宋诗》卷一四二二。

自然有助于修炼内丹了。归根结底，白玉蟾之所以醉心茶事，是将饮茶视作了修行的法门。而这首《茶歌》，更是将他对于茶事的理解详述了一番。

如今的爱茶人，既可以把《茶歌》当作长篇茶诗来欣赏，也可以将其视为微型茶书去研读。毕竟，大名鼎鼎的蔡襄《茶录》，也不过八百字而已。

## 三

第一部分："柳眼偷看梅花飞，百花头上春风吹。壑源春到不知时，霹历一声惊晓枝。枝头未敢展枪旗，吐玉缀金先献奇。雀舌含春不解语，只有晓露晨烟知"，讲的是茶山的春景。

"壑源"，即指壑源岭，在建安（今福建建瓯）境内，是宋代著名的茶产地。宋代黄儒《品茶要录》中还专有"辨壑源沙溪"一章，教人如何防止买到假壑源茶。由此可见，壑源在宋代十分有名，以至于市场上都出现了假货。但需注意，壑源虽与北苑邻近，但却属于私焙，并非专为进贡。白玉蟾作为出家人，饮用壑源茶十分合理。

建州茶区的春景，是宋代茶诗中常见的题材。例如范仲淹《和章岷从事斗茶歌》中有"年年春自东南来，建溪先暖冰微开”[①]的句子。建州的春茶备受当时爱茶人的珍爱，例如欧阳修《尝新茶呈圣俞》中就说“建安三千里，京师三月尝新茶”[②]。建安离北宋的都城开封有几千里之遥，运送茶叶十分不便。而唐朝皇室看重的顾渚茶和阳羡茶，前者位于湖州顾渚山（今浙江长兴），后者位于常州义兴（今江苏宜兴），都离开封更近。为什么宋人舍近求远，一定要喝建州所产的茶呢？难道建茶真的比顾渚茶和阳羡茶好喝吗？宋代爱茶人，有不得已的苦衷。

原来从五代到北宋的这段时间内，我国气候明显由暖转寒。据陈家其《从太湖流域历史冷暖变化看二氧化碳增加的气候效应》一文中的研究，宋代的常年气温一度较唐代暖期要低2–3℃。在这样的寒冷期里，太湖冬天可结厚厚的冰，行人车辆竟可自由通行。不管是顾渚茶还是阳羡茶，都是产于环太湖地区。这样的寒冷天气，使得大批茶树冻死，即便是活下来的茶树，也很难在清明前生产出早春茶了。正因这样的不可抗力，宋人才弃坦途而就险阻，将贡茶的生产中心移到了东南的建州。也正因处于寒冷期，宋人才对于建州的早春景象格外喜爱。“京师三月尝新茶”这种事，就更容易让人幸福感爆棚了。白玉蟾用了足足八句来写茶区春景，其背后的文化动因就在于此。

第二部分：“带露和烟摘归去，蒸来细捣几千杵。捏作月团三百片，火候调匀文与武。碾边飞絮卷玉尘，磨下落珠散金缕。

①李勇先、王蓉贵校点《范仲淹全集》，四川大学出版社，2002年，43页。

②洪本健校笺《欧阳修诗文集校笺》，上海古籍出版社，2009年，201页。

白玉蟾茶歌

味如甘露勝醍醐，服之頓覺沉痾蘇。
身輕便欲登天衢，不知天上有茶無。

節錄南宋白玉蟾茶歌最後四句 紫清先生白玉蟾原名葛長庚生於海南為道教南宋五祖之一擅書詩文 歲次癸卯四月廿八日時寓京華 耿國華記

白玉蟾《茶歌》（耿国华书）

# 茶　歌

白玉蟾

柳眼偷看梅花飞，百花头上春风吹。

壑源春到不知时，霹历一声惊晓枝。

枝头未敢展枪旗，吐玉缀金先献奇。

雀舌含春不解语，只有晓露晨烟知。

带露和烟摘归去，蒸来细捣几千杵。

捏作月团三百片，火候调匀文与武。

碾边飞絮卷玉尘，磨下落珠散金缕。

首山黄铜铸小铛，活火新泉自烹煮。

蟹眼已没鱼眼浮，垚垚松声送风雨。

定州红玉琢花瓷，瑞雪满瓯浮白乳。

绿云入口生香风，满口兰芷香无穷。

两腋飕飕毛窍通，洗尽枯肠万事空。

君不见孟谏议，送茶惊起卢仝睡。

又不见白居易，馈茶唤醒禹锡醉。

陆羽作茶经，曹晖作茶铭。

文正范公对茶笑，纱帽笼头煎石铫。

素虚见雨如丹砂，点作满盏菖蒲花。

东坡深得煎水法，酒阑往往觅一呷。

赵州梦里见南泉，爱结焚香瀹茗缘。

吾侪烹茶有滋味，华池神水先调试。

丹田一亩自栽培，金翁姹女采归来。

天炉地鼎依时节，炼作黄芽烹白雪。

味如甘露胜醍醐，服之顿觉沉痾苏。

身轻便欲登天衢，不知天上有茶无。

首山黄铜铸小铛，活火新泉自烹煮。蟹眼已没鱼眼浮，垚垚松声送风雨。定州红玉琢花瓷，瑞雪满瓯浮白乳”，讲的是制茶与煎茶。

这里的“蒸”字，表明了所制乃蒸青绿茶。但宋代的蒸青绿茶，又与如今恩施玉露等茶的工艺大不相同。按宋人赵汝砺《北苑别录》、黄儒《品茶要录》记载的建茶制作，均有洗、蒸、榨、研等工序。也就是说，茶青要破碎成泥，再入模定形，那感觉和如今做汉堡肉饼差不多。所以诗中说蒸后还要细捣，接着再“捏作月团”。当然，“三百片”不是确数，应是从唐人卢仝“手阅月团三百片”[①]一句中化出。可能是卢仝的《走笔谢孟谏议寄新茶》一诗太有名，后人写茶诗动不动就说“三百片”。幸亏唐宋时的茶饼小，三百片也不太重，勉强说得通。这要换作如今的普洱茶，大都是三百五十七克一饼，那三百片茶可就得喝好些年了。

“首山黄铜铸小铛，活火新泉自烹煮”两句，表明了白玉蟾是在煎茶而非点茶。茶史中常说“唐煎宋点”，而实际上宋人是既煎又点。例如苏轼就有《试院煎茶》《和子瞻煎茶》《汲江煎茶》等诗传世，可见煎茶同样受到宋代知识阶层的喜爱。在宋人的视角下，煎茶是颇有古风雅韵的行为，同时也具有远离官场的林泉之趣。白玉蟾作为修行的道士，时而煎茶也在情理之中。

① 《全唐诗》卷三百八十七。

第三部分："绿云入口生香风，满口兰芷香无穷。两腋飕飕毛窍通，洗尽枯肠万事空。君不见孟谏议，送茶惊起卢仝睡。又不见白居易，馈茶唤醒禹锡醉。陆羽作茶经，曹晖作茶铭。文正范公对茶笑，纱帽笼头煎石铫。素虚见雨如丹砂，点作满盏菖蒲花。东坡深得煎水法，酒阑往往觅一呷。赵州梦里见南泉，爱结焚香瀹茗缘"，讲的是饮茶的感受。

"绿云"，描述的是茶汤的色泽，属视觉的享受。"绿云入口生香风，满口兰芷香无穷"两句，描述的是茶汤的口感，属味觉和嗅觉的享受。"两腋飕飕毛窍通，洗尽枯肠万事空"两句，形容的则是茶汤下肚后的无穷韵味。白玉蟾这几句诗，说透了茶汤的层次之美。今人拿来当个饮茶后的朋友圈文案，真是再合适不过了。

嗅觉与味觉，均属于生理感受。而饮茶的享受，在生理感受之外，更有源源不断的心理感受。一杯好茶下肚，作者不禁思绪万千。撰《茶经》的陆羽，作《茶铭》的曹晖，写《和章岷从事斗茶歌》的范仲淹，还有那说出"从来佳茗似佳人"的苏轼，创下"吃茶去"禅宗公案的赵州和尚从谂，他们都是中华茶文化的爱好者，也是中华茶文化的创造者，他们的茶书、茶诗与茶事，极大地丰富了中华茶文化的内涵。时至今日，我们总说一杯茶给我们带来身心两方面的享受。身体的享受，来自茶叶中的物质，心灵的疗愈，来自茶汤中的文化。白玉蟾道出了一连串前辈茶人的名字，也是在提醒后世的爱茶人，喝茶一定要学习和了解背后的文化。有人问，不了解成不成？当然可以，但是那杯茶给您带来的享受，便要大打折扣。您说是不是有点亏？

第四部分："吾侪烹茶有滋味，华池神水先调试。丹田一亩自栽培，金翁姹女采归来。天炉地鼎依时节，炼作黄芽烹白雪。味如甘露胜醍醐，服之顿觉沉痾苏。身轻便欲登天衢，不知天上有茶无"，讲的是饮茶的妙处。

"侪"，音同柴，指同辈。"吾侪"，也就是吾辈的意思。前面几句乍看平常，其实白玉蟾用了一语双关的笔法。"丹田一亩"，可理解为茶田，也可解读为人体脐下三寸处。"金翁姹女"，可以理解为采茶人，但在道家文化中，炼丹用的铅被美称为"金翁"，而朱砂被雅称为"姹女"。"黄芽"，可解释为茶芽，也是道士对炼铅所得精华的代称。"白雪"，可解释为沫饽丰富的茶汤，也是道士对炼丹所用水银的叫法。您瞧，一句一个设计，一词一个哑谜，这首诗的趣味性因此大大加强了。更为重要的是，白玉蟾这位金丹派祖师级的人物，由此告知世人一个道理：全神贯注地烹煮一碗茶汤，就宛如仙家炼丹一般无二。换言之，有了这碗茶汤，何必去追求什么仙丹灵药呢？

道教修行的终极目标，就是长生不老羽化飞升。白玉蟾几碗好茶下肚，也有了飘飘欲仙的感觉。按说眼瞧着要修成正果，应该高兴才对，但他此处却发出了一句灵魂之问：天上也有好茶吗？言外之意：没有好茶，成仙也差点意思。作为爱茶人，天天好茶喝得欢，简直赛过活神仙。没茶喝的话，那不是活神仙，可能是活受罪了。最后这四句诗，只有爱茶人才写得出来；最后这四句诗，是专写给后世爱茶人看的吧。

# 杜耒《寒夜》

寒夜客来茶当酒，竹炉汤沸火初红。

寻常一样窗前月，才有梅花便不同。[①]

## 一

小时候，我生活在北京胡同的四合院里。那时候的人，都讲究些个老礼儿。每逢年节，必有亲友来访。来串门的人，有的我看着眼熟，有的我压根儿就不认识，但不管什么人来了，我都有一项雷打不动的工作，那就是给客人泡茶。

我对这项劳动从无怨言，因为每当我们去别人家拜访时，也一定会受到同等礼遇。时至今日，我给人家泡的什么茶，亦

①陈起辑《前贤小集拾遗》卷二。

或是人家给我喝了什么茶，早就都记不得了，但这里面有一套客气话，我却至今记忆深刻。

主人对某个家人说："快去泡茶！"

客人答："您别忙活，坐不住，坐不住！"

主人一定要跟一句："不差这一杯茶的工夫！"

您听，像京剧戏词似的，多么程式化的交谈。搁到今天，这种聊天有了专属名词——"套话"。然而，由不同的人用不同的语气说出口，套话也格外生动。有时候过节频繁串门，就能连续听到三四个不同版本的以上对话，颇为有趣。我记得有位急性子的亲戚，家里长辈刚说"快去泡茶"，他就已站起身来大嗓门喊出"坐不住"。主人跑过去想拉他坐下喝茶，他已经一脚跨出门了。放在外人看来，还以为是打起来了呢。现在想想，这才叫真正接地气的中国茶文化呢。

后来读到茶诗，才知道古人也讲究客来奉茶。南宋杜耒的《寒夜》，是这个题材中的经典之作，值得仔细拆解一番。

耒，音同磊，本意是一种翻土的农具。杜耒，字子野，号小山，盱江（今江西南城）人。他仕途并不顺遂，长期只是担任幕僚。可就是这样一个不怎么样的工作，还让他断送了性命。这是怎么一回事呢？

宋人罗大经《鹤林玉露》中记载了杜耒的死因。话说在金朝后期，山东出了反金的农民军首领李全。敌人的敌人，自然是朋友。李全是反金义士，顺理成章地归附了南宋朝廷，但时间久了，李全野心越来越大，日益跋扈。

南宋宝庆三年（1227），宋理宗决定派人率兵除掉李全，选来选去，用了武将许国。结果这位许国到了前线，出师未捷身先死了。《鹤林玉露》甲编卷四“制置用武臣”条记载他的死因是：

偃然自大，受全庭参，全军忿怒，囚而杀之。[①]

可怜的杜耒，此时正在军中为幕客，因此受到了牵连，于是乎，杜子野便这样惨死于军乱当中。

杜耒留下的诗文不多，好在有这一首《寒夜》，让他扬名茶史。

## 二

茶诗的题目，字数多寡都有妙处。字数多，会提供丰富的信息要点。字数少，能给予充分的想象空间。笔者第一次读到《寒夜》这个题目时，不自觉地联想起东晋诗人陶渊明的《杂诗十二首》（其二），其诗文如下：

白日沦西阿，素月出东岭。

①罗大经撰、王瑞来点校《鹤林玉露》，中华书局，1983年，66页。

遥遥万里辉，荡荡空中景。
风来入房户，中夜枕席冷。
气变悟时易，不眠知夕永。
欲言无予和，挥杯劝孤影。
日月掷人去，有志不获骋。
念此怀悲凄，终晓不能静。[①]

现代人特别喜欢夜晚，这个时间段，工作会告一段落，孩子也酣然入睡，是真正属于自己的时间，所以很多都市人在晚上做自己喜欢的事情，例如看书、观影或刷刷手机短视频，导致现代人睡得越来越晚，医学上称其为“报复性熬夜”现象。古人的夜晚可就痛苦了，没有手机电视互联网，是最为寂寞无聊的了。而杜耒面对的还是沉寂而冰冷的寒夜，即使想静静地发呆冥想，估计也冻得够呛。何况窗外万物凋零，更是平添了几分伤感，孤独感不自觉地袭来。您瞧陶渊明，在寒夜里把半辈子的烦心事都想起来了。可见古人的寒夜，不算是多么美好的时光。

此时若有客来访，岂不是正可破解孤闷？诗人正想到此，屋外传来了脚步声，开门一看，竟然是自己的好朋友来了。您可能会问，朋友来与不来，主人会不知道吗？还真不知道。今

① 龚彬校笺《陶渊明集校笺》，上海古籍出版社，1996年，291页。

天走亲访友，必须提前约好，要是贸然登门，打对方一个措手不及，那是大大的失礼。古人不比今人，联系起来十分不便，没法子定一个准确的约会时间，不然的话，刘备也就不用三顾茅庐了，一个微信，不全都解决了吗？

古人的访友，在今天的人看起来就是“愣闯”，虽然不够周全，但却有一种不可预知的感觉。开门见朋友来访时的惊喜，是当代人感受不到的幸福。由于见面极难，古人会客时间都会偏长，关系稍好，是一定要留宿的。谁能知道下次见面又要何年何月，抑或根本没有机会再次见面了。

好朋友来了，自然要款待。可能觉得饮酒不免流俗，也可能诗人刚刚得了一款好茶，刚好与朋友分享，总之，哥俩这次来了个以茶代酒。竹炉小火，慢煮佳茗，这事儿听起来很美好，实际上这个过程很慢。但是没关系呀，杜耒的寒夜里，没有什么可着急的事情，诗人有大把的时光，可以为茶事挥霍。由于时间充裕，自然可以慢慢点火煮水，再为客人用心调制一份茶汤。这是一种让今人艳羡不已的幸福。

今天不管什么东西，都要讲究个快速高效。汽车，宣传的是速度。面条，要求的是速食。连茶叶，都能有速溶的了。您瞧，咱们现代人就喜欢这个“速”字。可咱们就忘了有句老话儿，叫欲速则不达。有时候给自己放个假，认认真真的喝几款茶，或许会有意外的收获。至于能收获什么，您别急着问我，咱们先喝茶。

## 三

有时候我也在想，杜耒的这首七绝辞藻并不华丽，构思也谈不上清奇，如今的爱茶人为什么会这样喜欢呢？会不会有这么一种可能，这“寒夜客来”的不期而遇，那“竹炉汤沸”的优哉闲适，正是当代都市人最缺乏甚至难以企及的幸福。与其说我们喜欢的是这首诗，不如说我们喜欢的是这种生活吧。

这时候，宾主双方都品味着一盏佳茗，畅聊着天下大事。突然间，杜耒不经意地望向窗外，那一轮皎洁的月色在窗外梅花的映衬下，竟显得格外迷离动人。至于那“梅花”二字，又是一语双关，暗指自己品行高洁的朋友。正是好友的到来，使得这本来沉闷的寒夜，变得如此令人难忘了。

在写“客来奉茶”的诗里，明代郭登的《西屯女》也算精品，但与杜耒的《寒夜》有名不同，知道这首诗的人却很少。我们不妨将两首茶诗，放在一起赏析。先抄录《西屯女》如下：

西屯女儿年十八，六幅红裙脚不袜。
面上脂铅随手抹，百合山丹满头插。
见客含羞娇不语，走入柴门掩门处。
隔墙却问官何来，阿爷便归官且住。

解鞍系马堂前树，我向厨中泡茶去。[①]

诗人笔下的西屯女，是一个满头插花、薄施脂粉的小村姑。杜耒写的是庙堂文人，郭登写的是山野村妇，一雅一俗，对照品读，趣味盎然。

估计平时家里十分清静，家里突然来了客人，西屯女竟然娇羞得说不出话来。小姑娘警惕性很高，并未给访客开门，而是采取了隔墙喊话的方式。当问明情由后，这才将客人让进家中。西屯女让客人解鞍系马，自己则往厨中泡茶。这一系列动作都暗有留客之意。人家这客来敬茶真有诚意，连马鞍子都让解了。

是友人来访，还是过路打尖，诗里没细说。但西屯女知道，只要客人出了家门，就不知道什么时候再见面了。一生可能仅有一次的相见，需要全心全意地招待，这份心意十分珍贵。

如今便捷的通讯，使得我们忽略了人与人相遇的不易。我们遇到的人，其实每天都在改变。我们总觉得，留了微信就可以很容易联系到。可有多少人，喝过一次茶后，就再未见过了呢？又有多少人，见过一次面后，连喝茶的机会都没有了呢？即使是关系不错的朋友，也大都沦为朋友圈里点赞的交情了。时间在变，空间在变，唯一不变的只有“变化”。我们以为自己

① 钱谦益辑《列朝诗集》乙集卷四，清顺治九年毛氏汲古阁刻本。

比古人幸福很多，其实互联网也使我们丧失了很多温暖。

日本茶文化当中有个叫“一期一会”的理念，与我们的“客来奉茶”之道颇为暗合。“一期一会”这个词，最早出于江户德川幕府时代井伊直弼所著《茶汤一会集》。这里的“期”，所指的是一生的时间，而“会”指的是相会。其实井伊直弼的“一期一会”，很可能是受到了他的前辈茶人珠光的影响。在《山上宗二记》中可以发现，珠光重视主宾双方在茶事活动中的影响。他认为，客人从进入露地到离开茶室，都需当作是一生仅有的一次相遇来尊敬亭主（即茶会的主人）。相对的，亭主也要以对等的心态诚心来待客。

那么，“寒夜客来茶当酒，竹炉汤沸火初红”，算不算一期一会？“解鞍系马堂前树，我向厨中泡茶去”，算不算一期一会？我想，都是要算的吧。一期一会的待人之道，应是中日茶文化的共识。写到这里，我忍不住又念了一遍之前的那套话。胡同里的老人，当然不知道什么“一期一会”，大家只是觉得，泡茶可以把客人留下，见一面不容易，能多待一会儿就多待一会儿。

客来奉茶，无疑是最走心的茶事。

中国茶文化中原来也有这样深刻的部分，只是我们没有细细体会罢了。忙里偷闲，大家别忘了认真泡壶茶，奉给亲人、友人和爱人。